RAVEN

EL BRAZALETE OSCURO

Manuel Lara Caro

Título original: Raven. El brazalete oscuro
© Manuel Lara Caro, 2014

Para contactar con el autor:
www.ravenlegend.com
manuel.lara@ravenlegend.com

ISBN: 978-84-616-7629-3
Diseño de cubierta: Manuel Lara Caro
Fotografía: Virginia Badiola
Diseño interior: M.ª José Lara Caro
Impresión: CreateSpace

Dedicado a mi mujer y a mi niño, mi gran fuente de motivación.

Agradecimientos

En primer lugar, quiero dar las gracias a mi esposa que me ha animado todo este tiempo a que terminase la novela y sin cuya ayuda me hubiese sido imposible hacerlo.

También quiero agradecer a mi hermana su ayuda con toda la parte técnica de la publicación.

Y por último, no puedo olvidarme de aquellas personas que con consejos y opiniones me ayudaron a confeccionar la historia, así como de mis amigos, cuyas tardes inspiraron más de un episodio de este libro.

Muchas gracias a todos.

REGLAS DE PRONUNCIACIÓN

A continuaoción se facilitan la correcta pronunciación de los nombres de los perso-najes que irán apareciendo a lo largo del libro.

Se ha elegido una forma corriente de transcribir los fonemas con el fin de poder proporcionar esta información sin necesidad de conocer las grafías de fonéticas estándares, además de recurrir a la tilde como marca de cual es la sílaba tónica.

Todo aquel nombre que no aparezca en el siguiente listado es que debe ser pro-nunciado de acuerdo a las reglas estándares del idioma del libro.

Raven = Réiven.

Arzhavin = Árchavin.

Elister = Élister.

Rihn = Rin.

Kerinan = Kérinan.

Rony = Róni.

Evrain = Ebráin.

Eridorn = Éridorn.

Kithas = Kítas.

Kelendor = Kélendor.

Ephaestus = Efaéstus.

Garlik = Gárlik.

Al Usûrf = Al Usura.

Puerto Verice = Puérto Vérice.

Isyliem = Isíliem.

Asendorf = Ásendorf.

Roin = Róin.

Carrigan = Cárrigan.

Nuhmak = Númak.

Nuhrâmek = Núramek.

Nill = Níl.

Seril = Séril.

Gurel = Gúrel.

Urkatâr = Úrkatar.

Risk Vanom = Rísk Vánom.

Vassaris = Vasáris.

Vassiel = Vasiél.

Kro'l Gurth = Król Gúrz.

Takashi = Takáchi.

Amônzul = Ámonzul.

Delfost = Délfost.

Elissian De'Lorent = Elísian dé Lorént.

Lebres = Lebrés.

Mahara = Mahára.

Isyliem

Colmillos del Mar

Bosque Fosbrun

Itil Lein

Wesneliend

Ciénaga de los Trols

Gado Dorado

Berna

Cordillera Sombra del Este

Puerto Verice

Minas Urkas

Asendorf

Delfost

Tverhist

ÍNDICE

EXTRA

Prólogo

El joven aprendiz pasó al interior de los aposentos de su maestro, los cuales presentaban siempre un aspecto muy desordenado.

—Vengo del consejo y he aceptado, –comenzó el joven.

—¿No tienes miedo?

Pasaron unos segundos durante los cuales ambos no dejaron de mirarse fijamente. El más joven sabía que aquella pregunta tenía una doble intención.

—Si no lo tuviese no tendría ninguna posibilidad. El miedo nos hace conscientes de nuestras limitaciones.

—Y también puede hacerte errar sin necesidad.

—Un miedo irracional sí, pero si estuviese hablando de uno de ese tipo, no habría aceptado.

—Lo cierto es que las empresas de este tipo necesitan personas como tú, para los que el fin siempre justifica los medios.

—Me tomaré eso como un cumplido, –añadió con cierto tono entre burlón y orgulloso.

—Muy bien. Ahora debes confeccionar tu plan al detalle y recuerda que solo tienes una oportunidad, si fallas no sobrevivirás para volver a intentarlo.

—Soy tan consciente de ello como de que necesitaré muchos años para estar preparado.

EL NIÑO

La pesada puerta empezó a abrirse con un molesto chirrido, mostrando una habitación desordenada y con cientos de libros amontonados por todos lados. Las paredes estaban cubiertas por estanterías repletas de más libros. Había tantas, que solo quedaba espacio para una pequeña cama y un roído escritorio con su sillón tras él.

El sirviente pasó al interior nervioso y con la esperanza de no hacer enfurecer a su amo, quien se encontraba sentado tras el maltrecho escritorio absorto en su lectura.

Se trataba de un hombre de avanzada edad con tez ruda y con un cabello cano que aún permitía ver que fue oscuro en otra época. Vestía una pesada túnica gris de algodón, casi tan vieja y polvorienta como el resto de la lúgubre habitación.

—Señor, disculpe que le moleste, pero pidió que le avisara cuando llegase el señor Arzhavin.

—Hazle pasar –respondió secamente el anciano sentado tras el carcomido escritorio.

El sirviente abandonó la habitación para dar paso un atractivo joven de un metro ochenta y no más de veinticinco años, que vestía unas caras ropas de las mejores sedas que se podían conseguir en todo el continente. Su pelo era negro como la noche y en su cara se dibujaban unos finos rasgos con unos expresivos ojos azules de mirada malévola.

—Te estaba esperando –dijo el anciano levantando al fin la vista del libro que ojeaba– han ocurrido una serie de acontecimientos que requieren de mi atención y he de ausentarme durante un periodo de tiempo indeterminado.

—Recibí su carta, ¿en qué puedo serle útil? –respondió Arzhavin con tono solemne.

—Me gustaría que te hicieras cargo de un niño.

—¿Cómo?, no entiendo –dijo quedándose perplejo por la petición.

A pesar de que cuando Zaul ordenaba algo todos se apresuraban a cumplir con sus deseos, unos por miedo y otros por respeto, Arzhavin se veía en la necesidad de protestar por el encargo. Hacer de niñera no era una tarea apropiada para un hombre de su posición.

—Creo que eres el más indicado para esta tarea.

—Pero... –protestó interrumpiendo al anciano, lo que hizo que este le lanzara una dura mirada.

—Conoce al chico antes de tomar una decisión y, si sigue sin causarte ningún interés, reconsideraré mi petición.

Arzhavin, malhumorado, pensó que seguro que todo esto era obra de Farel, el hombre de confianza de Zaul. Farel no se fiaba de Arzhavin y no le gustaban nada las grandes ausencias de éste en busca de respuestas a quién sabe qué preguntas.

Zaul llamó a su sirviente haciendo sonar una campanilla que había sobre el escritorio y le pidió que acompañase al señor Arzhavin a los aposentos de Raven.

El criado condujo al joven a través de una serie de oscuros pasillos de piedra hasta llegar a la habitación del muchacho.

Arzhavin hizo un gesto al sirviente y abrió la puerta, encontrando al niño de espaldas mirando por la ventana. Este, al oír que la puerta se abría, se dio la vuelta rápidamente permitiendo que el recién llegado viese que aquel niño poseía un rasgo que lo hacía especial a simple vista. Los ojos del chico eran de color violeta.

—Tú debes de ser Raven –dijo por fin tras un momento de silencio.

El chico no contestó, en vez de eso realizó un pausado pero exhaustivo examen del desconocido.

—Mi nombre es Arzhavin –continuó sin desviar la atención de aquellos llamativos ojos–. Será mejor que tomemos asiento, me gustaría hacerte unas preguntas –prosiguió mientras tomaba la silla que había tras el escritorio colocándola frente a la cama.

Raven se sentó en la cama frente al recién llegado.

Arzhavin echó un vistazo a toda la habitación en busca de algo que le llamase la atención y reparó en que el chico tenía un cinto con dos espadas enfundadas colgadas de la pared.

—¿Nadie te ha dicho que no están permitidas armas en la torre?

—Son de madera, –respondió el chico secamente.

—Y tienes dos porque manejas una con cada mano, ¿no es así?

—Sí. El teniente Elister dice que soy el único de toda la ciudad capaz de blandir dos armas al mismo tiempo.

—Elister dices, ¿de qué conoces al teniente de la guardia de Itil Lein?

—Cuando el señor Zaul me trajo aquí, me dijo que no podía encargarse de mí, así que Farel le pidió al teniente Elister que me enseñase a usar las espadas.

—Luego eres ambidiestro. Es cierto que por estas tierras es inusual. Sin embargo no de donde yo vengo. ¿De dónde eres tú?

—No lo sé, el señor Zaul me encontró en el bosque Fosbrun.

Arzhavin miraba cada vez con más curiosidad al chico que, salvo aquellos enigmáticos ojos violeta y el ambidextrismo, no mostraba ningún otro rasgo fuera de lo normal. A su vez, Raven hacía lo mismo con éste. De hecho, el chico no había dejado de observarlo desde que Arzhavin se sentó en la silla.

—Si no estoy equivocado, no hay ningún poblado en ese bosque.

—Farel dice que cuando el señor Zaul me encontró, no era más que un salvaje.

—¿Quieres decir que vivías en el bosque?

—Sí, vivía en una cueva. Me alimentaba a base de frutas y animales.

—¿Y tus padres?

—No sé, vivía solo.

—¿Me estás diciendo que has sobrevivido tú solo en el bosque?

—Durante unos años.

—Interesante... y yendo al grano, ¿sabes por qué tus ojos son de color violeta?

—No, nadie lo sabe. ¿Puedo hacerte yo una pregunta?

—Por supuesto.

—¿Por qué tu aura es distinta a la del resto?

—¿Mi aura, de qué hablas?

Raven guardó silencio, se dio cuenta que había hablado más de la cuenta.

—No voy a contarle nada a nadie, si es eso lo que te preocupa, añadió Arzhavin con un tono que le sonó a Raven extrañamente convincente. Será nuestro secreto.

—El señor Zaul no fue la primera persona que he visto en mi vida. Ya antes había visto a otros viajar por la carretera del sur del bosque. Solía seguirlos sin que me viesen, en un principio porque me parecía curioso ver a otros como yo, pero con el tiempo perdí el interés y solo los acechaba esperando una oportunidad para poderles robar algo útil. Sin embargo el señor Zaul era especial, había algo extraño en él que me llamó la atención.

—Continúa, cuéntame que fue lo que te pareció tan especial –añadió Arzhavin con un tono tan convincente que hizo que Raven entrase en un estado de ensoñación.

Raven prosiguió narrando cómo conoció a Zaul. Lo hacía con todo lujo de detalles ya que, sin saber cómo, sentía que lo estaba reviviendo.

El chico apartaba unas ramas para poder acceder al altozano que le permitiría ver mejor la carreta que se acercaba por la carretera que había al sur del bosque. Se trataba de una pequeña carreta, en no muy buen estado, tirada por un caballo y dirigida por una siniestra figura y dos jinetes más que avanzaban por delante de ésta.

Los jinetes no parecían despertar ningún interés en el muchacho pero, sin embargo, el conductor de la carreta le causaba una extraña atracción.

Raven abandonó el altozano para buscar otra posición que le permitiese acercarse más a la carreta, sin abandonar la protección que le ofrecía la vegetación del bosque. Estando más cerca, pudo observar con mayor detenimiento a aquel extraño. A pesar de que se había acercado demasiado, casi tanto que estaba comprometiendo su seguridad, no alcanzaba a ver la cara del conductor ya que éste estaba ataviado con una pesada túnica de algodón gris con una capucha que le cubría el rostro por completo.

Aquel sujeto transmitía una frialdad y un halo de misterio que no hacían otra cosa que aumentar la curiosidad del chico.

Raven continuó acechándoles durante unas horas más, hasta que de repente reparó en una cosa que no había visto en su vida. Empezó a distinguir una especie de aura en torno al extraño encapuchado. Por un momento sintió miedo y pensó en salir corriendo, lejos de la carretera, pero aquello era algo extraordinario. Raven percibía poder.

El chico estaba todavía debatiendo si seguir espiando al encapuchado o huir al interior del bosque cuando se dio cuenta de que la carreta se había detenido. Raven tuvo el tiempo justo para realizar una finta que evitó que uno de los hombres que estaban montados a caballo lo cogiese. No se había dado cuenta cómo, pero había sido descubierto y ahora se encontraba frente a dos hombres armados.

—¡Atrapadlo! –oyó decir–. Era la voz del encapuchado, que se encontraba tras estos sujetando las riendas de los caballos.

El chico no entendía lo que significaba aquella palabra, pero su sentido de supervivencia lo puso en guardia desenvainando sus dos espadas.

Raven iba ataviado con dos espadas que había conseguido robar en otra carreta hacía ya casi un año. Aquellas espadas eran el bien más preciado por el chico, ya que gracias a ellas podía hacer frente a algunos animales salvajes que hasta entonces no le habían permitido adentrarse más en el bosque.

Los dos hombres hicieron lo mismo al ver que el chico sacaba las armas. Por aquel entonces Raven no lo sabía, pero ahora reconocía en su mente a aquellos dos hombres como soldados de la guardia de Itil Lein.

Uno de los guerreros se lanzó a por el chico intentado propinarle un golpe con la parte roma de su espada, con la intención de dejarlo inconsciente, pero el ataque fue perfectamente bloqueado por una de las espadas de Raven.

El soldado que estaba más apartado no pudo disimular una sonrisa al ver cómo su compañero quedaba ridiculizado por un niño.

Raven levantó las armas apuntando a un guerrero con cada hoja, en actitud provocativa. El guerrero volvió a sonreír a la vez que el primero, enfurecido, lanzó un fuerte ataque, que era precisamente lo que Raven buscaba, un ataque fuerte y descontrolado por un exceso de ira.

El niño giró sobre sí mismo para esquivar el ataque y así poder golpear a su oponente. La herida no fue muy profunda, ya que el soldado vestía una cota de malla y esta absorbió el golpe. Más enfurecido por la respuesta obtenida, el soldado inició una serie de ataques rápidos obligando a Raven a retroceder con cada golpe. Mientras tanto, los otros espectadores observaban cómo aquel niño respondía a cada ataque con una serie de ágiles movimientos.

Fue entonces cuando el otro soldado se unió al combate. Comenzó realizando también una serie de rápidos ataques de forma continuada, con la intención de cansar al niño y así poder reducirlo con mayor facilidad. A pesar de todo el chico se defendía a la perfección.

Los dos guerreros se miraron el uno al otro y, tras un asentimiento, se lanzaron al ataque al unísono. El combate se convirtió en una sucesión de ataques de los mercenarios y de bloqueos y fintas del niño. Los guerreros se sorprendieron de la gran habilidad del joven que, poco a poco, fue comprendiendo la táctica que seguían sus dos oponentes y fue capaz incluso de ir tomando la iniciativa del combate.

El soldado que atacaba a Raven por su lado izquierdo se dispuso a flanquear a éste, buscando su espalda. El chico había estado intentando mantener siempre a los dos soldados frente a él, pero ahora no podía evitar que lo rodeasen.

El otro guerrero, conocedor de las intenciones de su compañero, se lanzó al ataque realizando una violenta combinación de golpes rápidos para mantener ocupado al niño, pero Raven sabía lo que estaban tramando sus oponentes.

Aquella era una táctica muy utilizada por los lobos del bosque y para la que Raven estaba preparado. El guerrero que se encontraba frente al chico lanzó un fuerte ataque que este se vio obligado a parar con ambas espadas. Debido a la mayor fortaleza física del soldado, Raven casi pierde el equilibrio. Satisfecho lanzó ahora un puñetazo con el brazo del arma para golpear con la parte roma de esta, pero Raven pudo hacer una finta lateral, girando sobre sí mismo, que terminó con un salto al mismo tiempo que lanzaba un fuerte golpe de revés. La parte plana de una de las hojas del chico fue a golpear directamente en la cara del soldado. Su intención no era, en ningún momento, la de herir a sus oponentes, sino la de escapar en cuanto tuviese la más mínima oportunidad.

Tras esto, Raven recordó que tenía que buscar un modo de huir de allí cuanto antes. Tanto él como sus oponentes sabían que era cuestión de tiempo que la mayor experiencia y físico de los guerreros acabase por imponerse sobre la habilidad y reflejos del chico.

El guerrero que recibió el golpe, estuvo a punto de caer al suelo. Si hubiese recibido otro ataque se hubiese visto en un serio aprieto, pero el chico sabía que si lo hacía permitiría que el otro le atacase por la espalda. Por lo que aprovechó el traspiés del soldado para salir corriendo y escapar.

—¡Basta! –dijo una autoritaria voz justo delante de Raven–. Se trataba del extraño encapuchado, que le había salido al paso cortándole la huida hacia el bosque.

Raven se quedó muy sorprendido, ya que en ningún momento había reparado en él.

Los dos guerreros guardaron las armas tras la orden y tomaron posiciones a ambos lados de Raven, manteniendo una distancia prudente para que éste no les alcanzara con alguna de sus espadas.

—Has demostrado una gran habilidad, a pesar de tu juventud. ¿Quién eres? –dijo el encapuchado con una voz grave e inquisitiva.

Pasaron los segundos y Raven no contestó.

—¿No vas a hablar? –preguntó con un tono más iracundo, como quieras...

Raven vio cómo el aura que envolvía al encapuchado se hacía más intensa.

—Si no vas a hablar no necesitarás la boca nunca más.

Raven no entendía nada de lo que le decían, pero por alguna razón quiso chillar y no pudo. Acto seguido dejó caer las armas asustado, llevándose las manos hacia la boca, comprobando que ésta había desaparecido de su rostro.

—Apresadlo.

Los dos guerreros obedecieron rápidamente y agarraron al chico que no opuso resistencia. Raven estaba sumido en el pánico que le había causado aquel espantoso suceso.

Los soldados ataron al chico y lo tiraron al interior del carromato. Raven intentó gritar con todas sus fuerzas, pero ni sus intentos ni el pataleo le sirvieron de nada. Le habían atado las manos a la espalda y no podía palparse la boca, lo que aumentaba su desesperación.

Por supuesto los soldados eran conscientes de que el mago lo había hechizado, aunque no sabían exactamente por qué lloraba desconsoladamente. Para ellos la boca del chico no había desaparecido. En realidad seguía donde siempre, pero Raven no era consciente de ello. El pobre niño era víctima de un sortilegio que engañaba su mente haciéndole creer que su boca había sido borrada literalmente de su cara.

—Va a anochecer ya, acamparemos aquí mismo –dijo el hechicero tras dos horas de viaje.

El mago hizo que el chico se sentara en un tronco, que había traído uno de los guardias y el encapuchado se sentó frente a él, sobre otro tronco. Raven lo miraba abatido sin hacer el más mínimo ruido, cuando el mago se retiró finalmente la capucha. Se trataba de un hombre de edad bastante avanzada con unas largas barbas y una descuidada melena de pelo gris con mechones negros.

—Mi nombre es Zaul –dijo presentándose–, ¿entiendes lo que digo cuando hablo?

El chico no contesto con palabras, pero sí emitió una serie de gemidos parecidos a los de un bebé.

—Como me temía –añadió pensativo–, suéltale las manos y dale algo de comer, le indicó a uno de los soldados.

Poco a poco, Raven iba haciéndose consciente de dónde estaba realmente, sentado frente a Arzhavin, contándole cómo conoció a Zaul.

—No siempre soy capaz de ver las auras de las personas, de hecho solo veo la de Zaul y las de unos pocos más aquí en la torre. No veía ni las de aquellos soldados ni la de Farel incluso.

—Puede que tenga sentido... –añadió Arzhavin pensativo– ¿qué te ha dicho Zaul sobre esto?

—No lo sabe, eres al primero que se lo cuento.

—En ese caso será mejor que así siga. No conviene que se entere nadie más. Será nuestro secreto –añadió haciendo que su voz tomara el mismo tono seductor de antes–. Y dices que la mía si eres capaz de verla, ¿no es así?

—Sí, pero es distinta, ¿por qué?

—No sabría qué contestar. Yo no soy capaz de ver ninguna, ni yo ni nadie que conozca. Salvo tú, claro. ¿Qué tiene de diferente la mía?

—Tiene algo extraño, que me transmite unas sensaciones distintas. Es como mucho más oscura.

Arzhavin se dio cuenta que el chico se estaba concentrando para escudriñar su aura. Pensó en detenerlo, pero prefirió que lo hiciese, ya que seguramente podría hacerlo en cualquier otro momento a sus espaldas. Además podría ser muy interesante lo que el chico le podría contar, así que en vez de detenerlo prefirió ver a aquellos ojos en acción.

El joven comprobó que los ojos de Raven tenían cierto poder hipnótico, sintió como que si abandonara el mundo físico mientras los miraba fijamente.

Arzhavin volvió en sí tras el sonido que hizo el chico al caerse de la cama.

—¿Qué ha pasado? –preguntó éste un poco desorientado.

—Tu aura... no es normal –contestó el chico tiritando de miedo.

La respuesta del niño hizo que se alarmara, aquel joven atesoraba un sin fin de secretos que no convendría que fuesen desvelados. Por un momento se sintió amenazado por aquel chico e incluso pensó en matarlo, pero llegó a la conclusión que eso sería un grave error y que solo empeoraría las cosas. Sin embargo, si aceptaba el ofrecimiento de Zaul, podría manipularlo a su antojo y convertir lo que podría ser una amenaza en una ventaja.

Arzhavin se acercó al niño que estaba tendido en el suelo muy asustado y lo ayudó a incorporarse suavemente.

—Perdona si te he asustado –dijo volviendo a recurrir al tono encantador de su voz–. Créeme que no ha sido mi intención asustarte. Me gustaría oír lo que has visto, pero si prefieres no contármelo lo entenderé. Debes de saber que el mismo Zaul me ha pedido que me ocupe de ti, que te cuide y te eduque.

Raven no supo que decir, a pesar de lo encantadora y convincente que sonaba la voz del apuesto joven, seguía muy asustado.

—Prepara tus cosas, mientras yo voy a hablar con Zaul para iniciar tu traslado a mi villa –concluyó ayudando al chico a incorporarse.

Arzhavin avanzaba rápidamente por los oscuros pasillos, tenía prisa por abandonar la torre con el chico. Cuando llegó a los aposentos de Zaul, llamó a la puerta y entró sin esperar a que se le diese permiso.

—Vengo de ver al chico.

—¿Y bien?, preguntó con tono iracundo.

Arzhavin sabía perfectamente que no le había sentado muy bien que entrara en su habitación de aquella forma, pero eso ahora era lo que menos le preocupaba.

—Creo que voy a aceptar.

—No habrán tenido nada que ver sus ojos violetas, ¿no?

—Mentiría si dijese que sus ojos no me intrigan –respondió con una malicia que no pudo evitar–. Quiero que se venga conmigo a mi villa de las afueras.

—Preferiría que os quedaseis en la torre, pero bueno... de ser así te estaría privando de tu libertad.

Zaul supo, por el aspecto del chico cuando lo conoció, que llevaba sobreviviendo él solo en el bosque desde hacía mucho tiempo. Aquello le pareció muy sorprendente, además de la destreza demostrada, pero lo que realmente le llamó la atención fueron aquellos intrigantes ojos violetas.

El aprendiz

Arzhavin llevó a Raven hasta su villa a las afueras de Itil Lein.

—Esta es la Villa del Loto, le informó mientras ayudaba al chico a bajar de la diligencia que los había trasladado desde la torre.

Raven observó la villa asombrado por su tamaño. Se trataba de una enorme mansión en medio del bosque.

Una vez dentro, Arzhavin fue mostrándole todas las estancias de la lujosa residencia, que estaba cuidada por cuatro sirvientes que la mantenían impecable.

—Estos serán tus aposentos, –le comunicó abriendo la puerta de la habitación–, como ves, ya han sido preparados para tu llegada.

El dormitorio era bastante espacioso. Tenía una cama grande que daba la impresión de ser comodísima y un gran escritorio con un lujoso sillón tras este y otro en frente. Pero de todo, lo que más llamó la atención del muchacho, fue una gran estantería repleta de libros que había a continuación de un armario.

—Veo que te has fijado en esto, –dijo Arzhavin acercándose a la estantería y tomando un libro–. Todos y cada uno de estos libros han sido elegidos por mí para tu educación. A ellos, probablemente, se les irán uniendo más.

Aquello mareó a Raven, al que le parecía imposible que pudiese leer tantos libros.

—Hoy quiero que descanses y que te hagas a la villa. Comenzaremos a partir de mañana, concluyó mientras se marchaba, dejando solo al chico.

Durante las primeras semanas, Arzhavin se centró en conocer al chico. Aunque le mandó leer un par de volúmenes, pasaban la mayor parte del día en el bosque, donde Raven le enseñaba a su maestro cómo había vivido antes de que Zaul le encontrase.

Arzhavin observó que el chico era bastante bueno cazando. Raven mostró a su maestro cómo era capaz de cazar una liebre mediante trampas y su espectacular habilidad de sigilo.

—¿Por qué no usas las espadas para cazar?, le preguntó.

—Las espadas las conseguí un par de años antes de conocer a Zaul, al principio cazaba así. Antes de tener las espadas, estaba muy limitado, después conseguí adentrarme más en el bosque e incluso fabricarme ropa con pieles de animales.

—¿Adentrarte más, qué te lo impedía?

—Los lobos eran un problema. Al principio solo podía huir de ellos, pero cuando empecé a controlar las espadas, eran ellos los que huían de mí, contestó dejando ver una sonrisa.

Aquello dio una idea a Arzhavin, quien a la mañana siguiente, condujo al chico hasta una nueva parte del bosque.

—Allí, tras ese monte, he escondido una de las espadas de madera que usabas en la torre. Ve y búscala, pero ten cuidado, por esta zona hay lobos.

A Raven no le gustaba mucho aquella prueba, se había enfrentado en bastantes ocasiones a lobos cuando vivía en el bosque y no le parecía apropiado provocarles sin necesidad.

El chico atravesó el monte, siguiendo lo que parecía ser el rastro de su maestro. Raven estaba siguiendo las huellas que Arzhavin había dejado cuando fue a esconder la espada de madera, cuando de repente algo alarmó al chico.

Una sombra removió unos matorrales durante un instante. Raven desenvainó un arma con cada mano y con las espadas apuntando hacia abajo dio un paso hacia dos lobos, que aparecieron dando un salto atravesando dicho matorral.

Estos empezaron a ladrar con fiereza y, unos segundos después, uno de ellos se lanzó al ataque directamente, siendo repelido con un contraataque con la espada de la mano izquierda. El otro lobo también atacó, pero tan solo pudo hacer un amago, ya que Raven trazó un arco desde dentro hacia fuera con la espada de la mano derecha.

Tras el primer asalto, las cosas se pusieron muy feas, ya que ahora tenía por el flanco izquierdo al primer lobo y por el frente al otro.

El primero empezó a moverse lateralmente para colocarse a la espalda del chico y, el segundo, para facilitar la labor de su compañero, se lanzó de nuevo al ataque, asestando un fuerte garrazo en el muslo a Raven, que estaba más atento del otro lobo.

El chico percibía algo raro en todo aquello, pero en cuanto la sangre empezó brotar, se puso muy nervioso y perdió la concentración, cosa que quisieron aprovechar los dos lobos atacando al mismo tiempo. No obstante, Raven respondió a la perfección, haciendo una finta lateral que acabó rodando por el suelo para poder encarar a los lobos. Tras esto, y con un intenso dolor en la pierna, Raven se lanzó al ataque, dibujando arcos horizontales y verticales, que obligaron a los lobos a saltar para apartarse del alcance de las mortíferas armas, que lograron hacer un corte en una pata de uno de ellos.

El lobo herido, tras apoyar esta pata trastabilló. Raven quiso aprovechar la ocasión y realizó un ataque dirigido al hocico del animal que falló, porque el otro lobo saltó propinando un garrazo en el brazo del chico.

Raven estaba bastante herido y no tenía más remedio que huir, pero antes de poderlo hacer, los lobos se lanzaron contra él. El chico se tiró al suelo y uno de los lobos le pasó por encima. Luego encaró al segundo, al que tras esquivar su embestida, le propinó un espadazo que cercenó la pata trasera derecha.

El lobo, debido al impulso de la carrera, rodó sin control hasta quedar convulsionando en el suelo. El otro, tras ver lo ocurrido, intentó huir, pero al mirar a Raven, lo único que vio fue una espada que se dirigía volando hacia él.

Raven sacó fuerzas de donde no las había para lanzar una de sus espadas al distraído lobo, que murió al instante.

—Parece que no ha ido muy bien la búsqueda, –dijo Arzhavin sobresaltando al chico, que no lo había oído aproximarse.

—Estos lobos no eran como a los que me solía enfrentar.

—¿Qué tenían de especial?

—Estos eran mucho más inteligentes. Combatían de una forma muy sincronizada entre ellos y además pude ver, durante un instante, que también poseían un aura. Pero perdí rápido la concentración cuando me golpearon.

Arzhavin ayudó al chico hasta llegar a la villa, donde atendió sus heridas, que no tardaron en cicatrizar gracias a los extraños cuidados de su maestro.

Este siguió poniendo a prueba a su aprendiz en muchas ocasiones, sobre todo para ver cómo aplicaba los nuevos conocimientos que le estaba transmitiendo.

Pasaron varios años, durante los cuales Raven tuvo ocasión de mostrarle a Arzhavin que poseía un gran talento, progresando a una velocidad que sorprendía a su maestro.

Arzhavin tenía muy claro que Raven iba a representar un papel crucial en sus planes, por lo que se esmeró en transmitirle aquellos conocimientos que mejor se adaptaban a sus habilidades innatas.

Hábil, pero no lo suficiente

Transcurrido un tiempo, Arzhavin comunicó a Zaul que debía partir en breve. Tenía una serie de asuntos, que había ido posponiendo a lo largo de los tres años que llevaba a cargo de Raven, y ya no podía eludirlos durante más tiempo.

—Me gustaría que Raven me acompañase en mi viaje, es hora de que conozca el mundo exterior y aprenda a valerse por sí mismo.

—No estoy seguro de que sea una buena idea, Raven tan solo tiene diecisiete años, aún es un niño.

—Es cierto, pero no es un niño indefenso, de hecho nunca lo ha sido.

—¿Y cuándo se supone que volveréis?

—No sabría estimarlo, vamos a viajar bastante lejos.

El archimago quiso haberle preguntado a donde, pero sabía que Arzhavin no lo diría, no era de la clase de personas que revelan sus intenciones, así que no preguntó más.

—Está bien, pero te harás responsable de lo que le ocurra al chico o de lo que pueda ocasionar.

—Por supuesto.

Arzhavin se llevó toda la semana siguiente planificando el viaje, le contó a Raven que necesitarían contratar a un montaraz que les guiase a través de las montañas y los llevase hasta el Valle de Plata.

—También voy a contratar a un guerrero veterano.

—¿Por qué, será peligroso el viaje?

—Puede que lo sea, será un viaje muy largo y no quiero correr riesgos innecesarios. Además, creo que te será muy provechoso ver cómo usa la espada un experto. Por cierto, nuestros secretos deben seguir siéndolos, no debemos mostrarnos ante nadie.

—Sí, lo sé... debemos pasar lo más desapercibidos que sea posible.

—Bueno, prepáralo todo. Al alba iremos a Itil Lein, voy a comprar un carro y lo aprovisionaré. Después de eso partiremos rumbo a Wesneliend, un pequeño poblado de campesinos. Está bastante lejos y nos desvía un poco, pero allí nos estará esperando el guerrero que voy a contratar.

—Si nos desvía, ¿por qué no buscas uno en la ciudad?

—Me han dado muy buenas referencias de él y proviene del Valle de Plata.

A la mañana siguiente, Raven salió por la puerta de la villa, ataviado con una capa y unas cómodas ropas oscuras. En el cinto portaba sus dos viejas espadas junto a dos dagas y ocultas en sus brazos dos dagas más.

Arzhavin le había obsequiado, días atrás, con unas dagas que tenían unas fundas en forma de muñequeras, pensadas para ser ocultadas bajo las mangas de una camisa o chaleco.

Finalmente, el equipo se completaba con una mochila, donde se había asegurado de meter todo lo que Arzhavin le había indicado.

Por el contrario, el equipo de viaje de Arzhavin consistía en unas caras ropas oscuras, un elegante bolso que le descansaba a un lado y una bolsa más, donde portaba una especie de tienda de campaña pequeña, que se colgó a la espalda.

El chico volvió a echar otro vistazo a la Villa del Loto, la lujosa residencia de Arzhavin a una hora de Itil Lein. Hacía tres años que llegó y tenía la sensación de que fue ayer mismo. Durante estos años había estado estudiando y entrenándose muy duro, ya que las exigencias del joven señor Arzhavin eran enormes.

«Ha llegado el momento de poner en práctica todo lo aprendido y comprobar de lo que soy capaz», pensó Raven.

Tras dejar la villa, se dirigieron a la ciudad donde recogieron la carreta, que ya había sido equipada debidamente. Se trataba de una carreta tirada por dos caballos y techada con una tela blanca resistente al agua. Podía albergar a cuatro personas en su interior, aunque no en aquellos momentos, ya que transportaba unas cuantas cajas y sacos. A pesar de tratarse de una carreta nueva y tener pinta de ser bastante buena, no era lo que Raven esperaba, ya que no era lo suficientemente suntuosa como el resto de cosas a las que le tenía acostumbrado su exquisito maestro.

Antes del atardecer, Arzhavin y Raven dejaban Itil Lein rumbo al pueblo donde les estaba esperando el guerrero. No avanzaron mucho aquel día, ya que a las horas de emprender el viaje tuvieron que acampar para pasar la noche.

Arzhavin encomendó al chico la tarea de encontrar un sitio donde montar un pequeño campamento, que estuviese apartado de la carretera. El chico no tuvo mucho donde elegir, ya que pronto caería la noche y el lugar de acampada debía poder permitir el acceso a una carreta.

Arzhavin se encargó de encender el fuego, mientras Raven montaba una pequeña tienda para su refinado compañero.

—Antes de irme a dormir me gustaría preguntarte por un asunto que dejamos pendiente años atrás.

—Quieres saber que vi en tu aura, ¿verdad?

—Creo que después de tres años deberías confiar un poco más en mí.

Aunque tenía mucho sentido, Raven no estaba seguro de si debía contar lo que vio.

—Desde el principio me pareció distinta a las demás, de un tono mucho más oscuro. Cuando me concentré más en ella, me dio la sensación de que su tonalidad era provocada por otra aura, como si se tratase de dos. Al concentrarme más probé que mis sospechas eran ciertas y entonces le vi a él... que me devolvió la mirada.

—No debes hablar nunca a nadie de esto.

—¿Quién es?

—Llegado el momento te lo revelaré.

El viaje continuó tranquilo, Arzhavin guiaba la carreta mientras Raven viajaba en su interior, aprovechando las dos semanas de travesía para progresar en la lectura de unos libros que Arzhavin le había dado recientemente.

Llegaron a Wesneliend antes de que cayese el sol, por lo que Arzhavin decidió que sería adecuado pasar la noche en la posada del pueblo.

—Vamos a pasar la noche en el pueblo, así podremos descansar en condiciones, pasará bastante tiempo hasta que podamos volver a hacerlo.

El guerrero debía estar esperándolos en la única taberna del pueblo, ya que, como era muy pequeño, solo tenía una. Por tanto, no tuvieron muchos problemas para encontrarlo. En cuanto Arzhavin entró por la puerta lo reconoció, ya que solo había un tipo ataviado con una armadura, en vez de llevar utensilios para el campo.

El guerrero les estaba esperando en una mesa bebiendo una gran jarra de cerveza.

—Tú debes ser Arzhavin, ¿no es así?

—Así es, –dijo el interpelado sentándose a la mesa–. Él es Raven, vendrá con nosotros.

—Encantado, mi nombre es Risk.

El guerrero, a pesar de estar sentado daba la impresión de ser bastante alto y se veía que era muy corpulento, como la gran mayoría de nórdicos. Su piel era clara, sus ojos azules y su pelo rubio sin canas, a pesar de aparentar más de cuarenta años. Efectivamente, Risk era un veterano y lo demostraban las cicatrices que la camisa dejaba ver.

—Igualmente, continuó Arzhavin.

—No me parece muy apropiado que el chico nos acompañe, el Valle de Plata está lejos y las carreteras son lugares muy peligrosos.

—Entonces estamos de suerte, te tenemos a ti y, además, no pienso viajar por ellas. He calculado que si atravesamos la Ciénaga de los Trols y cruzamos por el antiguo paso de Rhin, tardaremos la mitad.

—¡Pero eso es una locura, es infinitamente más peligroso!

—Por Raven no debes preocuparte y creo que el pago que hemos acordado está correctamente medido con la travesía que te propongo.

—Pero yo nunca he estado en esos lugares, podría incluso tardar años en encontrar un paso por las montañas. Hace ya mucho que esos caminos, que cruzaban por las montañas, dejaron de usarse.

—También he pensado en ello. Nuestro próximo objetivo será Gado Dorado. Allí nos espera un montaraz de Alarien que conoce bien la zona, de hecho ha viajado por el paso de las montañas en bastantes ocasiones.

—¡Vaya!, lo tienes todo muy pensado. ¿Y se puede preguntar por qué quieres ir a la Isla de los Condenados?

—Eso ya lo incluimos en tus honorarios.

—¡Ja, ja, ja!, no se te escapa una.

La noche no se alargó mucho. Arzhavin estaba impaciente por marcharse de aquel pueblo, que no le agradaba absolutamente nada. Partieron por la mañana temprano, sin esperar a que amaneciera, ya que Arzhavin no soportaba más el olor de la sucia posada del pueblo.

Risk era un tipo simpático y muy charlatán, de esos a los que le encantan sentarse alrededor de un fuego a contar historias hasta el amanecer. Sin embargo, llevaban ya unas cuatro horas de viaje y ninguno de sus dos compañeros le había dirigido la palabra.

La tarde estaba llegando a su fin y todavía nadie abría la boca. Raven había pasado todo el día leyendo un libro en el interior de la carreta y Arzhavin, cuando no la dirigía, se dedicaba a mirar sus mapas, sin dejar de hacer cálculos. Las únicas palabras que Risk había oído en todo el día, eran las de Arzhavin pidiendo que lo relevara al mando de la carreta.

—Risk, busca un lugar seguro para acampar, –ordenó Arzhavin.

—Será mejor que sigamos un poco más, detrás de aquella colina pasa un pequeño riachuelo. Así podrán beber los caballos.

Arzhavin, convencido, contestó con un gesto de aprobación.

No tardaron más de diez minutos en llegar al riachuelo. Risk dio de beber a los caballos y luego los ató. Tras esto, acudió a ayudar a montar el campamento.

Arzhavin, con ayuda de Raven, montó su pequeña tienda de campaña, que evitaría que se ensuciara demasiado sus caros ropajes.

Cuando Risk terminó de preparar un confortable fuego, los tres se sentaron en torno a este y asaron unas piezas de carne que sacaron de la carreta.

Ni Raven ni Arzhavin dijeron la más mínima palabra durante la cena, lo que hizo que aquella situación resultase muy incómoda para Risk. Al guerrero le ponía nervioso tanta reserva, por lo que esperó hasta que terminasen de comer para iniciar él mismo una conversación.

—Estoy muy cansado, así que me retiro a mi tienda, buenas noches, –dijo Arzhavin intuyendo las intenciones del guerrero.

—Bueno Raven, cuéntame algo de ti.

—¿Qué quieres saber?

—¿Sabes que tienes unos ojos muy raros?

—Sí, ya me lo habían dicho antes.

—¿Y sabes a qué se debe?, porque no conozco ningún lugar donde sea usual.

—No conocí a mis padres. Así, que no tengo una explicación.

—Me he fijado que vas armado, –continuó Risk, al ver que el chico no tenía ninguna intención de hablar de sus ojos–, ¿eres su guardaespaldas tú también?

—No, soy su amigo.

—¡Ah!, bueno y dime, ¿llevas dos espadas por si se te rompe una o usas las dos?, lo pregunto porque no llevas escudo.

—Uso las dos y no sé usar un escudo.

—Me lo suponía, pero usar un escudo es más sencillo que el combatir con dos armas y sobre todo con esas.

—¿Qué le ocurre a mis espadas?

—Son muy pesadas para alguien como tú.

—Te equivocas, las manejo bien.

—¡Eh!, tranquilo, no digo que no sepas usarlas bien. Solo opino que si utilizaras unas más pequeñas y ligeras, te podrías mover mejor. Verás, esas espadas son dos sables, te vendrían mejor dos espadas cortas, o dos cimitarras, si prefieres las armas curvas.

—Yo también estoy cansado, perdona que no me quede, contestó secamente el chico, dejándolo con la palabra en la boca.

«¡Pues vaya compañía!», pensó el guerrero.

—Creo que este viaje se me hará eterno, escoltando a un niño aprendiz de guerrero que no sabe ni lo que es una espada y para colmo lleva dos y un refinado noble, que se cree demasiado bueno como para compartir el sueño con los demás. ¡Ah!, y hablando de sueño, como se han acostado los dos, me tocará a mí hacer guardia toda la noche...

Risk pasaba las horas en un estado de semiinconsciencia, hasta que de repente, se despertó de sopetón, alarmado por ese sexto sentido que poseen todos los buenos guerreros. Asió sus armas justo antes de oír un leve crujir de ramas a su espalda. Se giró rápidamente con el escudo en alto, a tiempo de bloquear el ataque de lo que parecía ser un bandido. Acto seguido, el guerrero echó un vistazo hacia donde se encontraba durmiendo Raven, preocupado por el chico, pero éste no se encontraba en su saco de dormir.

El bandido, al ver la pérdida de atención de su oponente, lanzó una fuerte ataque en dirección al estómago del guerrero, pero éste respondió con una finta perfecta girando en torno a sí mismo, provocando que el bandido tropezara al asestar un golpe al aire con demasiada fuerza. «Típico error de los espadachines poco experimentados», –pensó Risk.

El guerrero no quiso desaprovechar la ocasión y pasó al ataque, acabando rápidamente con el bandido al que atravesó por la espalda con su espada larga.

De repente, Risk empezó a oír el chocar de varias espadas, y esquivando varios árboles de grueso tronco vio cómo Raven se enfrentaba a dos bandidos.

Justo cuando el guerrero se disponía a ayudar al chico, otro le salió al paso y le encaró. Mientras se preparaba para combatir con el bandido recién llegado, pudo ver que entre los árboles se ocultaba otro más buscando una buena posición para disparar con su arco corto.

El bandido le lanzó varios ataques dirigidos a distintas partes del cuerpo, que este defendía unas veces con su espada y otras con su escudo, siempre pendiente de los movimientos del arquero. Este, aunque ya había cargado su arco, no se atrevía a disparar, ya que Risk mantenía a su oponente entremedias.

En uno de los golpes que el frustrado bandido asestó, bajó la guardia más de lo que Risk estaba dispuesto a permitir. Así que no desaprovechó la ocasión y acabó con el segundo rufián. Antes de que el cuerpo del bandido cayese al suelo, Risk le agarró para utilizarlo como escudo contra el flechazo, que llevaba tiempo esperando.

Antes de que el inerte cuerpo del bandido ensartado golpeara el suelo, Risk lanzó una daga, que impactó en el cuello del arquero, que no tuvo tiempo de volver a cargar su arco. La daga se clavó profundamente, seccionando una arteria. El bandido intentó correr, pero no llegó muy lejos antes de desplomarse.

Risk volvió para ayudar a Raven, que ahora combatía contra tres magullados bandidos. Estos intentaban golpear al chico, pero todos sus ataques eran repelidos por alguna de sus espadas. Risk observó que Raven estaba jugando con los bandidos, a los que les asestaba fuertes golpes con la parte plana de las hojas de sus espadas, o con las partes romas.

El compendio de fintas y esquivas del muchacho era impresionante, así como los movimientos de sus espadas, que unas veces bloqueaban y otras castigaban a sus oponentes. También observó que el chico no dejaba al descubierto puntos débiles. Risk estaba impresionado.

Pero tras un momento de observar el combate, Risk se dio cuenta de que Raven no estaba jugando, sino que simplemente no era capaz de asestar golpes mortales. El veterano guerrero comprendió rápidamente que el chico nunca había matado a nadie.

—¡Esto no es un juego, acaba con ellos!, gritó Risk a la vez que saltaba sobre uno de los bandidos, al que obligó a defenderse para no acabar como sus compañeros.

Mientras tanto seis arqueros más tomaron posiciones para poder atacar sin ser vistos, lo que significaría el fin de Raven y Risk, pero estos ignoraban que Arzhavin, desde su tienda de campaña, iba a intervenir de forma decisiva. Primero realizó un hechizo para averiguar la localización exacta de todos sus enemigos. Gracias a este sortilegio era capaz de ver en su mente a cada uno de los bandidos, incluidos los ocultos. Tras esto, el mago empezó a preparar otro sortilegio, cuyo objetivo era infundir a sus oponentes un miedo tan irracional que tuviesen que salir corriendo, pero tuvo que detenerse. Arzhavin vio en su representación mental cómo uno de los arqueros apuntaba a Raven. En el mismo instante que el bandido se disponía a soltar la flecha, Arzhavin cerró su puño derecho realizando otro hechizo, que partió de golpe el brazo del arquero, haciéndoló fallar.

El grito del arquero hizo que Raven lo descubriera, pero esta pérdida de atención permitió que otro oculto le disparase. La flecha se clavó entre el pecho y el hombro izquierdo, lanzándolo hacia atrás, hasta caer al suelo a varios metros de donde recibió el flechazo. Acto seguido un gran pánico se apoderó de todos los bandidos, cuyo único pensamiento era salir huyendo.

—¡Rápido, asegura la zona!, –gritó Arzhavin saliendo de su tienda–, yo me ocupo de Raven.

Risk desapareció entre los árboles, para averiguar si aún quedaba algún bandido oculto. El guerrero se movía de árbol en árbol intentándose proteger ante una posible emboscada, ya que no estaba muy seguro de por qué habían salido corriendo. Mientras tanto, Arzhavin ayudaba a Raven a incorporarse.

Raven estaba gravemente herido, estaba perdiendo mucha sangre y el dolor no le permitía mover el brazo. Aun así logró ponerse en pie con la ayuda del mago. Arzhavin condujo al chico hacia el cadáver del primer bandido abatido por Risk y dejó que Raven cayera sobre él.

—Sabes lo que tienes que hacer, dijo el mago con voz seria.

Raven miró al cadáver y luego al mago, lanzándole un gesto de súplica. Este hizo caso omiso y agarró la flecha con su mano. Arzhavin dio un fuerte tirón, extrayéndosela de golpe, lo que provocó que la hemorragia se agravara mortalmente.

El hechicero miraba imposible cómo una lágrima caía por la mejilla del chico. Mientras tanto, Raven empezó a recitar unas palabras, en el lenguaje de la magia, apoyando una mano sobre el cadáver. Tras terminar de recitar las palabras mágicas, la palma de la mano empezó a emitir una tenue luz rojiza, que se tornaba más brillante conforme se iba consumiendo el cuerpo del bandido.

Un instante después la herida del chico no presentaba ninguna gravedad y la luz rojiza se fue apagando hasta desaparecer. Raven quedó exhausto y el cadáver presentaba un espeluznante aspecto de deshidratación.

—Te vendaré el hombro para que parezca que te he cosido la herida, lo que no estaría de más, ya que no ha sanado del todo. Así Risk no debería sospechar nada extraño.

Para cuando volvió el guerrero, todos los cuerpos estaban ardiendo en una gran pira y Raven, con el hombro vendado, estaba sentado en el suelo con un gran pesar. No era capaz de quitarse de la cabeza la aterradora imagen del bandido consumiéndose.

Risk tenía intención de reprender al chico por su actitud irresponsable, pero entendió que este no era el mejor momento, y que incluso no sería necesario, ya que había estado muy cerca de la muerte.

—Risk, preparémonos para partir, no quiero seguir ni un momento más aquí, dijo el mago secamente.

Una elfa

El grupo se puso en marcha sin demorarse demasiado, ya que los bandidos podrían volver con refuerzos en cualquier momento. A pesar de todo, no volvieron a tener ningún otro encontronazo en toda la semana de viaje hacia Gado Dorado.

Llegaron a medio día y, aunque Arzhavin ansiaba iniciar el viaje hacia el Valle de Plata, prefirió pasar la noche en la ciudad.

—Es pronto y podríamos organizarlo para partir esta tarde, pero creo que será más apropiado descansar bien esta noche, y esta vez en una posada en condiciones.

Arzhavin guió al grupo hasta una posada, en la que ya se había hospedado en otras ocasiones cuando había estado de negocios por la zona.

Más tarde y una vez se habían deshecho del pesado equipaje, el mago condujo a sus dos compañeros hasta la taberna más cercana.

—Bebed algo refrescante mientras voy en busca de nuestro guía. Volveré con él para que comamos todos juntos.

Mientras el guerrero y el chico esperaban en la taberna, Arzhavin se dirigió calle abajo hasta llegar a una carpintería.

—¿En qué puedo ayudarlo?, preguntó la tendera al ver entrar al mago.

—Necesito hablar con Jers, contestó éste refiriéndose al marido de la señora.

—Sí. Un momento, voy al taller y le digo que salga.

—Gracias.

El robusto anciano reconoció a Arzhavin nada más verlo, al que le hizo una disimulada reverencia.

—Rona, voy a atender al señor en el despacho, que nadie me moleste.

Jers cerró con llave la puerta de su despacho y se dirigió a un mueble de dónde sacó una botella de licor. Tras ofrecerle una copa a Arzhavin se sirvió una él y se sentó en su bonita mesa.

—Supongo que viene por el montaraz.

—Correcto.

—Se hospeda en una casa que yo mismo le he alquilado. No te será difícil encontrarla. Al final de la calle hay una casa con un pequeño porche, es la única que tiene, así que no puede haber confusión.

—Perfecto. Una cosa más, necesitaré dinero. ¿Cuánto puedes darme?

—Ahora mismo le digo de lo que dispongo.

El anciano le entregó todo el dinero que tenía en aquel momento y Arzhavin le dio una carta donde indicaba el importe que había recibido de éste.

—Me retiro, ha sido un placer, –dijo el mago dándole la mano al anciano.

Tras despedirse, Arzhavin siguió las indicaciones que el carpintero le había dado y, como dijo éste, no tuvo problemas para encontrar la casa. Se plantó frente a la puerta y dio unos golpes. Al instante ésta se abrió dejando ver a una figura de mujer vestida con unas ropas desgastadas y una capa verde oscura, cuya capucha no dejaba ver bien el rostro.

—Pasa, –dijo ésta apartándose para que Arzhavin entrara.

La montaraz se quitó la capucha de su capa tras cerrar la puerta, dejando al descubierto un bellísimo rostro élfico. Sus cabellos rubios tenían un brillo especial, como si se tratase de oro y sus ojos eran tan azules que parecían dos zafiros. El mago quedó bastante asombrado aunque no mostró el más mínimo gesto de ello.

—Nadie me comentó que fueses mujer.

—¿Te supone eso algún problema?

—Ninguno.

—Yo tampoco esperaba que hubiese otro elfo por estas tierras.

—¿Qué elfo?

—No es necesario que disimules conmigo, puedo distinguir claramente tus rasgos élficos, aunque debo añadir que, en tu caso, predominan claramente los humanos.

—En realidad sabía que te darías cuenta, pero el resto del grupo no sabe nada al respecto y me gustaría que así siguiese. Me imagino que no será necesario dar una explicación, ya que has abierto la puerta encapuchada.

—No te preocupes, no diré nada.

Hacía mucho que las relaciones entre elfos y humanos se habían vuelto inexistentes, por lo que la desconfianza entre ambas razas era muy grande. Por tanto, los elfos que viajaban por reinos humanos intentaban pasar lo más desapercibidos posible. Para algunos, como Arzhavin, esto no era muy difícil, gracias a su herencia humana.

—Por cierto, ¿quién de los dos era humano?, –continuó la elfa.

—Mi madre y has preguntado en pasado porque supones que está muerta, ¿no es así?

—Debes tener unos ochenta años, así que supongo que ya no estará entre nosotros. Esa es una de entre muchas razones por las que elfos y humanos no deberían mezclarse, no estamos al mismo nivel.

—Aciertas con la edad y noto cierta intolerancia en tus palabras. Para tu información, a menudo mi padre se refería a mi madre como una mujer cuya belleza sembraba la envidia entre las elfas de todo Seresade. Que su destreza en combate rivalizaba con la de él mismo y que su pasión era algo que nunca llegará a entender nadie por cuyas venas corra sangre élfica.

La elfa vio por un momento, que en el rostro de Arzhavin se reflejaba algo de esa pasión, pero rápidamente su expresión volvía a ser fría e inexpresiva, como era costumbre en él.

—Así que eres de Seresade... –dijo la elfa casi susurrando.

—Cambiando de tema, mi nombre es Arzhavin.

—Yo me llamo Iskra.

—Encantado. Veo que ya estás lista para partir, añadió éste que se había fijado que la mochila de la elfa estaba preparada.

—Sí, me gustaría salir cuanto antes.

—¿No te gusta esta ciudad?

—De hecho no me gusta ninguna, ni humana ni élfica. Prefiero el aire libre, las grandes aglomeraciones de personas me hastían.

—Bueno, en ese caso no habrá ningún problema. Partiremos mañana, antes del amanecer. Quiero que el grupo descanse bien esta noche. Nos espera un largo viaje.

—De acuerdo.

—Ahora deberíamos ir a que te presente al resto.

Raven y Risk se encontraban en la taberna, cuando Arzhavin llegó acompañado de una mujer encapuchada. La capa verde oscuro dejaba ver muy poco del atuendo de la muchacha, tan solo permitía que se viesen con claridad unas viejas botas de cuero de buena calidad.

—¡Buenas noches caballeros!, esta es Iskra y será nuestra guía, dijo Arzhavin retirando una silla para ofrecérsela como asiento a la elfa, y ellos son Risk y Raven.

Iskra se sorprendió al ver los ojos del chico. Pensó que eran los más bellos que había visto nunca. De hecho se quedó tanto tiempo mirándolos que hicieron que Raven se pusiese muy nervioso.

Tras la breve presentación, Arzhavin expuso su intención de partir al alba y luego pidió al tabernero que les trajese algo caliente de comer. Para Risk, la cena fue un completo aburrimiento, ya que ninguno de sus tres compañeros habló casi nada durante ella.

Al día siguiente, mientras Risk dirigía la carreta, Iskra y Arzhavin planificaban el viaje hacia el Valle de Plata en el interior de esta. Junto a ellos estaba Raven que intentaba leer un libro, sin mucho éxito, ya que no podía dejar de mirar a la elfa. Todo en ella le parecía maravilloso. Iskra, a pesar de que iba vestida con unas ropas muy viejas y desgastadas, el chaleco de cuero y los pantalones oscuros le hacían una figura muy atractiva.

Eran bastante afortunados al contar con un elfo en el grupo, ya que no necesitan tantas horas de descanso como los humanos y sus sentidos están más agudizados. Iskra podía pasar casi toda la noche en guardia, tan solo necesitaba entrar en trance durante unas tres horas para descansar totalmente.

A Raven le tocó en la primera noche acompañar en la vigilia a la elfa y eso le tenía bastante nervioso. No estaba acostumbrado a estar en presencia de una mujer y mucho menos de una tan bella.

—Te veo muy tenso, ¿te ocurre algo?, preguntó Iskra, que sabía perfectamente lo que le pasaba al chico.

En situaciones normales, hubiese optado por guardar las distancias, pero aquella no lo era. La elfa sentía mucha curiosidad por aquellos extraños ojos violetas. Nunca, en sus más de cuatrocientos años, había conocido a alguien con unos iguales.

—No es nada.

—Veo que pasas mucho rato leyendo, ¿de qué trata?

—Es un libro de historia de Itil Lein.

—¿Eres de allí?

—No estoy seguro, pero es el único hogar que conozco.

—Entiendo, eres joven y no conoces mucho mundo. Por cierto, nunca he conocido a alguien con unos ojos como los tuyos. ¿Alguno más de tu familia o de tu clan los tiene?

—No conocí a mis padres, así es que no lo sé. ¿Y tú de dónde vienes?

—De Alarien. Una ciudad élfica que está muy lejos de aquí.

—¿Y por qué estás tan lejos de casa?

Aquella pregunta hizo reflexionar a la elfa, hacía siglos que se marchó de su hogar. En muchas ocasiones se preguntaba qué habría sido de Alarien.

—Estaba cansada de Alarien y quería conocer otros lugares, –contestó ensimismada.

—Me he fijado que tienes un arco, yo nunca he usado uno.

—Es un arma excelente. Me permite cazar para comer y luchar sin exponerme tanto al peligro. En Alarien se nos adiestra en el uso del arco desde muy pequeños. Por eso nuestros arqueros son muy temidos.

Iskra no era del tipo de personas que solía hablar mucho de ella y mucho menos de su hogar, pero aquel chico le transmitía algo que ni siquiera ella comprendía.

La noche transcurrió tranquila, Risk relevó al chico con el que Iskra compartiría muchas otras veladas, en las que le contaría muchas anécdotas de su ciudad y de su historia milenaria.

El viaje continuó tranquilo y avanzaban a buen ritmo, aunque a Iskra le preocupaba el giro tan brusco que había tomado el tiempo. Podía percibir en el ambiente que se avecinaba un temporal.

—Debemos aligerar el paso, se acerca una tormenta. Si nos damos prisa, en una semana podríamos llegar a Berna.

—O podríamos pasar por este pueblo de aquí, –propuso Arzhavin señalando en el mapa una indicación que ponía Ruon–, Así podremos comprar ropa de abrigo y vender la carreta, ya que no podremos atravesar el bosque con ella.

—Querrás decir el pantano, –le corrigió la elfa–. No sé si conseguirás vender la carreta allí, Ruon es una pequeña aldea de granjeros y maleantes. Ya no queda nada de su viejo esplendor.

—De todos modos no perdemos nada intentándolo y podremos descansar en una cama. Ya hace más de dos semanas que partimos de Gado Dorado y nos vendrá bien una noche de descanso.

La carretera por la que viajaban bordeaba la Cordillera Sombra del Este hasta llegar al Valle de Plata. Por aquel camino les costaría alrededor de dos meses llegar al valle y Arzhavin no estaba dispuesto a invertir tanto tiempo. Sin embargo, si atravesaban las montañas por el Paso de Rihn, llegarían en tan solo una semana o poco más. Por otro lado, aunque Iskra prefería no tener que atravesar la ciénaga, tenía que tener en cuenta que el clima estaba cambiando y si no se daban prisa les caerían las primeras nevadas a mitad de camino. Así que no tuvo más remedio que acceder a tomar el desvío hacia Ruon, en vez de seguir por la carretera del oeste.

La ruta que llevaba al Paso de Rhin se dejó de utilizar hacía ya más de dos siglos, porque las tierras de los alrededores se volvieron muy peligrosas. Muchas fueron las leyendas que aparecieron sobre el antiguo Bosque de Kerinan, más conocido en la actualidad como la Ciénaga de los Trols.

La ciénaga de los Trols

Ruon era una pequeña villa en torno a la carretera que llevaba hacia las tierras del Oeste. A pesar de ser muy pequeña, tenía una buena posada, ya que era un lugar por el que solían pasar muchos viajeros y comerciantes. La ubicación de la posada era inmejorable, porque se encontraba junto a la carretera, por lo que todos los viajeros tenían que pasar por su puerta.

Llegaron exhaustos, bastante después de la medianoche, ya que habían decidido continuar hasta llegar para no pasar una noche más a la intemperie.

Arzhavin golpeó varias veces el llamador hasta que el posadero abrió la puerta. Era común que algunos viajeros llegaran muy tarde, por lo que no puso ninguna objeción.

El posadero les entregó las llaves de las cuatro habitaciones que Arzhavin solicitó y posteriormente se encargó de la carreta y de sus dos caballos, para finalmente marcharse a seguir durmiendo.

A la mañana siguiente, Arzhavin abandonó la posada muy temprano para cerrar unos negocios. Se dirigió hacia una pequeña casa bastante apartada de la posada.

—¿Quién llama tan temprano?, gritó desagradablemente alguien sin abrir la puerta.

—Soy Arzhavin.

La puerta se abrió unos instantes después. Dejando ver a un hombre desaliñado que apestaba a alcohol.

—¿Qué horas son estas?, protestó.

Arzhavin no contestó, pero la expresión de su rostro bastó para que el maleducado tipo cambiase la actitud.

—No te quedes ahí, pasa dentro.

La casa era muy pequeña y todo estaba muy sucio, desordenado y apestaba a sudor y whisky. Arzhavin iba a sentarse pero sintió asco y prefirió quedarse de pie.

—Siéntate, te serviré una copa.

—Preferiría que no. Acabemos cuanto antes para que pueda salir de este agujero.

—¡Eh!, no es necesario ofender.

—La carreta está en el establo de la posada y esta será su parte, –dijo el mago entregando una bolsa con dinero–. Espero que hagas bien tu trabajo y que estén esperándolos en el puente o de lo contrario los gritos que darás te desgarrarán la garganta.

—Sí, sí, no habrá ningún problema, señor.

—Por cierto, ha habido un cambio. Serán tres hombres y una mujer.

—Vale, vale, no lo olvidaré.

Arzhavin dejó la casa y volvió a la posada para prepararse y reanudar el viaje.

El grupo partió tras haber comprado todo lo necesario. Tomaron el camino que se dirigía hacia el norte. Tras dejar atrás las casas de los granjeros, tomaron otro camino que los llevaría hasta los bosques cercanos a la Ciénaga de los Trols.

Al caer la tarde montaron un pequeño campamento, apartados del camino. Risk estaba exhausto, ya que la elfa había impuesto un ritmo de marcha muy alto. A diferencia del resto, el guerrero llevaba una armadura, una pesada cota de mallas, que le dificultaba el paso más que a los demás. Cuando pudo por fin quitarse la armadura para descansar no podía ni moverse.

Al día siguiente la marcha continuó igual. Risk pidió que se hiciese un alto para poder descansar, pero Arzhavin les instó para hacerlo tras cruzar el Mirandir, un pequeño río no muy lejos de allí.

—Podremos descansar a orillas del río y aprovechar para refrescarnos un poco, sugirió Arzhavin.

Continuaron hasta un antiguo puente de piedra muy desgastado. La intención del grupo era cruzarlo y acampar en la sombra que éste proyectaba sobre la orilla cuando, de repente, Iskra sacó su arma. El grupo se encontraba en medio del puente cuando aparecieron una serie de bandidos por cada extremo.

—Les doy la bienvenida, –dijo uno de ellos acercándose a los cuatro viajeros–. Son tiempos difíciles y me temo que tendré que cobraros el peaje por el uso del puente.

—¿Y cuánto se supone que nos va a costar?, preguntó Arzhavin.

—Bueno, teniendo en cuenta que da la impresión de que gozáis de una buena posición, me llevaré todo vuestro oro.

—En ese caso creo que preferiré cruzar el río a nado.

—Mucho me temo que eso no va a ser posible, ya que estáis a mitad de camino.

—Entonces podríamos arreglarlo pagando la mitad.

—¡Eh, Rony!, pártele la boca al niñito bien vestido, dijo otro bandido.

Iskra interpuso su espada corta en actitud amenazadora cuando el elocuente bandido se acercó hasta ella, que junto a Raven formaban la primera línea.

—¡Anda!, mira cómo saca las uñas la gatita. No deberías dejarles la cuerda tan larga a tus animales, añadió mirando a Arzhavin.

Al parecer, el rufián suponía que Arzhavin era un tipo adinerado y el resto sus sirvientes.

—A la gatita dejádmela a mí, al resto matadlos, ordenó el bandido que, tras decir eso cayó pesadamente contra el suelo.

El resto de bandidos se lanzaron al ataque, pero se pararon en seco al ver como su jefe caía muerto. Raven lanzó una daga, que sacó de su manga izquierda y que se clavó en la sien del bandido.

No hacía mucho, Arzhavin sorprendió a Raven con un regalo. Éste le obsequió dos dagas con unas fundas muy especiales. Eran una especie de muñequeras que permitían que se pudiesen ocultar bajo las mangas de una camisa unas finas dagas. Raven se sentía muy cómodo manejándolas, por lo que solía llevar varias en su cinto. El mago suponía que sería muy interesante que Raven tuviese unas ocultas de fácil acceso a las que pudiese recurrir en un ataque por sorpresa, por ejemplo.

Rony, el bandido charlatán, ni siquiera la vio venir. Tras lanzar la daga, Raven desenvainó sus dos espadas y salió corriendo hacia los tres bandidos que tenía frente a él. Risk al ver al chico tan decidido, pensó que éste ya había superado su problema, por lo que en vez de acompañarlo prefirió combatir con los bandidos del otro lado del puente. Iskra tampoco tardó en reaccionar y salió corriendo a ayudar al chico, ya que Risk daba la impresión de ser un guerrero bastante curtido y Raven se iba a batir con tres oponentes al mismo tiempo.

Mientras tanto, Arzhavin permaneció de pie en medio del puente observando cómo Risk se batía con dos oponentes y cómo su aprendiz e Iskra hacían lo propio con tres más. El mago observaba detenidamente los movimientos, tanto de la elfa como los del guerrero. Los estaba evaluando. Arzhavin había pagado a un villano para que contratara a unos mercenarios que debían asaltar a un grupo de personas que pasarían aquel día por aquel puente. Tres hombres y una mujer, concretó el mago.

El combate se saldó con dos bandidos muertos más y una herida leve. Risk recibió un corte en el muslo, debido a un descuido propiciado por el cansancio que ya acumulaba. El resto de los bandidos huyó.

Arzhavin ayudó a Raven a dar sepultura a los bandidos caídos, mientras Iskra atendía la herida de Risk con unos ungüentos élficos creados por ella misma, que era toda una experta en la materia.

Raven, debido a la furia provocada por el abuso a la elfa, no tuvo ningún problema para realizar un ataque mortal.

A pesar del cansancio, aquel día el grupo continuó hasta bien entrada la noche. Finalmente montaron un campamento en el bosque por el que accederían a la Ciénaga de los Trols. Risk estaba tan agotado que no quiso cenar.

A la mañana siguiente, reanudaron la marcha ya bastante entrada la mañana, no tenían mucha prisa, ya que estaban obligados a acampar frente a la linde de la ciénaga. No era oportuno adentrarse en ésta cayendo la noche.

—Nuestro objetivo será llegar hasta las montañas, comunicó la elfa al grupo una vez habían acampado.

—Pero la ciénaga es muy grande, no podremos llegar a las montañas en un solo día, dijo Risk.

—Calculo que necesitaremos pasar dos noches al menos en la ciénaga, –continuó Iskra.

—¿Cuál es el problema de acampar en la ciénaga?, quiso saber Raven.

—Por estos pantanos hay muchos Trols, unas abominables criaturas humanoides de unos tres a cuatro metros de altura. Su inteligencia es casi nula, aunque son letales en combate. Poseen una piel tan dura que una espada puede partirse al golpearla y una fuerza superior a la de diez hombres. Odian la luz, por lo que solo abandonan sus cuevas durante la noche, contó Arzhavin.

—Añade que poseen una sangre con unas capacidades regenerativas impresionantes. Se regeneran tan rápido, que son capaces de terminar un combate casi sin heridas, –añadió la elfa.

—Eso es realmente un problema, pero no es el único, –añadió el guerrero–, además de los trols hay un sinfín de criaturas peligrosas y una poderosa bruja.

—Es cierto que nos acecharán muchos peligros, pero no una bruja. Eso es un cuento para asustar a los niños, –contestó el mago.

—Bueno, tengo que confesar que vengo preparada para la situación, –prosiguió la elfa mientras sacaba de su mochila unos tarros que contenían una oscura sustancia muy espesa–, Cuando acampemos en la ciénaga nos untaremos el cuerpo con esto, así los trols no podrán oler nuestro auténtico olor confundiéndonos con un animal en descomposición.

—¿Estás segura que funcionará?, preguntó Risk.

—No es la primera vez que cruzo estos pantanos, he venido a cazar trols en numerosas ocasiones. Su sangre es el ingrediente principal de un potente ungüento curativo.

El grupo se pasó la tarde descansando, Iskra entró en trance antes del anochecer, para poder montar guardia durante toda la noche. Arzhavin aprovechó un momento en el que ni el guerrero ni la elfa podían escucharlo, para decirle a Raven que, cuando estén en la ciénaga, tendría que hacer guardia por la noche haciendo uso del hechizo de visión en la oscuridad que le había enseñado.

—Recuerda que nadie debe ver cómo lanzas el hechizo y nadie puede ver tus ojos, como sabes se pondrán rojos. Además debes tener un especial cuidado con Iskra, sus sentidos élficos son capaces de percibir la magia, sobre todo cuando estés realizando el hechizo.

Reanudaron la marcha de madrugada, faltando todavía varias horas para que saliese el sol. Era poco probable que algún trol los sorprendiera, su gran envergadura hacía de ellos unas criaturas muy lentas y ruidosas. De hecho Iskra sería capaz de detectar la presencia de alguno a muchísimos metros de distancia.

Ya había salido el sol cuando el grupo avanzaba pesadamente a través del lodo y del inestable suelo. Los cuatro caminaban lentamente agarrados a una cuerda que sacó la elfa de su mochila. De esta forma, si alguno se hundía más de la cuenta el resto podía tirar de él. A pesar de ello, Iskra iba tanteando el terreno con una rama que había cogido para poder evitar las arenas movedizas.

Caminaron durante todo el día, sin ni siquiera para a comer.

El sol estaba a punto de caer, cuando el viento empezó a tornarse helado y una espesa capa de niebla fue apoderándose poco a poco de la ciénaga. El paisaje no era muy acogedor durante el día, pero ahora que la noche se iba abriendo paso, todo se iba volviendo bastante siniestro. Aunque lo más inquietante de todo era el extraño sonido, parecido a un susurro, que emitía el viento.

Nadie quiso decir nada, preferían permanecer atentos a cada sombra de cada árbol, a cada zona en que el agua pareciese más profunda, a cada arbusto, a cada roca... En definitiva, a cualquier lugar desde donde pudiese aparecer algo peligroso. Los cuatro tenían la sensación de que cientos de criaturas los acechaban tras los despoblados y amenazantes árboles, que con sus complicados escorzos parecía que querían abalanzarse sobre ellos.

—Esta niebla es extraña, tiene algo de antinatural, le susurró Raven al mago.

—¿Ves algo extraño en ella?

—No, pero lo presiento, no sé cómo explicarlo...

Al mago también le daba la sensación de que tanto la niebla como el viento no eran normales, también pensaba que detrás de todo aquello había alguien o algo.

Faltaba muy poco para que las sombras se apoderaran del lugar, sumiéndoles en las tinieblas. En ocasiones se oía a un búho ulular, contribuyendo a que la escena fuese cada vez más tenebrosa. La sensación de peligro iba aumentando por minutos.

—Acamparemos aquí, el suelo es firme y estas rocas nos resguardarán del viento –dijo la elfa–.

Iskra sacó los tarros con el maloliente ungüento oscuro y se los ofreció al resto para que se embadurnaran con él. Tras esto, se cambiaron las prendas mojadas por otras secas y se pusieron toda la ropa de abrigo que llevaban y cenaron algo.

La ausencia de los rayos de sol y la humedad de la ciénaga hacían que el extraño frío helado fuese insoportable.

Los cuatro compañeros se apretaron los unos con los otros, con el fin de acumular el máximo de calor posible, ya que no podían encender un fuego para no alertar a ningún morador nocturno del pantano.

Acordaron que la primera guardia la harían Iskra y Raven. De la segunda se ocuparían Risk y Arzhavin, que además de que no acostumbraba a dormir demasiado, también gozaba de unos sentidos muy agudizados, debido a su herencia élfica, aunque nada comparables con los de Iskra.

A pesar de que Arzhavin le pidió a Raven que usara su hechizo de visión nocturna para que pudiese ver en la oscuridad, éste no se sintió capaz de poderlo lanzar sin que la elfa se diera cuenta. Además, confiaba plenamente en sus sentidos que, durante muchos años, le mantuvieron con vida en el bosque de Fosbrun.

Habían transcurrido varias horas de la primera vigilia, cuando empezaron a oír unos ruidos lejanos. Iskra le puso una mano encima a Raven para transmitirle calma.

—Son trols, pero están muy lejos, susurró Iskra.

—¿Cuántos dirías que son?

—Creo que tres, pero me parece que no se van a acercar a nosotros.

La elfa estaba en lo cierto. Las ruidosas pisadas se fueron alejando paulatinamente. Unos instantes después solo se oía el viento.

Raven observaba con detenimiento los alrededores, no lo había mencionado, pero hacía rato que tenía la sensación de que alguien los espiaba.

Llegó la hora del relevo y, a pesar de su inquietud, Raven no pudo luchar con el cansancio y se quedó dormido. La travesía por el pantano había sido agotadora.

El chico abrió los ojos y se dio cuenta que la niebla se había intensificado enormemente, casi no podía ver los árboles y arbustos cercanos. Se levantó de un salto al darse cuenta de que se encontraba solo.

—No los busques, no están, –dijo la voz de una anciana.

Raven se giró sacando sus espadas en dirección a la voz. Frente a él, se podía entrever a una anciana envuelta por la niebla. Vestía una especie de túnica toda desaliñada, que algún día fue blanca pero que ahora se había vuelto gris por la suciedad. Sobre ésta caían unos larguísimos mechones de cabello blanco muy descuidados. Su rostro era cadavérico y sus ojos casi blancos, debido a la ceguera.

—Tranquilo Raven, –dijo la anciana alzando una mano huesuda en señal de alto.

—¿Cómo sabes mi nombre?

—Yo sé muchas cosas... Pero no he venido hasta aquí para contártelas.

—¿A qué has venido?, preguntó el chico con un tono de voz que delataba su miedo.

—A darte un mensaje. Tus compañeros no están aquí porque estás soñando. He tenido que esperar pacientemente a que te durmieras para entrar en tu sueño.

—Tú eras quien nos estaba espiando, ¿verdad?

—Sí y también quien os mantiene a salvo, por ejemplo alejando a los trols.

—La niebla también es cosa tuya, ¿no es así?

—Es para manteneros ocultos.

—¿Ocultarnos, de quién?

—No tengo mucho tiempo, mi poder se agota y tengo un consejo que darte. Nunca escuches a Evrain, no hagas tratos con él o estarás perdido, dijo mientras se perdía en la niebla.

—¡Espera, no he entendido!

Raven se despertó con el eco de las palabras de la anciana. Faltaba poco para el amanecer y tenían que reanudar la marcha.

Presas de la noche

Aquella mañana, la niebla era menos intensa que el día anterior. El frío había casi desaparecido, por lo que volvieron a guardar las prendas de abrigo.

Raven avanzaba agarrado a la cuerda pensando en las palabras de la anciana. La niebla se iba disipando poco a poco y un rato después había desaparecido por completo, aumentando la preocupación de éste. La anciana había mencionado que los estaba ocultando, «de Evrain», pensó Raven.

El ánimo del grupo, a excepción del chico, mejoró al desaparecer el viento helado y la niebla. Una vez esta se había disipado, pudieron ver que las montañas estaban cerca.

A pesar del cambio, la ciénaga seguía manteniendo su aspecto siniestro que hacía que ninguno bajase la guardia.

—Siento deciros que a pesar de que estamos avanzando mucho hoy, no tendremos más remedio que volver a acampar en la ciénaga, comunicó la elfa.

—Podríamos apurar e intentar llegar hasta la ladera de la montaña, –dijo Raven–. Así podríamos acampar en un terreno más firme y menos húmedo.

—No es nada seguro avanzar en la oscuridad por un pantano, podríamos quedar atrapados en unas arenas movedizas o caer en la emboscada de alguna criatura. Éste es un buen sitio para montar el campamento, continuó Iskra.

Iskra encontró un lugar donde había una serie de grandes rocas, dispuestas de tal manera que formaban una especie de cueva de unos metros de profundidad. El lugar era idóneo, solo tenía un acceso y era pequeño para que un trol pudiese entrar.

—Este lugar es perfecto, pero no debemos confiarnos, un trol grande podría meter la mano y coger a alguno de nosotros, dijo la elfa.

Los cuatro se untaron el maloliente ungüento y se acomodaron como pudieron dentro de la cueva. Iskra entró en trance poco antes del anochecer mientras Raven, Risk y Arzhavin hacían guardia.

El sol se iba y la noche daba paso a los habitantes nocturnos de la ciénaga. Los tres vigilantes pasaban los eternos minutos observando cada árbol, analizando cada sonido y contando cada segundo.

Poco antes de que despertara la elfa se empezaron a oír los ruidosos pasos de un trol. En un principio las pisadas eran lejanas, pero cada vez el estruendo era mayor. El trol se estaba acercando.

No podían verlo, pero sabían que el trol estaba fuera. Desde la entrada de la cueva, les llegaba un tremendo hedor, además de una extraña niebla, que se acababa de levantar. De repente se oyó un fuerte golpe que hizo retumbar el suelo y acto seguido, todo quedó en silencio.

Pasaron unos minutos, tras los cuales la niebla empezó a disiparse lentamente. Parecía que el trol se había esfumado. Un instante después, Iskra abrió los ojos y quiso decir algo, pero Arzhavin le tapó la boca antes de que pudiese emitir sonido alguno.

La elfa, que entendió la situación, se concentró para poder escuchar algo que le proporcionara información. Tras un par de minutos intentando oír algo, desistió, por lo que se acercó sigilosamente hasta la salida de la cueva.

Iskra esperó unos minutos más y finalmente hizo un gesto al resto, indicándoles que saliesen fuera. El primero en salir al exterior fue Risk, protegiéndose con su escudo. Una vez fuera, pudieron ver al enorme trol tendido en el suelo.

—Sigue vivo, –susurró Iskra que se había acercado con mucho cuidado–, solo está inconsciente. Debemos irnos de esta zona y buscar otro refugio, aquí corremos peligro.

La elfa, de un metro setenta, se veía ridícula al lado de aquella criatura que estaría cerca de los cuatro metros.

—¿Por qué no lo matamos?, quiso saber Risk.

—No sé qué es lo que lo ha dejado fuera de combate, pero no quiero quedarme a averiguarlo. Además aunque está postrado e inmóvil, no es fácil atravesar su piel y corremos el riesgo que un desafortunado golpe lo despierte, añadió Iskra.

Raven se imaginaba quién había hecho aquello, pero no se atrevía a decir nada. La revelación de la visita de la anciana propiciaría muchas preguntas para las que no tenía respuesta.

Raven se quedó fuera vigilando mientras el resto recogía sus cosas para abandonar el lugar. Tras esto, los cuatros volvieron a reanudar la marcha, agarrados a la cuerda de la elfa. Avanzaban a un paso muy lento, ya que no veían prácticamente nada y estaban bastante cansados. Continuaron varias horas, en las cuales cubrieron una distancia muy pequeña y no habían podido encontrar ningún lugar seguro. A pesar de ello y de la creciente sensación de peligro, la moral del grupo aumentó porque empezaron a pisar un suelo mucho más firme que el que llevaban varios días pisando. Era un claro signo de que pronto dejarían la ciénaga. Unas horas después, el paisaje se iba haciendo cada vez más rocoso y la vegetación iba cambiando poco a poco.

—Parece que vamos a salir del pantano. Si continuamos, probablemente en una o dos horas, lo habremos dejado atrás, comunicó la elfa.

—Continuemos entonces, –ordenó Arzhavin.

El grupo llevaba ya un rato avanzando cada vez más rápido y sin la cuerda, ya que ahora se sentían más seguros. A pesar de ello, caminaban muy juntos unos de otros, ya que seguían sin ver casi nada. De repente, Raven sintió una intensa sensación de peligro, que le recordaba sus años en el bosque de Fosbrun. Aquella sensación de alerta lo mantuvo con vida por aquel entonces, por lo que no iba hacer caso omiso de ella.

—Deteneos, –susurró el chico–, creo que algo nos acecha.

El grupo se apostó junto a una inmensa roca, para protegerse las espaldas y empezó a mirar en todas direcciones. Arzhavin y sobre todo Iskra pudieron ver como se les estaban acercando unas sombras, gracias a sus ojos élficos. En pocos segundos pudieron ver que se trataban de unas gigantescas arañas negras de medio metro de altas.

En segundos, una docena de arañas cercaban al grupo. Raven y Risk sacaron las armas, adoptando una actitud defensiva.

—Son arañas del pantano. Hay que tener mucho cuidado con su picadura, pueden paralizar a un hombre en segundos, dijo la elfa sacando su arco.

—Por ahí han dejado un hueco por el que huir. Será mejor intentar salir corriendo y combatir en otro lugar más seguro, –dijo Arzhavin indicando un hueco que las arañas no estaban cubriendo.

—¡Rápido, corred, yo os cubro!, dijo Risk interponiéndose entre las arañas y la vía de escape.

Arzhavin salió corriendo e Iskra detrás de él, la cual hubiese sido interceptada por una araña de no haber sido por la rápida actuación de Risk, que golpeó a esta con su escudo. Otra araña más se lanzó hacia éste, pero no pudo alcanzarlo porque Risk realizó un movimiento defensivo con su espada que obligó a la araña a recular.

—¡Te ayudo!, gritó Raven interponiéndose entre el guerrero y una nueva araña que se disponía a atacarle.

Iskra, cuando logró ponerse a una distancia considerable cargó su arco y disparó una flecha a otra araña que intentaba coger por el flanco a Raven. El flechazo de la elfa fue letal, dejando muy asombrados a los dos guerreros. Mientras tanto, Arzhavin, mucho más apartado del combate buscaba un lugar que les ofreciera más posibilidades.

Raven y Risk salieron corriendo en cuanto tuvieron ocasión, ayudados por los disparos de la elfa.

Empezaron a llegar muchas más arañas y los compañeros seguían corriendo, subiendo por un terreno rocoso que en ocasiones les obligaba incluso a trepar. Las arañas no dejaban de perseguirlos, pero tampoco se les echaban en lo alto, daba la sensación de que estaban esperando a que sus presas se agotasen.

Arzhavin divisó una grieta en una pared rocosa, a unos diez metros de altura desde su posición. Alcanzarla no era muy difícil, a pesar de lo empinado del terreno podían ir subiéndose de una roca a otra para llegar. El mago les señaló la grieta y se dirigió hasta ella. Raven y Risk volvieron a hacer frente a las arañas para permitir la huida de sus compañeros.

—¡Son demasiadas!, gritó Risk que combatía contra dos arañas montado sobre una roca.

—¡En cuanto Iskra empiece a disparar huye hacia la grieta!, –le indicó Raven.

—¿Qué dices?, no voy a dejarte solo con las arañas.

—¡Hazme caso, aquí no me pueden atacar muchas al mismo tiempo!, contestó éste, que también se había encaramado a lo alto de una roca, pero más pequeña que la de Risk.

La elfa empezó a disparar tan pronto llegó a la grieta y Arzhavin, que también la había alcanzado, buscó un lugar para esconderse. Iskra volvió a lanzar un tiro mortal.

—¡Ahora, corre hacia arriba!, gritó el chico extrayendo una de sus espadas del cuerpo inerte de otra araña.

Cuando Risk miró al chico, éste se enfrentaba a dos y alcanzaba a ver al menos tres muertas más a su alrededor.

—¡Date prisa!, le instó el chico.

—¡No!, ¡no te voy a dejar solo, podemos contenerlas!

Iskra vio cómo una luz aparecía tras ella, Arzhavin salió tras una roca con una antorcha y una camisa que había hecho pedazos.

—Pon trozos de tela atados a las puntas de tus flechas, las he empapado con el aceite de las antorchas.

—Pero, ¿cómo la has encendido tan rápido...?

—Las arañas. No te distraigas, la interrumpió.

Raven vio de reojo cómo más arañas le estaban acechando. Pronto tendría que combatir con cuatro o seis al mismo tiempo, así que aprovechó un instante para concentrarse. Esto pudo haberle costado la vida, pero una flecha incendiada impactó sobre una araña que se lanzaba sobre el distraído chico.

Raven consiguió realizar un hechizo, sin delatar su condición de mago, que duplicaba su velocidad de movimiento. Cuando Risk volvió a echar un vistazo a su compañero, éste se enfrentaba a seis arañas realizando una serie de ataques y esquivas a una velocidad increíble.

—¡Vete ya! ,volvió a gritar Raven que ahora combatía con la ayuda de las flechas incendiarias de Iskra.

Risk, al ver que en torno a Raven había una multitud de cadáveres y que podía controlar la situación, salió corriendo saltando de una roca a otra y trepando lo más rápido que pudo, que no fue mucho debido al cansancio y al peso de su armadura. Raven tomó otra posición para impedir a las arañas que saliesen tras el guerrero, pero se quedó sorprendido, las arañas no solo no lo persiguieron sino que se retiraron.

Raven se quedó de pie rodeado de flechas en llamas y decenas de arañas muertas, observando cuidadosamente toda la periferia, mientras Risk seguía trepando.

CASUALIDADES

Los cuatro compañeros acamparon en la gruta, tras confirmar que las arañas se habían marchado y que el lugar era medianamente seguro.

—Hemos estado cerca, –dijo Iskra extrañada–. Normalmente este tipo de arañas no suelen formar grupos tan grandes. Hemos tenido mucha suerte al encontrar esta cueva.

—El fuego debe haberlas ahuyentado, dijo Risk.

—Supongo. ¿Cómo sabías que estas arañas temen al fuego?, pregunto la elfa mirando directamente al mago.

—¿A caso no todas las criaturas temen al fuego?, dijo el interpelado con suspicacia.

—Y tú Raven, ¿cómo te encuentras?, se interesó Risk dirigiéndose al chico.

—Cansado.

—Ha sido espectacular tu forma de luchar, en pocas ocasiones he combatido junto a un guerrero tan excepcional.

—Tu ayuda también ha sido muy valiosa... como siempre.

—Bueno, dejemos tanto halago y tanta pregunta para otro momento, no es conveniente permanecer mucho tiempo cerca de la grieta, bajemos a la ciénaga y continuemos con nuestro camino, dijo Arzhavin.

—No, esta grieta puede que comunique con una galería que se usaba para cruzar la montaña, tardaríamos mucho menos tiempo que el previsto, si estoy en lo cierto, añadió Iskra.

—¿Y por qué no propusiste este camino desde un principio? quiso saber el mago.

—Porque hace unos años hubo un terremoto que provocó una serie de desprendimientos que bloquearon la entrada Además no suele aparecer en los mapas, ya que los viajeros intentan evitar la ciénaga. De hecho es extraño, no hace mucho participé en una cacería por estas zonas y no recuerdo esta grieta.

—Bueno, pues echemos un vistazo a la cueva y comprobemos si es posible encontrar una ruta que cruce la montaña, ordenó Arzhavin a la vez que le pasaba la antorcha a Risk. El guerrero la cogió con su mano derecha mientras que con la izquierda portaba su escudo. Costumbre de todo guerrero experimentado.

La cueva era una gran grieta en la montaña, en algunas zonas era una cavidad ancha y espaciosa, pero en otras era tan estrecha que les obligaba casi a hacer contorsionismo para poder continuar. Para Iskra y Raven no era demasiado problema, pero para Arzhavin y Risk sí, sobre todo para el corpulento guerrero.

Iskra guiaba al grupo haciendo uso de su gran sentido de la orientación, ya que en algunas zonas el camino se bifurcaba. En ocasiones, la gruta ofrecía hasta varias posibilidades. Después de dos horas caminando, la cueva se había hecho enorme y podían avanzar sin problemas.

—¡Maldición!, gritó Iskra ofuscada.

—¿A caso te has perdido?, preguntó suspicazmente Arzhavin.

—No, estas piedras que nos cortan el camino son un desprendimiento, el camino está cortado.

—¿Y no hay otro que nos permita avanzar?, quiso saber el mago.

—No lo sé, tendríamos que explorar los otros caminos que hemos ido dejando atrás.

—¿Habéis sentido eso?, preguntó Raven.

—Yo sí, –susurro Risk, al mismo tiempo que pedía silencio con la mano del escudo.

Tras unos segundos de silencio, el suelo bajo el pesado guerrero se resquebrajó y pocos segundos después empezó a derrumbarse, cayendo unos metros más abajo con el grupo al completo.

El suelo se desplomó, cayendo hasta otra caverna a unos dos o tres metros. Al caer, los cuatro quedaron desperdigados por el suelo de la nueva caverna. Iskra y Raven se valieron de su gran agilidad para no sufrir daños en la caída. Risk, por instinto, intentó lo mismo pero su resultado no fue tan bueno. Arzhavin no pudo realizar ninguna maniobra de evasión, ya que sus reflejos no estaban tan entrenados como los de sus compañeros.

Tras la caída se formó una gran nube de polvo que durante bastantes segundos ocultó el caos que se había formado.

Risk se puso en pie atontado y muy dolorido por el golpe. Cerca de él, Iskra se sacudía el polvo y a unos metros más se encontraba Raven, que daba la sensación de no haber sufrido ninguna caída, ya que no mostraba signos de golpe alguno.

—No veo a Arzhavin, –les comunicó a los dos sin alzar mucho la voz con temor a producir un nuevo temblor.

—¡Allí está!, –susurró Iskra señalando con el índice de su mano derecha tras realizar un exhaustiva búsqueda a través de la nube de polvo.

Arzhavin estaba tendido de una forma que no auguraba nada bueno.

Cuando se acercaron, Iskra no permitió que nadie lo tocara y tras un diagnóstico rápido comunicó que Arzhavin estaba inconsciente.

—No podemos moverlo, puede que tenga un esguince en la pierna derecha o peor, una fractura, dadme un momento.

Iskra instó a sus compañeros a que se alejaran y que esperaran en una posición más segura, mientras ella asistía a Arzhavin.

Tras una revisión más exhaustiva de la pierna, Iskra comprobó que tan solo se trataba de un esguince leve. Además, pudo ver que la razón de la pérdida de conocimiento se debía a un fuerte golpe que había recibido en la cabeza, pero que no se trataba de nada grave, así que les pidió al resto que la ayudaran a apartarlo de la zona del derrumbe.

—Risk haz un fuego, lo necesito para preparar unas plantas para tratar la pierna de Arzhavin, –ordenó la elfa mientras le untaba un ungüento verdoso en la parte ensangrentada de la cabeza del mago.

—Por aquí no hay leña para preparar ningún fuego, ¿cómo voy a encender uno?, –protestó el interpelado.

—Usa varias antorchas, propuso ésta, a la vez que sacaba de su mochila un estuche de cuero en el que guardaba una colección de plantas medicinales y utensilios para realizar curas. La montaraz era muy hábil con la medicina, por lo que la cabeza y la pierna de Arzhavin estaban en muy buenas manos.

Mientras Iskra preparaba todo lo necesario y Risk hacía el fuego, Raven se puso a estudiar la caverna en la que se encontraban. Había varias cosas inusuales que despertaban su interés. La nueva caverna mostraba en sus paredes signos de talla para mejorar la forma del pasillo, talla labrada por manos, no por la erosión del tiempo o el agua. Aunque aquello era un detalle muy interesante, había otra cosa que lo llamaba aún más, presentía una fuerza mágica cercana, una fuerza muchísimo mayor que la que sentía cuando Zaul se encontraba cerca.

—¡Oídme!, –dijo Raven atrayendo la atención de sus ocupados compañeros–. Voy a explorar este conducto un poco, esperadme aquí.

—¡No, detente!, –exclamó Iskra–, eso puede ser muy peligroso. Es una locura que te separes de nosotros.

—Tranquila estaré bien. Sé lo que hago, –contestó el joven al mismo tiempo que se giraba para internarse en la oscuridad absoluta.

—¡Espera!, –le instó Risk, ofreciéndole una antorcha. Llévatela o no verás nada.

—Tranquilo, no la necesito, en la oscuridad es donde mejor me muevo, –dijo Raven con el tono suspicaz típico de Arzhavin, mientras se perdía definitivamente en la oscuridad.

El chico desapareció sin hacer el más mínimo ruido, lo que hizo que Risk se estremeciera.

«Qué comportamiento más extraño», pensó el guerrero, –bueno, el fuego está listo–, concluyó al cabo de unos minutos tras apilar varias antorchas.

—Muy bien, apártate y descansa un poco. Se te ve algo lastimado del golpe y aún no has dormido nada, –añadió la elfa, que aún seguía extrañada por la repentina marcha del joven.

Mientras Iskra preparaba un ungüento con unas plantas que había seleccionado de su estuche de cuero, Raven avanzaba silencioso, gracias a su increíble habilidad de sigilo. Una vez se había alejado lo suficiente, realizó el hechizo que le permitía ver en la oscuridad. Su sigilo acompañado de esta capacidad hacía del joven un adversario letal en situaciones de poca visibilidad. Raven, perfecto conocedor de ello, se sentía con la confianza necesaria para acercarse a investigar que emitía aquel poder que lo estaba llamando.

Después de un rato, Iskra había untado el ungüento en la zona inflamada y había vendado tanto la pierna como la cabeza de Arzhavin, donde también le había aplicado otro ungüento con anterioridad.

—Bueno esto está listo, ahora solo queda esperar a que se despierte, –dijo la montaraz, recogiendo todo lo que había sacado de su mochila–. Aunque tardará unos días en reponerse completamente.

—Iskra, ¿te has dado cuenta de que las paredes de la cueva tienen cosas talladas?

—No había tenido tiempo de fijarme, –dijo la elfa mientras echaba un vistazo–. Parece que esta galería ha sido trabajada para facilitar el paso de carros o algo así. Seguramente para poder cruzar la cordillera.

—¿Y cómo que tú no conocías la existencia de este camino, si eres muy vieja?

—Para empezar no soy vieja... y esto es muy antiguo. Además yo no he vivido siempre por estas zonas, nací en una ciudad élfica muy lejana –contestó Iskra con tono ofendida.

—Disculpa, pero ya que se menciona, ¿cuántos años tienes?, –le preguntó el guerrero con tono conciliador.

—Creo que por esa información no me han pagado todavía, –fue la respuesta de la elfa con tono seco–. Ahora debo descansar, yo también he recibido un buen golpe.

Pasaron bastantes horas hasta que Arzhavin recuperó la consciencia. Se despertó con un tremendo dolor de cabeza y pierna. Iskra le explicó todo lo ocurrido al desorientado mago, incluido lo de la marcha de Raven.

—Bueno... no os preocupéis por Raven, eso es típico en él, –contestó el mago muy desubicado todavía–. Además ya habéis podido comprobar que sabe defenderse muy bien.

—Hace varias horas que se marchó, –puntualizó el guerrero, que hacía bastante rato que estaba preocupado por el chico–. De hecho Iskra tuvo que persuadirlo para que no fuese en su búsqueda él solo.

El mago se puso en pie y dio unos pasos torpes hacia una de las paredes de la cueva.

Tiene claros signos de haber sido tratado con picos y demás utensilios de minería.

—Iskra, ¿conocías la existencia de este túnel?, –preguntó Arzhavin que seguía estudiando la talla de las paredes.

—No, –respondió al mismo tiempo que se acercaba a examinar las paredes–, ni siquiera aparece en mis mapas más antiguos.

—¿Piensas entonces que podemos estar en una vieja mina?, –preguntó Risk dirigiéndose hacia Arzhavin.

—No estoy seguro, pero si os fijáis el túnel se inclina hacia abajo, si fuese un túnel para cruzar la montaña no lo hubiesen cavado así, sino más horizontal.

—Pero... llevo mucho tiempo explorando estas zonas y nunca había visto signos de que hubiese una mina cercana a aquí. Ni siquiera he oído historias o leyendas.

—Creo haber leído alguna vez algo sobre minas enanas por estas zonas.

—Arzhavin está en lo cierto, –dijo Raven apareciendo de la nada y sobresaltando al grupo, que no lo había oído llegar.

—¿Cuándo has vuelto?, –preguntó sobresaltada la siempre alerta elfa.

—Ahora mismo. Maestro, ¿puedes andar?

—Creo que sí, –contestó Arzhavin con cara de reproche.

La palabra maestro había llamado la atención de Iskra y Risk, despertando ciertas intrigas, aunque para la elfa, más que intrigas lo que le aportaba aquel apelativo era una respuesta a sus sospechas.

—Seguidme, hay una cosa que deberíais ver.

El joven se giró dando la espalda al resto esperando que el grupo se pusiera en marcha. En realidad hizo este gesto para esquivar las inquisidoras miradas de su maestro y no por apremiar al grupo.

Iskra encendió dos antorchas con el fuego que había hecho Risk, el cual no se preocupó en apagar porque lo haría por sí solo en breve. La elfa se quedó una y la otra se la pasó al guerrero, que tuvo que colgarse el escudo a la espalda para poder ayudar a andar a Arzhavin para que así, este apoyara la pierna herida lo menos posible.

Al rato caminaban por un túnel que en ocasiones subía y en otras bajaba y que giraba a un lado y a otro. Dejaron atrás bifurcaciones en las que Raven fue seleccionando el camino sin titubear, como si conociese a la perfección aquel laberinto.

El ritmo era lento, muy lento, la pierna de Arzhavin no permitía que se desplazasen más rápido, a pesar de que el suelo de aquellos túneles era bastante llano. Transcurrieron casi cuatro horas cuando llegaron a una zona donde el túnel terminaba desembocando en una inmensa galería. Debían de estar en el corazón de la montaña según los cálculos que de la elfa.

—Casi hemos llegado, –comunicó el muchacho–. Pronto empezaremos a ver los restos de una antigua ciudad con casas talladas en la piedra.

Unos instantes después, como había indicado Raven, empezaron a ver las primeras casas de una extraña ciudad subterránea. La caverna se iba haciendo cada vez más grande y su suelo pasó de la irregular roca a estar adoquinado. Unos minutos más tarde, caminaban por el lóbrego paisaje de una ciudad fantasma. Al principio, eran pocas y dispersas, volviéndose todo lo contrario conforme iban avanzando. Al cabo de un rato, caminaban por las calles de una gran urbe de casas talladas en la piedra. Era una ciudad que podría haber albergado a miles de habitantes en otro tiempo.

La luz de las antorchas hacía que el paisaje tomase un aspecto aún más siniestro de lo que ya era, generando extrañas sombras que parecían seguirlos por aquellas calles.

Raven continuaba con paso firme, girando en unas calles, tomando otras, sin prestar atención al resto de caminos y opciones que se le mostraban. Se dirigía a un lugar concreto, un lugar encantado y cuya magia Arzhavin empezaba a percibir e Iskra, gracias a sus agudizados sentidos élficos, también.

—Hemos llegado, –dijo el joven echándose a un lado para no tapar la vista a sus compañeros.

Ante ellos se erguía la construcción más alta y elaborada de todo lo que hasta el momento habían podido ver. Aquel palacio estaba tallado en la roca y poseía tres plantas visibles que llegaban desde el suelo hasta el techo de la caverna. En la planta baja del palacio solo había un enorme portón de madera remachado por un metal negro que emitía un elegante brillo. Las otras dos plantas superiores tenían cuatro ventanales cada una que, al igual que todas las construcciones vistas hasta el momento, no poseían cristal alguno.

La talla de todo aquel edificio era perfecta, lisa como el mármol. Su única decoración eran cuatro enormes filas verticales de runas, construidas con el mismo metal oscuro. Éstas estaban dispuestas flanqueando dos columnas, que se erguían desde el suelo hasta el techo de la caverna.

Solo era visible la portada del palacio, el resto estaba en el interior de la propia caverna, haciendo de éste una estructura inexpugnable, ya que la segunda planta se erguía a unos veinte metros del suelo.

—Impresionante, no hay otra palabra para describirlo, –dijo el mago ensimismado–. Efectivamente, estamos en las ruinas de una antigua ciudad enana. Tan antigua que apenas hay documentos históricos de la región en la que se mencione.

—Yo desde luego no he visto ningún libro ni mapa antiguo donde apareciese, –añadió la elfa.

—De todos modos, los enanos, como los elfos, son muy celosos con las ubicaciones de sus ciudades, –continuó Arzhavin.

—¿Sabéis alguno que significan esas runas?, –preguntó Risk, dirigiendo su mirada hacia Arzhavin, que no se sorprendió al ver que todos le miraban a él.

—Diría que se trata de algún tipo de sortilegio defensivo, –dijo éste lanzando una mirada furibunda a Raven.

—No hay signos de lucha, ni nada está destruido. ¿Qué sería capaz de hacer que los enanos abandonasen sus hogares?, quiso saber la elfa.

—No se me ocurre qué clase de mal podría asolar un lugar así... Un momento, –añadió Arzhavin dirigiéndose hacia los restos de los que probablemente habrían sido uno de los últimos visitantes–. Aquí hay unos restos, pero... no son enanos, sino humanos, –continuó Arzhavin–, aquí están el tronco y la cabeza...

—Y aquí hay un brazo, –añadió Raven, señalando con el índice derecho.

—Por su estado de descomposición... diría que murió hace cientos de años y por la dispersión del los huesos, diría que fue a causa de una gran explosión focalizada entre su estómago y su pelvis, –dijo el mago haciendo un estudio minucioso de la escena–. Lo que explica que no encontremos la parte inferior del torso.

—Allí detrás hay unos restos de una espada, –añadió Iskra señalando el lugar.

—Parece que lo que dice Arzhavin tiene sentido. Para romper la hoja de una espada de esta manera sería necesaria una gran fuerza, como la de una explosión. Y por el óxido del arma, añadiría que lleva aquí muchísimo tiempo, concluyó Risk.

—Lo más probable es que fuese alcanzado por algún tipo de trampa mágica, –prosiguió el mago.

—Algo, ¿cómo un proyectil de fuego?, –preguntó Risk.

—Podría haber sido una bola de fuego, pero en ese caso los huesos estarían calcinados, –contestó Arzhavin–. Aunque sí que podría haber sido de otro elemento, como el agua, que es tan destructivo como el fuego. Debemos tomarnos esto como un aviso. Hagamos un alto. Descansad en una de esas casas, yo me voy a quedar aquí a estudiar esta puerta, a ver si es posible que pueda desactivar la trampa, para poder entrar.

—De acuerdo, acampemos en aquella casa de allí, –dijo Risk señalando una casa bastante alejada–. No quiero acabar de la misma forma que el tipo ese.

—Yo me quedare contigo, –añadió Raven.

—No, será mejor que vayáis a aquella casa de allí y que tú descanses, que aún no has dormido desde ayer, –corrigió el mago, señalando una de las últimas casas que formaban la avenida que tenían a sus espaldas.

Al chico le sorprendió el tono de su maestro. Esperaba que si le daba una negativa, lo hiciese con tono de reproche. Sin embargo,

Arzhavin parecía haberse olvidado del desafortunado comentario. Por otra parte era lógico, aquella revelación liberaba al mago en cierto modo. Si Arzhavin hubiese podido usar sus poderes en la ciénaga, todo hubiese sido más fácil, por lo que ya se le había pasado por la cabeza descubrir al resto del grupo su condición.

Iskra dejó su antorcha cerca de la posición del mago, y todos, excepto Arzhavin, se dirigieron a la apartada casa, mientras éste se colocaba en posición de meditación frente al gran portón.

«¡Qué raro!, nunca había visto a Arzhavin preocuparse por la seguridad de alguien que no fuese la suya misma», pensó Raven justo antes de entrar en la casa donde iban a descansar.

Desde uno de los ventanales de la casa se veía al hechicero concentrado frente al portón, donde permaneció inmóvil durante un largo rato.

—¿Qué hace?, nos dijo que iba a intentar desactivar la trampa, ¿por qué no se mueve?, –pregunto impaciente el guerrero.

—Supongo que debe estar haciendo una exploración mágica, –contestó el joven.

Unos instantes después, los expectantes compañeros pudieron ver cómo en torno al hechicero aparecían una serie de destellos y energías, signos de un estado de conjuración.

Arzhavin terminó de realizar su último hechizo de protección, ya que su intención era invocar a un ser del inframundo. Tras terminar de preparar sus medidas de seguridad, se sumió en una profunda concentración. Cerró los ojos y empezó a recitar unas palabras mágicas en la lengua de los muertos. Su voz se tornó siniestra con un tono grave, de ultratumba.

Conforme el mago iba terminando la invocación, iba creciendo en torno a él un halo de oscuridad, que hizo que la antorcha de la elfa no fuese suficiente para poder seguir viendo al mago.

Tras recitar la última palabra, que conformaba el sortilegio, se produjo un estallido insonoro e invisible que pudo sentirse en un radio de un kilómetro, estremeciendo a los tres espectadores. Un leve temor recorrió sus corazones, que de haber sido capaces de ver lo mismo que Arzhavin, hubiese sido mucho mayor.

—¿Lo habéis sentido?, –preguntó Risk.

—Sí, Arzhavin está utilizando magia negra, –contestó la elfa ocultando su rostro bajo la capucha de su capa–. Un tremendo malestar se apoderó de ella, la cual se sentó en un rincón de la habitación.

Ante Arzhavin, aparecieron tres figuras humanoides, se trataba de unos espectros que en otro tiempo fueron habitantes del mundo de los vivos.

Tras la aparición de éstos, el mago abrió los ojos. Sus globos oculares se habían vuelto totalmente negros, sin iris ni pupila. Lo que provocó que los espectros retrocedieran al verlos.

Esa forma que adoptaron los ojos de Arzhavin era un signo de que el hechicero poseía una parte de él en el plano de los muertos. Esto significaba que podía ver y realizar acciones sobre las criaturas que lo habitaban. Una persona corriente no podría ni ver a los espíritus ni poderles hacer nada, dado que ambos se encontrarían en planos distintos. Por la misma razón un espíritu tampoco podía hacerle nada a un vivo, pero Arzhavin ahora mismo se encontraba en los dos planos al mismo tiempo, lo que le hacía vulnerable a los ataques de los espíritus que tenía frente a él. Por ello y tras reponerse a la sorpresa inicial, éstos adoptaron de una actitud desafiante.

—¡Hechicero!, ¿cómo osas invocarnos?, –le recriminó uno de los espectros acercándose desafiante.

—¡Detente miserable!

—Hechicero... juegas con fuerzas muy peligrosas, –le susurró uno de los espectros, mientras se colocaba en el flanco izquierdo del mago.

—Entre los tuyos habitan muchos novatos engreídos que cometen el error de invocar a seres del inframundo sin estar preparados, –le comunicó el espectro que tenía al frente, mientras se le acercaba para posar su etérea mano sobre el hombro del mago.

El contacto físico con un espectro provocaba un frío tan intenso que superaba al de la congelación, por lo que los hechiceros lo denominaban frío espectral.

El espectro se vio obligado a retroceder sufriendo un gran daño. Antes de poder tocar al mago se activó uno de los sellos defensivos que este había preparado antes de la invocación, provocándole una fuerte descarga eléctrica. Raven y Risk vieron cómo unos rayos de corriente eléctrica recorrieron el hombro de Arzhavin, pero ninguno de los dos sabía qué ocurría, ya que no eran conscientes de la existencia de los espectros.

Arzhavin, que desde el principio había permanecido en la misma posición de meditación con los dedos de las manos entrelazados y apoyados sobre las piernas, en una cómoda posición de descanso, alzó su brazo derecho con la palma de la mano extendida hacia los espectros. Éstos, al reconocer el gesto, se apartaron del hechicero con expresión de temor.

Los tres espectros se estremecieron de dolor cuando el mago cerró la palma de su mano con un rápido gesto. Se trataba de un hechizo que los nigromantes utilizaban a menudo para castigar a los muertos. El hechizo provocaba una aguda punzada de dolor muy intenso que era inimaginable para los vivos.

El alarido se hubiese podido escuchar a varios kilómetros, si éstos hubiesen estado en el plano de los vivos, pero solo Arzhavin pudo escuchar el ensordecedor grito, que dio la impresión de ser muy placentero para éste.

—Ha sido una gran demostración hechicero, pero no eres lo suficientemente poderoso para doblegarnos, –dijo con trabajo uno de los espectros sin esperar a recuperarse del dolor.

—En ese caso tendré que ser más expeditivo. Muéstrate.

Al cabo de unos segundos los espectros percibieron la llegada de otra entidad del plano de los muertos, alguien muy poderoso.

—¡Evrain!, –exclamaron los tres espectros al unísono.

Éstos se alejaron del mago y del recién llegado, que se colocó a la espalda del hechicero. Éste volvió a su pose inicial, entrelazando los dedos de las manos.

Tras el hechicero se erguía una figura humanoide poco definida. Poseía cabeza, brazos y torso, pero carecía de piernas, terminando su tronco de forma cónica. Se trataba de una especie de oscura sombra cuyos finos ojos rojos dejaban unas estelas del mismo color que tardaban en desaparecer de los lugares donde antes habían estado dichos ojos.

Evrain era la esencia de un poderoso nigromante élfico de tiempos muy antiguos. Su nombre era sinónimo de terror y muerte, tanto en el mundo de los vivos como en el de los muertos. Las leyendas contaban que aquel espíritu era magia negra en estado puro.

Arzhavin, volvió a levantar la palma de la mano de la misma forma que antes y Evrain posó uno de sus brazos sobre el hombro del mago, sin ser repelido como cuando lo intentó uno de los otros espectros. Tras esto, Arzhavin volvió a realizar el mismo movimiento. Esta vez la punzada de dolor fue tan brutal que hasta Iskra, Risk y Raven escucharon el lamento de los espectros desde el más allá.

Una sensación de miedo sobrecogió a los tres compañeros, que a pesar de no ser conscientes de las presencias del más allá sintieron su sufrimiento. Ninguno quiso decir nada, pero por la expresión de sus caras, todos sabían que no habían sido los únicos en escuchar el lamento. Desde la llegada de Evrain a los tres les había abordado un extraño malestar y un frío tan intenso que helaba sus huesos. El miedo los tenía sobrecogidos y no podían más que mantener una silenciosa actitud sumisa.

—Mi nombre es Arzhavin y vosotros sois mis esclavos, acudiréis a mi llamada cada vez que a mí me plazca, para obedecer hasta la más estúpida de mis órdenes, de lo contrario os someteré a tales torturas que desearéis la destrucción definitiva. ¿Entendido?, sentenció el hechicero recurriendo a la lengua de los muertos nuevamente.

Los espectros respondieron con temeroso asentimiento.

—Así me gusta y recordad, debéis referiros hacia mí como amo o señor, o de lo contrario me lo tomaré como una falta de respeto y lo pagaréis caro.

Arzhavin esperó unos segundos, durante los cuales miró directamente a los ojos de los espíritus, que mostraron una actitud sumisa.

—Os he invocado para que desactivéis las trampas que hay en esta puerta.

—Pero amo, la magia que protege esta puerta es muy poderosa.

—¿Acaso un poderoso ente como tú teme a la magia elemental?, contestó el hechicero con tono colérico para asustar al espectro.

—Señor, con todo respeto, no sabéis dónde os encontráis, ¿verdad?, se atrevió uno tras unos segundos de silencio.

—No. He llegado aquí de casualidad... ¿qué es lo que ocurre?

—Estáis ante el Trono de Piedra, en Minas Cahlas.

Al oír aquello, fue Arzhavin quien se quedó de piedra. Tiempo atrás tuvo la ocasión de leer un antiguo manuscrito de la colección privada de su maestro Zaul. Dicho libro trataba sobre los poderosos objetos que el rey enano Kithas había forjado con ayuda del archimago Kelendor.

Juntos forjaron una poderosa espada que sería conocida como Razor, el filo negro de Kelendor, con la que éste mataría a Eridorn un poderoso dragón negro. Dicha espada estaba forjada con un metal extremadamente resistente, un metal que de por sí poseía propiedades mágicas, un metal negro.

El acero oscuro era tan resistente que solo unos pocos llegaron a poderlo forjar y de entre todos los que fueron capaces de doblegarlo, el mejor fue el rey enano Kithas, del Trono de Piedra.

Por su destreza Kithas fue el elegido para forjar a Razor, a la que Kelendor imbuiría el poder del vacío, poder que solo él y otros pocos archimagos consiguieron llegar a controlar.

El poder de destrucción del vacío era tal que podía borrar aquella fortaleza. No existía materia que resistiese el vacío, sencillamente donde existía el vacío dejaba de existir lo que allí hubiese habido antes.

Kelendor sabía que no podría conjurar el vacío en presencia de Eridorn, ya que éste podría matarlo antes de realizar el hechizo o quedar tan agotado que sería presa fácil. Por tanto, decidió imbuir su poder en un arma con la que poder atravesar la poderosa piel del dragón negro.

—Señor, ni siquiera Evrain se atrevería a manipular una trampa imbuida con el vacío.

—Estos restos que aquí hay no muestran signos de tal magia, contestó el mago señalando el trozo de esqueleto que había en el suelo.

Uno de los espíritus se acercó al cadáver que indicó Arzhavin y realizó una especie de posesión del cuerpo.

—Señor, este infeliz activó otra trampa. Una que en otro tiempo hubo en el suelo que ahora mismo pisáis. Un proyectil eléctrico le desintegró las piernas y lo hizo volar por los aires, respondió el espectro tras haber inspeccionado el cadáver.

—Hay un conjuro que te daría la posibilidad de absorber la energía del sello mágico que protege la puerta, –dijo Evrain de forma muy pausada y con una voz tan aterradora que hasta los espectros quedaron petrificados por el miedo–, pero tu cuerpo no soportaría tal cantidad de energía, y morirías desintegrado por el vacío.

—Entonces, ¿no hay manera de desactivar la trampa?

—Señor discúlpanos, ninguna que esté a nuestro alcance, contestó uno de los espíritu con temor a provocar la ira del hechicero.

—Sin embargo..., –continuó el espíritu del nigromante–, podemos usar las palabras mágicas que permiten abrir el portón sin que la trampa mágica se active.

—¿A caso conoces la contraseña?, –preguntó el mago sorprendido.

—No, pero te la puedo proporcionar. Conozco a un demonio, que por alguna razón que no te concierne, sabe cuál es, pero no te la dirá si no le ofreces algo a cambio.

—En ese caso, creo que el precio será demasiado alto para sólo satisfacer mi curiosidad.

—¿Te olvidas de la espada?, –le recordó Evrain.

—No soy muy hábil con las espadas, por muy encantada que esté, solo estoy aquí por un contratiempo, ya sabes qué es lo que realmente busco.

—¿A caso crees que has llegado aquí por azar...? Estás muy equivocado, he sido yo quien ha dirigido cada uno de vuestros pasos, fui yo quien hizo que os atacaran las arañas, que os han dirigido hasta la grieta. He sido yo quien ha provocado los derrumbamientos para que llegarais hasta las minas y he sido yo quien le mostró el camino a tu pupilo para llegar hasta este lugar. Además, no solo te esperara una espada, en el interior hay una capa mágica de gran poder.

—Una capa... eso parece más interesante...

—Señor, nuestro tiempo se agota, pronto no tendrá poder suficiente para mantenernos en este plano, debe apresurarse.

—Está bien, ¿qué es lo que quiere ese demonio?

—Volveré con esa respuesta, y tras decir esto el espectro se desvaneció.

—Señor, ¿podemos retirarnos nosotros también?, –quiso saber uno de los espíritus.

—Sí, retiraos por ahora, –fue la escueta respuesta del hechicero, quien permaneció inmóvil y paciente, aguardando la vuelta del aterrador espectro del nigromante, quien no tardo en regresar.

—El demonio estaría dispuesto a proporcionarte la clave a cambio de deberle un favor, –dijo Evrain a la vez que se presentaba frente al meditante hechicero.

—Deberle un favor... esos pactos son muy peligrosos, empiezo a dudar de que el trato sea beneficioso para mí.

—Sabes lo que eso significa, tuya es la última palabra, pero debes saber que no te habría traído hasta este lugar si no considerase a esas reliquias dignas. Además, recuerda que no me gustan los cobardes.

—Está bien, –decidió al fin el mago lazándole una mirada de reproche al espíritu–, comunícale al demonio que acepto el trato.

Evrain posó su brazo sobre el hombro de Arzhavin y de pronto se produjo un tremendo flash que provocó una dolorosa quemadura en el antebrazo izquierdo del mago. Cuando consiguió reponerse del impacto, se apresuró a retirarse la ropa que cubría su brazo, para ver lo que había ocurrido.

Cuando Arzhavin dejó al descubierto su brazo pudo comprobar que tenía una marca grabada con fuego...

—Esa es la marca de Ephaestus, tenéis un trato y no desaparecerá hasta que cumplas tu parte.

El instante en que Ephaestus estuvo en contacto con Arzhavin a través de Evrain, fue suficiente para comunicarle a éste la contraseña con la que poder abrir la puerta sin provocar ninguna catástrofe.

—Antes de que abras esa puerta, deberías saber lo que aguarda tras ella, –dijo Evrain pausadamente–. En el vestíbulo se encuentra un Recuerdo, una creación mágica cuyo objetivo es proteger el interior.

—Sé lo que es, una criatura mágica resultado de encantar algún objeto propiedad de un poderoso hechicero, transfiriéndole habilidades de éste. Es una especie de espectro invisible desde todos los planos que posee a dicho objeto y se le llama Recuerdo porque se supone que el objeto recuerda cómo fue usado por su dueño.

—Correcto. Él es el portador de la espada y de la capa. Precisamente, esta última es el objeto encantado. La manera más sencilla de acabar con él es mediante el hechizo Desvanecer.

—Lo conozco.

—Lo sé... este hechizo requiere entrar en contacto con el flujo mágico que se desee disipar. Por tanto, deberás tocarlo... y no olvides que porta un arma que todo lo corta, así que no puede ser bloqueada. Tendrás que esquivarla en todo momento.

—Entiendo... entonces creo que ya sé lo que hay que hacer, –dijo el mago esbozando una sonrisa malévola.

—Supongo que sí, –concluyó el espíritu mientras desaparecía.

Arzhavin se giró hacia la avenida que lo conduciría hasta la casa donde esperaban sus compañeros y se dirigió hasta ellos. Una vez allí, les explicó que podía abrir la puerta sin peligro, pero que en su interior les esperaba un fantasma portando una espada y una capa mágicas.

—Quiero esos dos objetos para mí. Todo lo demás que haya es vuestro.

—¿Cómo nos vamos a enfrentar a un espíritu?, –preguntó Risk, que todavía no se encontraba repuesto de su miedo.

—Solo uno de nosotros puede vencer al espíritu.

—Y supongo que ese no eres tú, –añadió Iskra.

—Supones bien. Raven es el único que puede.

El chico se quedó asombrado, pero no dijo nada, ya que estaba seguro que éste estaba a punto de explicar por qué él era el único.

Arzhavin les explicó que le transmitiría un conjuro a Raven con el que podría desconvocar al espíritu. Este hechizo requería entrar en contacto con el objetivo y Raven sería el único capaz de acercarse lo suficiente como para tocarlo y activar el hechizo.

—No te preocupes por el hechizo, tú solo tendrás que tocarlo, seré yo quien realmente lo lance, sólo que lo canalizaré a través de ti.

—Pero, entrar en contacto con un espectro puede provocar la muerte, –protestó Iskra.

—En realidad no se trata de un espectro, sino de un objeto encantado. Tras esa puerta se encuentra un recuerdo, se ha hechizado una capa para que luche como un guerrero guardián. Es el custodio de los tesoros del Rey Kithas.

Iskra y Risk se sentían muy incómodos, aunque desconocían lo ocurrido, habían sentido lo suficiente como para desconfiar del mago, pero ninguno se atrevió a mencionarlo.

Sin perder más tiempo, Arzhavin se acercó a Raven recitando unas palabras en la lengua de la magia mientras dibujaba en la frente del chico una runa con el dedo índice de su mano derecha. Tras finalizar la retahíla mágica, la runa se iluminó con un fulgor azulado que se fue apagando tenuemente hasta desaparecer.

Raven pudo ver como el aura del hechicero crecía, mostrando que estaba manipulando un gran poder, cosa que había visto en Zaul, pero nunca en Arzhavin.

—Recuerda, solo tendrás que tocar la capa, seré yo quien lance el hechizo, –le dijo el hechicero mirándole fijamente, a lo que Raven contestó con un gesto que mostraba su determinación.

—Apresurémonos, –continuó el mago emprendiendo la marcha hacia el palacio.

El grupo caminó en silencio hacia la puerta bajo la tenue luz de la antorcha del guerrero. Una vez allí, Arzhavin se acercó hacia la puerta y pronunció las palabras mágicas. De repente las runas y la puerta se iluminaron con una luz azulada que fue creciendo hasta provocar un leve fogonazo que iluminó la caverna entera durante un instante. Unos segundos después las enormes puertas empezaron a abrirse lentamente.

—Una cosa más, deja aquí tus espadas. Es por tu bien.

Raven, extrañado sacó sus dos espadas de sus cintos y las depositó en el suelo. Si se le ocurriera bloquear un ataque con alguna de sus espadas, sería cortada como si de un pastel se tratase, dejando al descubierto los poderes de la temible Razor. Además de que podría incluso ocasionar la muerte del chico y Arzhavin no quería que ocurriera ninguna de las dos cosas.

—Te aconsejo que no intentes bloquear ningún ataque del Recuerdo. Su fuerza es sobrehumana y podría matarte del impacto.

—Entonces me limitaré a esquivar todos sus ataques.

—Así es. ¿Estás listo?

—Lo estoy.

Un mano a mano

Una gran nube de polvo, acumulado en aquel lugar durante siglos, cubrió a los presentes, quienes rompieron a toser. Poco a poco las puertas se fueron abriendo hasta quedar de par en par. Una vez abiertas, todo quedó en silencio. El interior del palacio estaba totalmente oscuro y la luz de la antorcha solo permitía ver unos metros, en los cuales solo se podía apreciar la suciedad del suelo del vestíbulo.

Raven atravesó el enorme marco, quedándose justo en el borde del halo de luz de la antorcha de Risk. Se quedó unos segundos en silencio, intentando oír algo. No oyó nada. No veía nada, pero a pesar de ello avanzó unos metros más para poder realizar el hechizo que le permitía ver en la oscuridad, intentando que sus compañeros no pudiesen verle. Arzhavin, intuyendo las intenciones del muchacho, distrajo a la elfa y al guerrero lanzando el mismo hechizo frente a ellos. De no haberlo hecho, Raven se hubiese delatado también, ya que a pesar de estar fuera del rango de la antorcha, el destello mágico sí que se hubiese podido ver desde el portón. Así además, se preparaba para cuando Raven tocase al singular guardián.

Tras realizar el conjuro con éxito, Raven comenzó a ver cada vez con más claridad la grandiosa estancia. Se trataba de un inmenso vestíbulo con dos hileras a cada lado, de grandes estatuas de guerreros enanos y un trono alzado por tres grandes escalones al fondo. A ambos lado del trono, tras las hileras de estatuas, sobre la zona alzada, se dejaban ver dos grandes puertas en las paredes laterales de la estancia. A Raven le hubiese gustado haber podido contemplar un rato más la majestuosidad del lugar, pero junto al trono divisó una figura que parecía estar esperándolo.

Frente a él, a unos quince metros, se encontraba una figura invisible vestida con una túnica capa abierta de color azul oscuro, casi negro y mangas anchas, desenvainando una enorme espada a dos manos. La capa tenía una hilera de pequeñas runas doradas en cada borde, que llegaba desde la parte baja hasta casi la capucha.

El Recuerdo empezó a aproximarse lentamente hacia el intruso, permitiendo que éste pudiese ver la mandoble con más detalle. Se trataba de una espada de un metal muy oscuro y brillante con runas talladas a todo lo largo de su filo.

Raven se adelantó unos metros para que el Recuerdo centrara su atención en él y no en sus compañeros. Se colocó casi en el centro de la estancia y el Recuerdo empezó a moverse lentamente hacia Raven, que pudo ver cómo las runas de la espada empezaron a iluminarse con un leve fulgor dorado.

Al mago le hubiese gustado alentar al chico, pero no quería llamar la atención del guardián. Arzhavin sabía que aquello era signo de que había activado el encantamiento de la espada, la temida magia del vacío. Suponía que entre él e Iskra podrían enfrentarse al Recuerdo sin tener que llegar a un enfrentamiento cuerpo a cuerpo, pero no tenía intención de dañar los objetos por los que había tenido que pagar un precio tan alto.

Raven se decidió a hacer un primer intento de tocar la túnica flotante. Se inició con un amago para tantear los reflejos de aquella conjuración. El Recuerdo contestó con un amplio golpe de revés que obligó a Raven a dar un salto hacia atrás para esquivar la hoja de su oponente. La agilidad del Recuerdo sorprendió al chico, que pudo esquivar el golpe por los pelos, y que a pesar de su buena finta, recibió un fino, pero largo, corte en el pecho.

De nuevo, tras recuperar la posición, se vio obligado a realizar un movimiento evasivo para esquivar la gran espada negra. En esta ocasión fue el Recuerdo quien hizo el primer movimiento realizando un ataque diagonal de abajo a arriba. En esta ocasión la finta fue perfecta y pudo ser saldada sin ningún tipo de daño.

Después se sucedieron varios ataques más, en los que Raven intentó, sin éxito, acercarse lo suficiente para poder tocar la túnica. Arzhavin, al ver las intenciones del chico, empezó a concentrarse para lanzar el hechizo con el que esperaba destruir al Recuerdo. Aunque sabía que era obra de un poderoso archimago, esperaba que la gran cantidad de años transcurridos hubiese mermado gran parte del poder del encantamiento.

Iskra y Risk se apartaron del hechicero al ver que, en torno a Arzhavin, empezó a aparecer un aura azulada que iba intensificándose por segundos.

Raven continuó con su plan, intentando tocar la túnica tras una finta a modo de contraataque, pero cuando más cerca estuvo, tras esquivar un ataque frontal, girando sobre sí mismo, el Recuerdo respondió con un golpe de revés con el brazo izquierdo de la túnica. Raven pudo comprobar que aquel encantamiento estaba dotado de un fuerza inhumana. El chico salió despedido varios metros hasta dar con la espalda contra una de las estatuas de enanos guerreros que había en la sala.

Aquella criatura era muy distinta a cualquier cosa a la que Raven se hubiese enfrentado antes, era rápida, fuerte y debía gozar de cierta inteligencia, ya que parecía que adivinaba cuáles eran las intenciones del chico en todo momento.

Raven recuperó la verticalidad, aún atontado por el golpe, pero obligado por la llegada del Recuerdo. Su posición le dio una idea, podría intentar desarmar a su oponente. Se le ocurrió obligarle a combatir junto a la estatua para que en uno de sus ataques hiciese chocar la espada contra la piedra.

El chico se colocó junto a la estatua del enano con la que se había golpeado, dispuesto a hacer un amago para provocar al Recuerdo, pero no fue necesario, a éste no parecía preocuparle que entre él y su oponente se interpusiese una estatua de más de tres metros de altura. El Recuerdo realizó un ataque a dos manos describiendo un arco de derecha a izquierda, que atravesó la dura piedra sin apenas ralentizar el golpe mortal dirigido contra la garganta del chico. Raven, por puro instinto, se tiró al suelo esquivando la hoja en el último momento.

Tras rodar varias veces por el suelo, realizando una maniobra evasiva para alejarse de su oponente, Raven miró a la estatua, que había recibido un corte horizontal sin oponer más resistencia que la que opondría la mantequilla. El corte era limpio, no había desprendido ningún trozo de piedra y la espada seguía tan impoluta y reluciente como al principio.

Ahora comprendía por qué su maestro le había instado a que dejase sus armas, si hubiese querido bloquear esa espada probablemente habría perdido el brazo...

Que aquella criatura estaba dotada de una gran fuerza, era indiscutible, pero también estaba claro que aquello era obra de la propia espada.

«A Arzhavin se le olvidó mencionar este detalle y es obvio que lo conocía», pensó Raven, aunque él mismo debía haberse esperado cualquier cosa excepcional, ya que el fulgor de sus runas la delataban como un arma mágica muy fuera de lo común.

Arzhavin, que era el único aparte de Raven, que podía ver el combate que transcurría en la oscuridad más absoluta, no se sorprendió por lo ocurrido. Pasó cierto miedo al ver cuáles eran las intenciones del chico, al situarse tras la estatua, pero confiaba plenamente en sus reflejos. A fin de cuentas, Arzhavin era quien mejor conocía el potencial del chico. Incluso mejor que él mismo y por eso decidió abandonar el cobijo de la antorcha para perderse en la penumbra.

Iskra y Risk no sabían qué estaba ocurriendo, pero como habían visto al mago acumular energía mágica, suponían que el combate seguía su curso.

Raven empezaba a no encontrarse nada bien debido al dolor producido por el golpe en la mejilla y la espalda, el corte en el pecho y la herida de flecha, no curada del todo, de su hombro. Sabía que tenía que encontrar la forma de finalizar el combate o, a este ritmo, la fatiga acabaría siendo letal.

El chico empezó a mirar a su alrededor en busca de algo que pudiese darle alguna idea. Pero en la sala no había mucho más de lo que ya pudo ver en su primer vistazo. Además, teniendo en cuenta el nivel de aquel guardián, no quería adentrarse más en el palacio, donde de seguro, habría muchas más trampas de la misma índole.

Tras varios vistazos más, llegó a la conclusión de que la mejor manera de acabar con el combate era lanzarse al ataque. Desde el principio había estado más concentrado en encontrar un patrón de conducta, encontrar una forma de predecir sus ataques, que en tocar la túnica para que su maestro pudiese lanzar el hechizo que tenía preparado.

Raven dio unos pasos hacia atrás, con la intención de alcanzar una de las hileras de estatuas. Una vez consiguió cierta distancia, rompió a correr hasta situarse tras uno de los enanos de piedra. El Recuerdo le siguió sin acelerar su paso, como aquel que sabe que tiene a su presa atrapada sin escapatoria.

Lo que el chico pretendía era conseguir cierta distancia que le proporcionara el tiempo suficiente para poder realizar el conjuro con el que duplicaba su velocidad.

Raven, a pesar de no estar acostumbrado a lanzar hechizos sin apenas concentrarse, consiguió realizarlo con éxito. Ahora se sentía con más posibilidades de conseguir su objetivo.

Tras realizar el hechizo, Raven salió del falso cobijo que le proporcionaba la estatua con intención de alcanzar el centro del gran vestíbulo. El Recuerdo se lo permitió sin presentar ninguna actitud violenta. Daba la sensación de que se estaba divirtiendo con el combate y que quería ver con qué le sorprendería el chico en esta ocasión.

Raven se colocó en el centro de la gran sala, esperando a que se acercara su oponente. Su intención era realizar un contragolpe, esperaría a que el Recuerdo hiciese su ataque y, tras esto, se lanzaría a agarrar la túnica encantada. Sin embargo el chico volvió a recibir un fuerte golpe, esta vez fue el codo izquierdo de la túnica el que lo hizo volar por los aires.

El Recuerdo realizó un ataque horizontal que fue esquivado por un veloz paso atrás de Raven, que acto seguido se lanzó con un brazo extendido para agarrar por fin a aquella criatura. Todo ocurrió a una velocidad endiablada, pero igual de rápida fue la respuesta del Recuerdo, que giró sobre sí mismo esquivando el brazo del chico y golpeando con el codo en la cara de éste, aprovechando la inercia del giro.

Definitivamente, aquel oponente le venía grande, era más fuerte, más hábil y extremadamente rápido cuando lo necesitaba. Además el aguante del chico estaba llegando a su fin. Raven había vuelto a recibir un duro golpe y apenas tenía fuerzas para levantarse cuando el Recuerdo se le acercaba para ejecutar el ataque final.

La túnica encantada se paró frente a Raven, quien no era capaz de ponerse en pie, y colocó la espada apuntando hacia abajo agarrándola con dos manos invisibles. Cogió impulso y lanzó su mortífero ataque, que interrumpió a mitad de camino para realizar un golpe horizontal al mismo tiempo que daba media vuelta. El Recuerdo, detectó que le emboscaban por la espalda justo antes de rematar al chico, pero su espada no impacto en nadie.

Arzhavin esquivó a la perfección el contragolpe del Recuerdo y, tras realizar el movimiento defensivo, lanzó el conjuro que acabó con aquella criatura. La espada cayó al suelo apagándose el fulgor de sus runas y la capa se quedó colgando del brazo del chico.

Raven quedó muy aturdido tras el último golpe, apenas podía ponerse de pie, pero justo antes de que el Recuerdo llegase para ejecutar el golpe de gracia, pudo ver cómo un halo de energía azul acechaba tras la criatura. Arzhavin llevaba tiempo a cierta distancia de los combatientes, oculto mágicamente en la oscuridad. El medioelfo, todo un experto en la manipulación de las sombras, era capaz de controlarlas sin perder la concentración del conjuro que tanto tiempo llevaba preparando. Arzhavin apareció de la nada a espaldas del Recuerdo, dejándose ver por el chico y permitiendo finalmente que la criatura mágica lo detectase.

El medioelfo sabía que en cuanto retirase el manto de oscuridad que lo protegía, aquella criatura se percataría de su presencia o que si se acercaba demasiado, ésta percibiría las fuerzas mágicas que estaba manipulando. Por lo que permaneció oculto siguiendo el combate a cierta distancia, esperando el momento oportuno para llamar la atención de la criatura.

Cuando la criatura se dispuso a ejecutar el golpe final, Arzhavin se descubrió ante los dos combatientes confiando en que Raven comprendiese su plan. El mago se colocó a espaldas del Recuerdo, a sabiendas de que en cuanto éste detectara la amenaza se volvería para acabar con el confiado acechador. El mago realizó un amago de ataque por la espalda para poder hacer una finta a tiempo.

Tras dar un salto atrás para esquivar la mortífera espada, Raven hizo acopio de todas sus fuerzas para levantarse y agarrar la túnica que le estaba dando la espalda. Todo ocurrió tal y como había planeado el mago, el Recuerdo cayó en su trampa y, tras todo esto, liberó las fuerzas mágicas que estaba reteniendo.

El halo azul que rodeaba a Arzhavin se intensificó en unas décimas de segundo y toda la energía desapareció yéndose por las palmas de sus manos que miraban en dirección a Raven. La runa que Arzhavin pintó en el chico se iluminó de repente, volviendo a ser visible tan solo un instante, tras el cual, la energía azulada apareció por la mano del chico que estaba agarrando la túnica, transfiriéndose a la criatura mágica.

Durante un breve instante, pudo verse a una esbelta figura humanoide dibujada por la energía azul, que se disipó con un estallido, acompañado de un ronco alarido. Finalmente, la túnica cayo inerte sobre el brazo que la agarraba y la espada se desplomó contra el suelo.

Tanto Raven como Arzhavin estaban exhaustos, el primero por los golpes recibidos y el segundo por la cantidad de energía que había tenido que utilizar para garantizar el éxito de la maniobra.

Casi sin aliento, el mago recogió la espada del suelo, sorprendiéndose de lo poco que pesaba aquel arma tan grande, después tomó la túnica de manos de Raven y finalmente, se dirigió a recoger la vaina de la espada, que había quedado junto al trono.

La desolación del trono de piedra

Risk al oír el grito desenvainó su espada y se adentró en el palacio con el arma en una mano y la antorcha en la otra. Iskra tomó la antorcha, que había dejado en el suelo para alumbrar al mago y también se adentró en el palacio desenvainando su espada, al igual que su compañero.

Al primero que pudieron ver fue a Raven, que intentaba recuperar el aliento postrado en el suelo a gatas. Unos segundos después, a unos metros de éste, la luz de la antorcha descubría una figura sentada en un trono, intentando recuperar el resuello. Cuando el halo de luz de la antorcha llegó hasta el trono, pudieron comprobar que se trataba de Arzhavin.

Iskra se dirigió hacia Raven para comprobar su estado y Risk hizo lo propio con Arzhavin.

—No te preocupes por mí, yo solo estoy un poco fatigado por el esfuerzo, –dijo el mago secamente al ver que Risk se acercaba hacia él.

—¡Risk!, asegura la zona, –ordenó la elfa.

—La sala es segura, –contestó el mago.

Iskra tras oír esto, se descolgó su mochila para sacar sus utensilios de primeros auxilios y sus ungüentos. Pudo comprobar que la cara del chico estaba hinchada y tenía varios moratones con muy mala pinta. También vio que tenía un buen corte en el pecho, que si bien, no era ni profundo ni grave, sí que le había hecho perder bastante sangre. Comprobó las piernas y examinó los vendajes del hombro.

Tras el diagnóstico, comprobó que solo era necesario atender al corte del pecho y los golpes de la cara. Raven le indicó que había recibido un fuerte golpe en la espalda también, pero Iskra tras inspeccionarlo, no le dio importancia.

Mientras la elfa atendía al chico, Risk estuvo inspeccionando la sala y Arzhavin seguía recuperando el aliento. El mago había utilizado gran parte de su poder al convocar a los espectros y tuvo que exigirse mucho más para poder destruir el encantamiento de Kelendor.

El grupo decidió parar a descansar en torno al trono, para que Raven pudiese dormir, ya que llevaba más de un día sin hacerlo y permitir que los cuidados de la elfa hicieran un mejor efecto. Arzhavin también se dispuso a dormir para recuperar fuerzas y que su pierna pudiese descansar, no sin antes poner a buen recaudo sus dos nuevas adquisiciones.

Aunque aquella sala les parecía segura, Iskra y Risk se quedaron montando guardia. Durante el tiempo en que los otros dos dormían, ambos estuvieron inspeccionando el lugar, pero salvo algunas estatuas enanas que actuaban a modo de pilar, no descubrieron nada interesante. Nada, salvo el extraño corte en la piedra que encontraron en una de las estatuas. Se trataba de un corte limpio, que daba la impresión de haber cortado en dos a la estatua, aunque debido a que ésta actuaba de pilar, no se habían separado ninguna de las dos mitades.

Pasaron unas horas y el primero en despertarse fue Arzhavin, del que Raven pensaba que no solía dormir mucho. La realidad era que la sangre élfica que corría por sus venas le permitía descansar en la mitad de tiempo en que lo hacía un humano. A pesar de eso, un elfo de sangre pura lo hacía en mucho menos tiempo, cosa que a Arzhavin no le preocupaba, ya que consideraba que tanto él como el resto de escasos medioelfos, gozaban de lo mejor de ambas razas. Lo que le hacía pensar que, sencillamente, era de una raza superior.

Cuando Raven se despertó, pudo ver que sus compañeros habían montado un improvisado campamento en torno a él. Iskra y Risk estaban descansando y Arzhavin se encontraba inspeccionando la preciosa mandoble rúnica.

—¿Cuánto tiempo llevo dormido?

—Bastantes horas, necesitabas descansar, –le contestó la elfa al tiempo que se acercaba para inspeccionar el estado de las heridas del chico.

Arzhavin se incorporó enfundando su nueva espada en la vaina que se había colocado en la espalda. Tras esto, el medioelfo se vistió con la túnica oscura que había sido encantada con el Recuerdo.

—Voy a echar un vistazo a toda la sala, –dijo el mago perdiéndose en la oscuridad.

—¿Cómo siguen esas heridas?, –se interesó el guerrero acercándose a la elfa y al chico.

—Están muy bien, es un chico fuerte y sano. Vosotros los humanos sanáis mucho más rápido que nosotros.

—¡Ja, ja!, eso es porque somos más robustos, –añadió orgulloso el guerrero.

—Deberíamos ponernos en marcha, el agua y la comida empiezan a escasear y el agua concretamente está en estado preocupante, –dijo el chico poniéndose de pie.

—Sí, recojamos el campamento y continuemos, –añadió la elfa.

—Por cierto, no entiendo para qué quiere Arzhavin una mandoble, estoy seguro que no sabe ni usar una daga, mucho menos una espada que requiere tanta destreza y fuerza, –protestó Risk.

—Te equivocas... sí que sé usar una daga, –contestó el mago mientras aparecía de entre las sombras–, pero aciertas en lo de que una mandoble no es una espada adecuada para mí. De todos modos esta en particular no fue confeccionada para un guerrero, sino para un mago. Esta espada está imbuida con poderosos encantamientos, que obligan a su portador a entrar en sintonía con ellos para poderlos usar, y la gente como tú no sois sensibles a estos tipos de fuerzas, por lo que en tus manos no es más que una mandoble corriente más.

—Bueno, antes dijiste que una vez Raven te consiguiese la espada y la capa podríamos coger lo que quisiésemos del tesoro enano. ¿Dónde está?, –continuó Risk.

—No lo sé, habrá que explorar el palacio. Solo he encontrado dos puertas en esta sala, una en la pared de la izquierda y otra en la de la derecha, tras las filas de pilares, –añadió el mago mirando hacia el trono y señalando la dirección de cada puerta.

—Empecemos por la de la izquierda mismo, –dijo la elfa.

El grupo terminó de recoger todas sus cosas y se dirigió hacia la puerta de la izquierda, que se trataba de un gran portón de madera gruesa.

—No hay ningún peligro, ya la he inspeccionado, –dijo el mago mirando directamente a Risk–. Puedes abrirla.

Risk avanzó hacia la puerta, mirando al mago con desconfianza. El guerrero observó detenidamente el pomo y, tras no ver nada, empujó la puerta que acabó por ceder tras los tirones de éste.

La puerta se abrió por completo, haciendo un gran estruendo.

—Si hay alguna criatura que no sepa que estamos aquí se acaba de enterar, –protestó la elfa.

—Tranquila, no hay nada vivo por los alrededores, –añadió Arzhavin con tono sombrío.

El grupo se adentró por el nuevo pasillo, del que no eran capaces de ver el final con la luz que les proporcionaban las antorchas. Sin embargo, sí que podían ver la perfecta manufactura de la estancia. Aquel pasillo había sido tallado directamente en la roca, pero a pesar de ello, era perfectamente recto y sus paredes estaban perfectamente pulidas. Al margen de esto, el pasillo era tan sobrio como todo lo que ya habían podido ver hasta ahora de aquella antigua civilización.

Los cuatro compañeros avanzaban despacio, sin separarse los unos de los otros y al poco pudieron observar que en la pared de la izquierda se podía ver un arco que daba paso a otra sala.

—Voy yo a echar un vistazo, –dijo Raven desenvainando una de sus dagas, que tenía en el cinto, mientras se dirigía sigilosamente hacia el arco.

Los tres se quedaron expectantes al regreso del chico, muy concentrados en escuchar cualquier sonido por leve que fuese, pero Raven era un experto acechador y en la oscuridad se encontraba como en casa. Ninguno fue capaz de seguirle con el oído, ni siquiera la elfa.

Al poco, Raven regresó.

—No hay nada de interés. Se trata de un gran comedor. Al fondo hay otra puerta, como estaba abierta entré a echar un ojo también, pero solo se trataba de la cocina.

—Está bien, pero no te separes tanto la próxima vez, –le recriminó el guerrero.

—Continuemos, –dijo secamente el mago.

Arzhavin había empezado a percatarse de algo extraño. Sintió el impulso de realizar el hechizo que le permitía ver en la oscuridad, pero no estaba seguro de que fuese una buena idea, ya que la manipulación de la energías mágicas podía ser detectada por criaturas sensibles a éstas, como lo pueden ser los elfos u otras criaturas más siniestras.

—Un momento, –dijo al fin el mago tras avanzar unos pasos por el pasillo–. Raven, ¿no notas algo extraño?

—Noto algo raro desde que entramos en el pasillo, como una sensación de ahogo, además parece que al final hay como una extraña niebla, –añadió señalando hacia el arco que indicaba el final del pasillo para dar paso a otra sala.

—¿Por qué no lo has mencionado hasta ahora?, –le recriminó el mago.

—La niebla la estoy viendo ahora mismo, y la sensación de malestar pensaba que era provocada por la situación.

—Yo también percibo cierta sensación de malestar, –añadió Iskra.

—Y yo, –dijo Risk–, pero Raven puede estar en lo cierto, puede ser provocada por el nerviosismo de la situación.

—No. Hay algo más, puedo notarlo. Acerquémonos más para que podamos percibirlo mejor, continuó el mago.

Efectivamente, conforme iban avanzando por el pasillo, la sensación de malestar iba incrementándose y Raven pudo constatar que lo que alcanzaba a ver en la estancia del fondo era una especie de niebla.

—La niebla del pasillo es de origen mágico, –dijo el chico, que ahora podía ver el aura que desprendía la magia que imbuía a aquella extraña niebla.

—¡Claro que la niebla es mágica!, –añadió el mago con un tono levemente furioso–, estamos en un palacio cavado en el corazón de una montaña, no puede haber niebla natural aquí.

Siguieron avanzando y la sensación de malestar fue definiéndose en miedo con cada paso. Llegaron hasta la entrada de la nueva sala, donde ya habían recorrido varios metros con aquella niebla acariciándoles las botas. La luz de las antorchas les permitía ver que frente a ellos se erigían unas bonitas escalinatas que subían a un piso superior y otras junto a éstas que bajaban a lo que podría ser una especie de sótano. Precisamente de estas últimas era de donde emanaba aquella niebla.

Raven, gracias al sortilegio de visión en la oscuridad, que realizó mientras exploraba el comedor, era capaz de ver que aquella gran sala tenía dos puertas más, una a su izquierda y otra a su derecha, dejando las escalinatas y al grupo en el centro. También alcanzaba a ver el final de las escaleras que subían y que terminaban en un bonito balcón tallado en piedra, que tenía una puerta con un escudo heráldico de metal tras éste.

El grupo intentó seguir avanzando, pero con cada paso que daban, la sensación de miedo iba creciendo, hasta tal punto que les helaba la sangre y los paralizaba de terror. Iskra fue la primera que no pudo dar un paso más, no sabía por qué pero estaba aterrada, luego fue Risk y por último, fue Raven quien no pudo seguir avanzando. El corazón les latía tan rápido que les daba la sensación de que les iba a estallar.

Arzhavin era capaz de sentir una especie de opresión que lo angustiaba, pero no sentía miedo, por lo que siguió avanzando hacia las escaleras por las que subía la niebla. Antes de empezar a descender miró a cada uno de sus compañeros, cuyas caras bajo la luz de las antorchas le recordaban a las de las almas en pena a las que había martirizado para que ejecutaran sus órdenes. Luego miró hacia las escaleras y fue entonces cuando recordó que no portaba ninguna antorcha y que se iba a adentrar en la oscuridad absoluta, pero aun así empezó a descender peldaño a peldaño. Arzhavin experimentaba una mezcla de angustia y atracción que le obligaba a avanzar. Sentía como si algo lo estuviese llamando, quiso realizar el conjuro que le permitiría ver en la oscuridad, pero la poca cordura que aún le quedaba, le recomendó que no sería oportuno, que corría el riesgo de despertar algún mal arcano, el mal que precisamente lo estaba embaucando para que continuase bajando aquellas escaleras.

Fue precisamente este último pensamiento el que le hizo detenerse. De repente, Arzhavin cayó en la cuenta de que se encontraba bastante lejos de la sala donde se encontraban sus compañeros. Intentó despejar su mente, para poder pensar con claridad, se había dado cuenta de que se había embarcado en aquel viaje como movido por algo o alguien.

Se tranquilizó y se concentró. Y una vez hubo recuperado el control fue capaz de percibir con claridad que aquella niebla estaba imbuida de magia negra. Sentía que se trataba de una magia muy poderosa y antigua y entonces le abordó una pregunta. «¿Por qué Evrain no lo había mencionado?» El mago no podía concebir la sola idea de que esto fuese algo que el poderoso espectro no supiese.

Arzhavin ordenó su mente y la despejó de pensamientos que pudiesen jugar en su contra. Apoyó su mano derecha sobre la pared, para no perder la referencia mientras se giraba en la oscuridad. El mago notó que ésta estaba mojada, impregnada de algún líquido, pero esto no lo distrajo y con una voluntad de hierro comenzó a subir las escaleras, dándole la espalda a aquel peligro.

Ya había conseguido subir unos cuantos escalones cuando un nuevo pensamiento se apoderó de su mente:

«¿Qué clase de tesoros habrá ahí abajo para que Kelendor hubiese usado su espada y su túnica para crear el Recuerdo? Los tesoros de un rey... Quizás Evrain no mencionó nada de esto porque no hay nadie más ahí abajo y porque no le gustan los cobardes.»

Arzhavin volvió a girarse sobre sí mismo y prosiguió descendiendo con renovado convencimiento. Conforme iba acercándose a la fuente de la niebla, la sensación de ahogo y malestar iba creciendo hasta hacerse casi insoportable. Arzhavin se puso un instante en la piel de alguno de sus compañeros, si Raven, Iskra o Risk fuese sometido al nivel del encantamiento que ahora estaba soportando él, seguro que morirían de un infarto provocado por el terror. Estaba claro que sólo alguien como él, acostumbrado a la magia negra, que ha mirado a la muerte a la cara y que la ha sometido para que realizara sus designios, era capaz de soportarlo.

Pero tuvo que ser ese sexto sentido, que diferencia a aquellos aventureros que son capaces de sobrevivir a los peligros, el que hiciese que Arzhavin se diese cuenta de que había vuelto a caer bajo la influencia de aquella entidad, que lo estaba atrayendo hasta su guarida. El mago no solo recobró su cordura, sino que consiguió comprender la situación. Tras aquella niebla, al final de las escaleras, había un ser que anhelaba ser liberado.

Arzhavin no sabía de qué se trataba, pero estaba seguro que era el causante de la caída del reino enano.

Era capaz de sentir su presencia, algo muy antiguo y poderoso había al final de aquel camino. De eso estaba completamente seguro, pero «¿por qué repelía con este hechizo a todo aquél que pudiese liberarle?».

El mago, que se había parado, estaba desconcertado, se debatía si continuar o no. Por un lado, sentía una gran curiosidad por ver qué había al final y por otro, su sentido del peligro le estaba avisando de que debía alejarse de aquel lugar cuanto antes.

Finalmente, decidió darse media vuelta y volver por donde había llegado. No era por miedo, Arzhavin hacía mucho que había olvidado ese sentimiento, de hecho, ya no sentía la sensación de malestar, ya que por fin había podido resistir completamente el hechizo, sino porque el mago era del tipo de personas que todo lo que hace ha sido estudiado minuciosamente y espera sacar un beneficio de ello y aquella situación no entraba en aquella descripción.

—No me marcho por temor, volveré y te liberaré. Si algún tipo de alianza contigo me beneficia, te dejaré vivir, si no te destruiré, –concluyó sin alzar mucho la voz pero con tono solemne.

Tras una espera que les había parecido una eternidad, los tres compañeros pudieron ver cómo el mago volvía por donde se había marchado.

—Volvamos.

Los tres compañeros le siguieron por el pasillo por el que habían llegado sin dejar de mirar hacia atrás. Volvieron al vestíbulo del palacio y Risk cerró el portón de madera.

—Danos unos minutos para recuperar el aliento, –rogó la elfa, que era la más afectada por la niebla.

—Está bien.

Raven, Iskra y Risk fueron recuperando las fuerzas tras unos minutos alejados de la niebla.

—Continuemos por la otra puerta, –indicó el mago, que había aprovechado el descanso para usar el hechizo de visión en la oscuridad.

—¿Por qué no te ha afectado la niebla a ti?, –le preguntó Risk.

—Porque mi voluntad es más fuerte que la vuestra, –dijo secamente.

Risk se paró frente al portón de la derecha y hasta que el mago no le indicó que la abriese no hizo ningún movimiento. Mientras tanto, Arzhavin sorprendió a Raven mirándole atentamente la mano derecha, cuya palma estaba completamente cubierta de sangre. El mago la miró extrañado, aunque recordó rápidamente que cuando se apoyó en la pared, ésta estaba mojada. Luego miró hacia la otra puerta y se alegró de que el guerrero la hubiese cerrado.

La ciudad de los trasgos

—Por cierto, he de aclararos que la sala del tesoro del rey enano estaba al final de las escaleras.

—Pero has vuelto con las manos vacías, –añadió la elfa.

«Eso no es del todo cierto», pensó el chico.

—Si queréis podemos volver, –ofreció el mago con cierto tono burlón.

—No creo que hayas llegado hasta la sala del tesoro, –prosiguió la elfa tras un instante de silencio al recordar la angustia pasada.

—No, no he llegado, allí abajo no estaba solo. Estaba completamente a oscuras y había una criatura para la que seguramente no estoy preparado para enfrentarme a ella... sin ayuda.

—De todos modos, en estos momentos prefiero salir de aquí. Empieza a disgustarme demasiado el permanecer dentro de esta tumba, –concluyó la elfa.

«Muy buena descripción», pensó el medioelfo.

—Yo estoy de acuerdo, es mejor que busquemos la salida cuanto antes, necesitamos encontrar agua o estaremos en apuros, –añadió el guerrero.

El grupo continuó por el nuevo pasillo que era perpendicular al vestíbulo, a diferencia del anterior que era paralelo y muchísimo más corto. Al poco vieron que el pasillo solo tenía una única puerta más, situada en su pared izquierda, la misma en la que estaba la otra por la que habían accedido a él. De hecho, ambas eran idénticas.

Iskra y Raven inspeccionaron el portón en busca de trampas y, tras no encontrar nada, Risk la empujó hasta que consiguió abrirla.

—¡Esta sala es idéntica a la del espectro!, –dijo Raven extrañado–, hasta tiene un trono también.

—¡Cuidado!, no os separéis, –dijo Risk desenvainando su arma.

La elfa hizo lo mismo al ver que su compañero desenfundaba su espada.

—Tranquilos, –dijo el mago acompañándose de un gesto apaciguador–, parece que la sala está vacía.

El grupo inspeccionó la zona y pudo constatar que se trataba de otro vestíbulo idéntico al que ya habían estado. Era exactamente como el otro, salvo el detalle que la única puerta lateral que tenía era por la que habían llegado.

—Quizás no colocaron un guardián en este vestíbulo porque para llegar hasta la sala del tesoro solo es obligatorio pasar por el otro, –apuntó el guerrero.

«O porque el Kelendor no tenía otra espada del vacío», pensó Arzhavin.

—Puede que tengas razón, –dijo el mago acercándose a unas inmensas puertas que, presumiblemente, serían la salida.

—¿Crees que tendrás que realizar otro ritual para abrir esta puerta?, –le preguntó el joven a su maestro.

—Diría que no, –contestó éste pensativo observando todo el contorno de las puertas–, por este lado no hay runas... quizás solo las haya en el exterior.

—Percibo poder en la puerta, –continuó Raven.

—Y yo. De todos modos, las puertas son demasiado grandes y pesadas para que podamos moverlas por nosotros mismos.

Arzhavin recitó las palabras mágicas, que tras unos segundos después y los efectos especiales que ya habían visto, las puertas empezaron a abrirse.

—Estad atentos, el estruendo puede haber llamado la atención de cientos de criaturas, –dijo Risk con la espada en mano.

Los primeros en salir fueron Raven y Risk, que hicieron un primer reconocimiento. Tras haber comprobado la zona hicieron un gesto al resto del grupo para que saliesen al exterior.

Los cuatro compañeros se encontraban ante un gran acantilado que solo permitía el avance a través de un puente de piedra que estaba frente a los grandes portones.

Entre el palacio y el acantilado podría haber unos diez metros de suelo firme y bien tallado sobre el que había bastantes restos de huesos esparcidos.

—Son restos trasgos, –indicó la elfa que se había acercado hasta uno de los cadáveres más completos.

—Estos también, –añadió Risk, que se había acercado a inspeccionar otro.

—Todos estos están saqueados, –prosiguió la elfa que se fue acercando a cada uno de los cadáveres que tenía cerca.

—Muy típico de los trasgos, –dijo el mago–. Probablemente fuesen presa de la trampa mágica de las puertas, –añadió a la vez que señalaba hacia las runas.

—Estos pequeños salteadores son muy ruines, pero muy estúpidos también, –dijo el guerrero.

—De todos modos tengamos mucho cuidado, según he oído, los últimos ataques trasgos en la zona han estado muy bien organizados. Además, estamos en unas cavernas que pueden haber tomado como suyas, puede que haya una o varias tribus por aquí escondidas, indicó Iskra.

Raven se dirigió hacia el puente, muy pendiente de todo a su alrededor, observando alerta a cualquier movimiento o cosa inusual en las sombras. El resto de sus compañeros le siguieron y los cuatro empezaron a avanzar despacio a través del puente.

Un nuevo estruendo hizo que el grupo diese media vuelta para ver cómo se cerraban los portones. Finalmente, las runas se iluminaron con un fulgor azulado una tras otra.

Después de que el silencio y la oscuridad hubiesen vuelto a conquistar la caverna, Risk se asomó por la pequeña baranda, pero con la luz de la antorcha no alcanzaba a ver el fondo.

—Raven, puedes tú ver el fondo?

—No, se pierde en la oscuridad, –contestó el chico tras asomarse.

El grupo reanudó la marcha, pero se volvieron a detener cuando habían avanzado unos cuantos metros.

—¡Arzhavin, mira!, –le interpeló el chico señalando hacia el final del puente–, parece una figura humanoide.

—Sí, lo parece. ¿Ves algún aura tú?

—No, parece que estuviese muerto.

Arzhavin y Raven se quedaron muy atentos observándolo, mientras sus dos compañeros permanecían expectantes sin saber qué ocurría.

—Estad atentos, puede que haya un trol o algo parecido al otro lado del puente, –alertó el mago.

Poco antes de llegar al otro lado del puente, el guerrero y la elfa ya podían ver la criatura, que estaba postrada ante ellos.

—Es un gólem. Una típica creación enana, –apuntó el mago.

Los cuatro compañeros tomaron posiciones en torno al gigante con forma humanoide que se encontraba postrado sobre una de sus rodillas. Raven y Risk se colocaron en primera línea, quedando Arzhavin entre estos e Iskra, más retrasada armada con su arco.

Arzhavin observaba muy atento a aquella criatura. El gólem podría medir unos tres metros de altura, era muy corpulento y de piel metálica. El mago había leído muchos relatos acerca de estas construcciones de los enanos, pero era la primera vez que estaba en presencia de alguno. El gólem presentaba multitud de cortes y de abolladuras por todas partes, signos de haber librado un gran batalla contra multitud de oponentes. Efectivamente, parecía estar muerto.

El mago se acercó al gólem, confiando en que así fuese, ya que no percibía magia en él. Esas criaturas eran obra de la magia de poderosos alquimistas, por lo que sin rastro de ella no eran más que meras estatuas de metal. Arzhavin lo inspeccionó con detenimiento, probablemente la criatura fue golpeada hasta que la magia que le daba vida fue destruida.

—El gólem está muerto, –indicó el mago para alivio de todos–. A ninguno les apetecía enfrentarse a una criatura como aquella.

Risk se acercó para estudiar las heridas del gólem, mientras Iskra y Raven inspeccionaron los alrededores. Desde que avistaron a la criatura no habían sido capaces de observar nada más. Los dos compañeros pudieron ver que se encontraban en un patio de unos cincuenta metros cuadrados sobre el que había incontables restos, probablemente de más trasgos.

—No encuentro cadáveres de enanos, por lo que el gólem combatió él solo contra una multitud de trasgos, que querrían saquear el castillo, –indicó la elfa mientras se acercaba hacia el gólem.

Raven, aunque también quería contemplar de cerca aquella exótica criatura, se sentía con el deber de inspeccionar mucho más sus alrededores, ya que gracias al sortilegio de visión en la oscuridad, su rango de visión era mucho mayor. De hecho, pudo ver que tras el patio el camino continuaba a través de una escalinata que era tan ancha como éste.

Tanto el patio como las escaleras ocupaban el ancho completo de la caverna, que no era tan grande por esta parte como por la que entraron al palacio. De hecho, a Raven, esta caverna no le daba la sensación de ser natural, sino más bien obra de los enanos.

El chico se asomó para ver qué había al final de la larga escalinata y pudo comprobar que abajo continuaba la gruta, por lo que no podía ver más allá si no descendía por ésta. Después de todo y asegurarse de que la zona era segura, Raven se unió a sus compañeros para también poder ver de cerca al gólem.

Cuando el joven se acercó a inspeccionar el cuerpo inerte de éste, fueron Risk y Arzhavin los que tomaron los roles de vigías. El mago había inspeccionado la criatura sin encontrar nada a lo que pudiese sacar provecho, por lo que consideraba que ya estaba perdiendo el tiempo, pero era consciente que debía permitir al resto observarlo ya que era algo muy inusual.

Al cabo de un rato, el grupo reanudó la marcha, bajando por las escaleras y atravesando la gruta que había tras éstas. Después de caminar unos veinte metros la gruta llegaba hasta otra mucho más grande, más incluso que por la que llegaron al palacio. Ésta era tan grande que ni Arzhavin ni Raven alcanzaban a ver bien el techo de la cueva ni sus paredes, pero lo que sí veían era lo que había al frente. Ante ellos se erguía toda una ciudad.

El mago y el chico podían ver como miles de edificaciones, unidas por cientos de puentes, se distribuían en tantos niveles que se perdían en la oscuridad de la profundidades de la montaña, más allá del alcance de la vista de éstos. Ambos se quedaron atónitos al contemplar la majestuosidad de la ciudad enana, de la que ninguno era capaz de ver hasta donde se extendía.

Arzhavin intentó describir lo que veía lo mejor que pudo para informar a sus compañeros, que con la luz de las antorchas no alcanzaban a ver la sorprendente ciudad que se alzaba ante ellos.

—Por lo visto, el palacio se encuentra entre el barrio noble y el plebeyo. Así que entiendo que éste no será el único camino por el que se podrá ir de uno al otro.

—¡Silencio!, he visto algo, –alertó el chico–, alguien nos observa.

—Puede que se trate de un rastreador trasgo, –añadió la elfa.

—Seguramente haya miles de trasgos por aquí. Debemos encontrar una salida sin que nos vean, –indicó el mago.

—Está bien, seguidme, yo iré abriendo camino, –dijo la elfa.

—No, tendrá que hacerlo Raven, –indicó Arzhavin–, porque vais a tener que apagar las antorchas.

—Es cierto, –dijo Risk consternado.

—De todos modos, yo tengo conocimientos de espeleología, –añadió Iskra–, aunque no vea puedo usar otros sentidos para encontrar la salida. Además, no es la primera vez que me veo en una situación como ésta.

—Muy bien, entonces tú guiarás y Raven será tus ojos. Yo ayudaré a que Risk no se estampe contra una pared.

Los cuatro compañeros corrieron todo lo rápido que el esguince de Arzhavin les permitía, hacia la primera línea de casas que se encontraron. Fueron avanzando de una posición a otra. Mientras Raven inspeccionaba todo su contorno, Iskra se concentraba en escuchar sonidos de gotas y en leer la dirección de los leves flujos de aire. El chico le proporcionaba a su compañera una descripción, lo más detallada que podía, de lo que veía y la elfa seleccionaba cuál debía ser la siguiente posición a tomar.

A pesar de que se desplazaban con todo el sigilo que podían, conforme se iban sumergiendo más en la ciudad, más aumentaba la sensación de peligro que percibían.

—¡Un momento!, –susurró Raven–, ¡seguidme!

El joven los condujo hacia un pequeño callejón e hizo que se escondieran sus compañeros tras unas rocas.

—Esperad aquí, –dijo volviendo por donde llegó.

Raven se había dado cuenta de que algo les estaba siguiendo desde hacía unos minutos, así que decidió tenderle una trampa. El chico fue acechando de una casa a otra, buscando una forma de coger por la espalda a su perseguidor.

El rastreador trasgo, que perseguía a los intrusos, se arrastraba por el techo de una casa cuando decidió detenerse. Tomó un pequeño frasco de su cinto e impregnó una flecha que sacó de su carcaj. Luego sacó yesca y pedernal y finalmente... una daga voló hasta clavársele en la cabeza. La criatura cayó muerta sobre el techo de la casa. Raven detuvo al trasgo justo antes de que informase de la posición de sus compañeros.

Tras acomodar el cuerpo inerte, Raven puso su mano derecha sobre la cara del trasgo y murmuró una retahíla en la lengua de la magia. El chico consumió el cadáver para regenerar su cuerpo malherido en el combate contra el Recuerdo.

Antes de marcharse, el chico decidió llevarse los utensilios que estaba usando el trasgo, pensó que podrían ser de utilidad.

Raven volvió con sus compañeros y les contó cómo había conseguido aquellos objetos. Tras eso, reanudaron la marcha, avanzando por calles y túneles cavados en la roca. Conforme fueron avanzando, se encontraron con más rastreadores. Al principio les seguían sigilosamente, pero cuando los trasgos descubrieron los cadáveres que el chico iba dejando, decidieron buscar a los intrusos mediante grupos de entre diez y veinte individuos.

El grupo siguió avanzando de la misma manera que desde el principio, pero cuando los trasgos les fueron cercando cada vez más, empezaron a lanzar flechas incendiadas para despistarlos. Aunque solo pudieron hacer uso de esta técnica un par de veces, ya que los trasgos habían comprendido que los intrusos se habían apoderado de las flechas de alguno de sus rastreadores.

—No podemos ir ni por ese camino ni por aquel, –informó la elfa–, oigo las pisadas de un grupo bastante grande en cada dirección.

—Tampoco podemos ir por allí, empezaríamos a dar vueltas en círculos y los trasgos nos cortarían el paso, –añadió Raven.

—En realidad ya lo han hecho, –apostilló el mago–, Iskra, ¿cuál debería ser el camino que deberíamos tomar si no nos siguiesen?

—Aquel de allí.

—Bien, pues seguidme a mí ahora. Yo me encargo, –concluyó el mago.

Arzhavin tomó el mando de la expedición, se adentraron en un túnel por el que en menos de un minuto aparecería un grupo de trasgos.

—Colocaros aquí, –dijo el mago empujando a sus tres compañeros para que se escondieran tras una roca.

Acto seguido, el hechicero se concentró y realizó un sortilegio cuyo efecto era una incógnita tanto para Iskra como para Risk que estaban prácticamente ciegos.

—Arzhavin nos ha ocultado, –les comunicó Raven, que comprendía la situación de sus compañeros.

—¡Silencio!, ahí vienen, –ordenó el mago.

Los trasgos aparecieron por el fondo de la pequeña cueva y pasaron de largo. Pareció que el hechizo del mago había sido un éxito, pero de repente uno de los últimos se dio la vuelta y empezó a olisquear. Unos cuantos compañeros más al verle le imitaron. Segundos después, los cuatro trasgos que se habían dado la vuelta empezaron a lanzar unas series de chillidos que hicieron que todo el grupo se diese la vuelta.

Aquellos alaridos parecieron chillidos sin sentido para los compañeros, excepto para Arzhavin. No conocía bien aquel dialecto, pero reconoció las palabras suficientes para entender lo que ocurría.

—A las armas, –ordenó el mago–, nos han descubierto.

Como un resorte, Raven apareció bloqueando el ataque de uno de los trasgos que iba dirigido hacia su maestro. Un segundo después, el mismo trasgo era empalado por la espada de Risk.

Arzhavin se retiró del combate para salir del túnel por donde llegaron los trasgos en un principio. Antes de alcanzar su objetivo pudo ver cómo la elfa acertó con su arco a otro trasgo. Aunque Iskra no podía ver, gozaba de un oído muy fino y como ella ya había advertido con anterioridad, no estaba indefensa en la oscuridad.

—¡Seguidme, no os quedéis ahí!, –les indicó el mago.

—¡Rápido, yo os cubro!, –exclamó el chico.

Iskra lanzó una última flecha para cubrir la carrera de Risk, que impactó en un trasgo tirándolo al suelo y obstaculizando que otros persiguiesen al guerrero. Raven, por su parte, tuvo que adoptar una posición defensiva para hacer frente a los ataques de hasta cinco trasgos y buscar una forma de huir porque a éstos se les sumaban unos diez más, cuando de repente, los trasgos rompieron a huir atemorizados. Arzhavin había realizado un hechizo para ayudar a que Raven huyese.

Los cuatro compañeros corrieron por varias calles, esquivando a otros grupos, que ahora los perseguían con antorchas para indicar a los demás grupos dónde se encontraban los intrusos.

—¡Escondámonos aquí!, –dijo el mago ayudando a Iskra y a Risk a que se colaran por un hueco que encontró entre el suelo y una pared.

Varios grupos de trasgos pasaron por allí, pero no vieron por dónde se habían escapado los intrusos.

—Esto es una especie de calabozo, –informó Arzhavin.

—Risk tiene un corte en el muslo, si me dais un momento le puedo cortar la hemorragia y vendársela.

—Esta bien, aprovechad para recuperar un poco de aliento, –concedió el mago–, yo voy a echar un vistazo para evaluar nuestra situación.

En un principio a Raven le extrañó que no le encomendara esa tarea y mucho más que la fuese a realizar él mismo, pero tras ver que el mago se concentraba realizando un hechizo, comprendió que tenía un plan.

Arzhavin abandonó el refugio por el mismo sitio que entró y volvió al túnel donde fueron descubiertos. Una vez allí se dirigió hacia uno de los trasgos caídos y realizó el mismo conjuro que Raven para recuperarse de sus heridas. El mago había tenido que lidiar durante bastante tiempo con un esguince y todo el ajetreo le estaba empeorando la lesión. No le gustaba mucho la idea de tener que abandonar solo aquel calabozo, pero le empezaba a costar mucho correr y el dolor se estaba haciendo insoportable, así que tenía que correr el riesgo.

—Vamos a tener que buscar otra salida, –dijo el mago a su vuelta–, estas calles están llenas de trasgos.

Abandonaron la sala de celdas en la que se encontraban por la única puerta que encontraron, prosiguieron por algunas más, pero pronto se dieron cuenta que aquella cárcel parecía un laberinto.

—Salir de aquí no va a ser nada fácil, –indicó la elfa.

—Me da la sensación de que ya hemos pasado por aquí, –continuó Risk.

—¡Arzhavin!, –exclamó Raven señalando a una celda.

En una de las celdas había colgado por los brazos una figura delgada y no muy alta con la barbilla apoyada sobre su pecho. El prisionero, al escuchar que se acercaba alguien, levantó la cabeza dejando ver sus ojos rojos que relucían intensos en la oscuridad. Éste, al ver que ante él se plantaban unos extraños les mostró una sonrisa.

—¿Perdidos?, –dijo el extraño prisionero.

—¿Quién eres tú?, –preguntó el mago.

—Prisionero.

Arzhavin se acercó hasta donde le permitieron los barrotes de la celda para poder ver mejor al encarcelado.

—¡Un trasgo!, ¿hablas Garlik?, –dijo Arzhavin usando una lengua que el resto de sus compañeros no entendían.

—Soy un mestizo, –contestó éste en la misma lengua–, y esto sí que es una sorpresa.

—Así que te han encerrado por eso.

—Así es. En otra época yo fui uno de sus líderes. Pero llegó un cacique con una gran tribu y volvió a los míos en mi contra. Desde entonces estoy aquí.

—¿Y por qué no te han matado?, los trasgos no hacen rehenes.

—Tengo un hermano, el antiguo cacique de mi tribu. Pensarán que manteniéndome vivo volverá a por mí y así poderle dar caza a él también.

—Muy elaborado para unos trasgos, ¿no crees?

—Los míos no son muy inteligentes, eso es cierto, pero el que consigue proclamarse cacique es porque es más brillante que el resto. Cambiando de tema, no has respondido a mi pregunta.

—Nos dirigíamos hacia el Valle de Plata y debido a un accidente acabamos aquí.

—Yo podría llevaros hasta el exterior, conozco todos los túneles a la perfección.

—Suena tentador...

—No encontraréis la salida sin mí.

—Nos persiguen una multitud de los tuyos.

—Más a mi favor, puedo sacaros de aquí sin que os atrapen. En tus manos está, –finalizó el mediotrasgo señalando con la mirada hacia donde estaban colgadas las llaves de la celda.

Arzhavin evaluó mentalmente sus posibilidades. Ciertamente, con toda una horda de trasgos persiguiéndoles, solo era cuestión de tiempo que les diesen caza. Se le había ocurrido la posibilidad de que aquel prisionero no fuese tal y que solo estuviese allí para que los condujese directamente hacia el enemigo, pero esa idea se desvaneció rápidamente. Se suponía que nadie los vio entrar en los calabozos, además aquel individuo tenía claros signos de llevar allí mucho tiempo y, por otro lado, eso hubiese sido demasiado pensar para unos trasgos.

—El prisionero es un mediotrasgo, –les comunicó el mago a sus compañeros volviendo a hablar en la lengua común–, se ofrece a llevarnos hasta el exterior a cambio de su libertad, continuó mientras se dirigía hacia las llaves.

—Intentará matarnos en cuanto tenga ocasión, –protestó la elfa.

—No tenemos muchas más opciones, tendremos que correr el riesgo, –concluyó el mago al mismo tiempo que abría las puertas de la celda.

AL USÛRF

Tras ser liberado de los grilletes que lo tenían encadenado a la pared, el mediotrasgo se puso al frente de la expedición. Al principio le costaba bastante mantener el equilibrio, ya que llevaba más de dos años encarcelado, pero parecía que poco a poco iba recuperando parte de la habilidad de la que gozó en otra época.

Aunque caminaba un poco encorvado, el mediotrasgo parecía ser bastante más alto que los trasgos comunes. Su piel era grisácea y le colgaba una larga melena de pelo negro. En su cara se podía ver claramente todos los rasgos típicos de los trasgos, como las orejas y la barbilla puntiagudas. A pesar de ser muy delgado, su cuerpo era muy fibroso, que es otro rasgo típico de los trasgos. Su atuendo se limitaba a un harapiento pantalón, quedando su torso al descubierto mostrando multitud de heridas de latigazos y otros signos de tortura.

Tras haber cruzado varios calabozos, el mediotrasgo se detuvo.

—Yo Al Usûrf, –dijo volviéndose hacia los intrusos mientras se señalaba a sí mismo.

—No necesitamos intimar, –dijo la elfa–, nosotros hemos cumplido nuestra parte del trato, cumple tú la tuya.

—Mi nombre es Arzhavin y es todo un placer conocer a alguien como tú, –dijo éste recurriendo a la lengua de los trasgos.

A pesar de que a Raven las palabras de aquella lengua le sonaban como chillidos, percibió el tono de voz seductor de su maestro que tan popular era en Itil Lein. Arzhavin sabía muy bien cómo ser encantador y siempre que adoptaba esa actitud era porque esperaba conseguir algo. Para el mago, aquel inusual ser podría llegar a ser un gran aliado en el futuro.

—Estamos perdiendo el tiempo, –continuó Iskra.

—Seguir Al Usûrf, –concluyó el mediotrasgo en lengua común.

Tras atravesar unos calabozos más, llegaron a las dependencias de los carceleros y tras cruzar otras habitaciones de la cárcel, Al Usûrf les condujo hasta el exterior de ésta.

—Yo llevar cueva atravesar ciudad debajo, seguir Al Usûrf.

Arzhavin y Raven ayudaban a que sus ciegos compañeros pudiesen seguir al mediotrasgo, que con cada paso iba recobrando las fuerzas e iba incrementando el ritmo de la marcha.

Gracias a Al Usûrf, pudieron esquivar a varios grupos de perseguidores trasgos. Avanzaron por varias calles hasta llegar a una cueva, que tenía un hueco cuadrado con unas escaleras metálicas de mano, que bajaban hasta un nivel inferior.

—Camino seguro, Al Usûrf decir llevar fuera.

La expedición continuó por el sistema de alcantarillado durante más de una hora, en la que aquellos intrusos pudieron contemplar la perfección de aquella construcción. A pesar de que se trataba de una civilización muy antigua, el reino enano mostraba un avance arquitectónico mucho mayor que el de muchas ciudades por las que Arzhavin, Risk o Iskra habían viajado.

El mediotrasgo les guiaba sin vacilar en ninguna bifurcación, demostrando que conocía a la perfección aquellos túneles. Gracias a éste, la expedición estaba atravesando la ciudad esquivando la horda de trasgos. Cada vez que pasaban cerca de una boca de alcantarilla, se podía escuchar cómo los incansables trasgos buscaban a los intrusos.

Al Usûrf llevó a los cuatro compañeros hasta una zona donde se había producido un gran derrumbe de varios pisos. Por aquella zona no solo se podía subir hasta el nivel de la ciudad, sino que también se podía llegar a túneles de niveles superiores.

—Trepar, –dijo el mediotrasgo señalando hacia arriba.

—Debe haber más de cincuenta metros, –indicó Raven.

—Pero no es una escalada difícil, el desprendimiento de rocas ha formado unas series de rampas, –añadió el mago–. Yo ayudaré a Iskra, ayuda tú a Risk.

El mediotrasgo inició la escalada tras un gesto de Arzhavin. Tanto éste como Iskra dejaban de manifiesto la agilidad innata que otorgaba la sangre élfica. Ella estaba mucho más acostumbrada a este tipo de tareas, pero no tanto el mago, sin embargo ambos escalaban a un muy buen ritmo. Por el contrario, y a pesar de que Raven era el más habilidoso del grupo, Risk le ponía las cosas bastante difíciles. El guerrero, además de ser mucho más pesado que sus compañeros, portaba mucha más carga que el resto, entre armas, armadura y una mochila mucho más grande y cargada.

A falta de unos veinte metros, la roca se volvió inestable. Arzhavin, al agarrarse a una piedra suelta hizo que ésta se desprendiese contra Raven, que no cayó al vacío porque el robusto brazo nórdico de Risk lo agarró justo a tiempo. La situación se había vuelto bastante complicada, al guerrero le estaba costando demasiado aquella travesía. Al cansancio de la huida de los trasgos, la herida de la pierna y la dificultad a la que le sometía una escalada tan prolongada con la carga que portaba, se le sumaban el tener que soportar en un solo brazo el peso del chico.

Risk tuvo que apelar a todas sus fuerzas para poder alzar a Raven, para que éste pudiese volver a agarrar las rocas. El sobreesfuerzo tuvo su fruto, Risk consiguió salvar la vida del chico.

—Sube tú, –le indicó el guerrero asfixiado por el esfuerzo.

—No me voy a ir a ninguna parte sin ti. Vamos amigo.

El guerrero no podía ver la cara del chico, pero al oír aquellas palabras se la imaginó en su mente. La repentina ternura del chico le proporcionó el ánimo que necesitaba y ambos reanudaron la escalada.

Iskra y Arzhavin disminuyeron su ritmo para no provocar otro accidente como aquel. La elfa además, justo antes de llegar a la cima, se separó bastante de Arzhavin, para no darle al mediotrasgo, que ya les estaba esperando arriba, la oportunidad de que les atacase a ambos a la vez.

El guerrero y el chico tardaron bastante más en llegar, pero también lo consiguieron finalmente, aunque Risk llegó exhausto.

—Seguir, –indicó Al Usûrf después de permitir que el guerrero recuperase un poco el aliento.

La travesía continuó durante unas horas más en las que el mediotrasgo iba seleccionando el camino sin vacilar en las bifurcaciones como ocurriera en las alcantarillas. La expedición hizo una pequeña parada para comer y recuperar un poco las fuerzas. Tras esto, la marcha se reanudo durante unas horas más.

Al Usûrf guiaba al grupo por una gruta, por donde al cabo de un rato, llegaron hasta una gran roca que obstaculizaba el camino. El mediotrasgo se subió a ésta y se arrastró para poder pasar entre ella y el techo de la cueva. Uno a uno los cuatro compañeros fueron imitándole, siendo esta vez Arzhavin el último en cruzar, ya que para el mago el arrastrarse era algo que no le agradaba nada.

—Arzhavin, malas noticias, –le comunicó Raven cuando este consiguió cruzar al otro lado–, el trasgo se ha escapado.

—¡Un momento!, el aire por aquí es un poco más frío, –indicó Iskra señalando en una dirección.

El grupo continuó siguiendo las indicaciones de la elfa. A cada paso que iban dando el aire se iba haciendo cada vez más frío. Ya no dudaba ninguno que estaban cerca de la salida al exterior, cuando de repente un grupo de trasgos salieron de sus escondites rodeándolos.

—¡Nos estaban esperando!, –exclamó la elfa.

Los cuatro sacaron las armas, Arzhavin incluido. El mago blandía una imponente espada que en una primera instancia hizo recular al trasgo que lo encaraba. Raven se colocó entre sus dos compañeros ciegos, con la intención de bloquear los ataques de los trasgos que los encaraban a ellos.

El primero en atacar fue Arzhavin, cuyo golpe sorprendió a todos los trasgos. El oponente de éste interpuso su escudo al ver que la enorme espada se le venía encima, sin embargo, ésta atravesó el escudo y todo a su paso. El cuerpo del trasgo cayó al suelo cortado en dos.

Raven aprovechó el desconcierto inicial y asestó dos rápidos golpes que acabaron con la vida de dos trasgos más. Por su parte, Iskra aprovechó el gemido del oponente que tenía frente a ella para ensartarlo con su espada corta.

El primer asalto del enfrentamiento fue catastrófico para los trasgos, pero eran muchos más que sus oponentes y como en habilidad no podían igualarlos, decidieron hacer valer las ventajas de las que disponían, la oscuridad y el número.

Varios trasgos se abalanzaron directamente contra la espalda de la elfa, pero antes incluso de que esta pudiese darse la vuelta, dos de sus enemigos caían al suelo degollados, Al Usûrf apareció de repente salvándole la vida. El mediotrasgo se había hecho con las espadas de los trasgos caídos y blandía una en cada mano.

Risk recibió varios golpes pero aun así el robusto nórdico acabó con hasta tres trasgos. Poco a poco los cinco fueron acabando con todos éstos. Unos pocos intentaron huir, pero Al Usûrf y Raven les dieron caza.

Cuando el chico y el mediotrasgo volvieron, Iskra estaba atendiendo las heridas de Risk y Arzhavin. Las del mago eran golpes superficiales, pero al guerrero tuvo que cortarle varias hemorragias. La elfa por su parte también había sufrido algunas heridas, pero prefirió atender a sus compañeros primero.

Arzhavin había sufrido varias estocadas, pero en ninguna ocasión las espadas de los trasgos consiguieron hacerle nada a la túnica rúnica del mago.

Poco después el grupo reanudó la marcha hasta alcanzar al fin el exterior. Risk acarreaba un gran cansancio y bastantes heridas, que necesitaban reposo, pero la luz del sol hizo que se olvidara de todo.

El aire era muy frío y había nieve por todas partes pero a todos les pareció un paisaje bellísimo. Habían conseguido llegar hasta las montañas del Valle de Plata.

—Al Usûrf dar palabra, llevar Valle de Plata.

Todos asintieron mostrando gratitud.

—Al Usûrf marchar ahora.

—Si no encuentras ningún sitio a donde ir, busca Seresade. Allí nadie te juzgará por lo que eres, –le dijo Arzhavin en Garlik.

—Tengo mis propios planes, pero gracias de todas formas. Solo espero que si nos volvemos a encontrar, no sea como enemigos.

—Yo también lo espero, suerte mediotrasgo.

Una mirada desafortunada

Los cuatro compañeros continuaron la marcha por las montañas, tras haberse despedido del mediotrasgo. Hacía poco que había salido el sol y por delante se les presentaba un duro día. Tenían que alejarse, lo más posible, de la caverna por la que habían llegado y, por si fuese poco, el clima estaba cambiando, anunciando la llegada del invierno.

—Hoy no seremos capaces de abandonar el terreno nevado y quizás mañana tampoco, –informó la elfa.

Estaban agotados, la falta de sueño hacía que no avanzaran todo lo que hubiese sido apropiado, por lo que acamparon en cuanto encontraron una cueva lo suficientemente buena para que les cobijara de la nieve y de los trasgos, a pesar de que todavía hubiesen podido avanzar un par de horas más.

—Esta cueva es un buen refugio para acampar. Su entrada es estrecha, lo que la hace fácil de defender y además no es profunda, por lo que no tendremos que preocuparnos de un ataque desde dentro, –indicó Iskra–. Será mejor que dejemos el descenso por hoy y que descansemos hasta mañana, así podremos afrontar la jornada con todas nuestras fuerzas.

Aquella tarde pudieron comer bien y descansar durante bastantes horas. Formaron dos grupos de vigilancia, primero descansaron los de sangre élfica y, gracias a haber entrado en trance bien temprano, Raven y Risk pudieron descansar durante toda la noche.

A la mañana siguiente, el grupo cubrió una gran distancia, encontraron un pequeño riachuelo e incluso se permitieron cazar. El haber podido llenar las cantimploras y reponer la comida había incrementado mucho la moral del grupo, que avanzó hasta casi la caída del sol.

Durante las jornadas siguientes incluso incrementaron la marcha, sabedores de que el invierno les estaba pisando los talones y que las tormentas no podían cogerles en las montañas o se verían en problemas muy serios.

Dos semanas después de abandonar la ciudad oculta, el clima empezó a empeorar. Iskra estimó que disponían del tiempo justo para poder dejar las montañas si acortaban por el Paso de Rihn y llegar a la ciudad de Puerto Verice antes de que se les echara encima el temporal del invierno.

Puerto Verice era una gran ciudad portuaria ubicada en una inmensa llanura, flanqueada por dos grandes cordilleras y donde confluían dos rutas comerciales. Éstas eran de las más importantes, ya que cruzaban en horizontal toda la tierra de Isyliem y Asendorf, y gracias a la escala en Puerto Verice, los comerciantes podían transportar sus productos a tierras lejanas, ya fuese por tierra o por mar. Por lo que Puerto Verice era considerada un oasis para los comerciantes.

—Deberíamos aprovechar las horas de luz que aún quedan para buscar un refugio. Lleva días lloviendo sin parar y creo que esta noche o mañana puede que empiece a nevar.

—De acuerdo, –respondió Arzhavin con un gesto serio de asentimiento.

Hacía más de dos semanas desde que dejaron atrás el abrupto paisaje de las montañas y la dificultad para encontrar una cueva en aquellos bosques, cercanos a la carretera, se iba haciendo cada vez mayor. No obstante, aquella noche, el grupo tuvo suerte. Poco antes del anochecer encontraron un pequeña cueva que no parecía albergar inquilinos con malas intenciones.

Iskra encendió un fuego con el que poder secar las ropas mojadas, además de poder disfrutar del agradable calor que proporcionaba. El viento se iba haciendo cada vez más frío y les estaba calando hasta los huesos.

Tras cenar, como en muchas de las noches anteriores, Arzhavin se apartó a seguir investigando las propiedades mágicas de la espada y la túnica, que tomó de la ciudad subterránea. Iskra y Risk estuvieron estudiando los mapas para encontrar la ruta más adecuada hacia Puerto Verice y Raven se dispuso a dormir, ya que sería él quien debía hacer la siguiente guardia.

Esa noche Raven cenó poco. La excitación que embriagó al chico bajo la montaña hacía bastante que se había esfumado y ahora eran los recuerdos de los trasgos asesinados los que ocupaban su mente. Se había apartado del grupo, pero permaneció cerca del fuego.

Las llamas danzaban, en un crepitar que se le antojó elegante y predecible. Aquellos brillantes ojos morados habían visto algo en el fuego, algo que le tenía totalmente absorto. Sin darse cuenta de cuándo ni cómo empezó, Raven se encontraba observando una multitud de figuras humanas, que se contorneaban de dolor, intentando escapar de las llamas que lo devoraban todo a su alrededor.

—¿Disfrutas con su dolor?, –escuchó decir en su mente.

Aquellas palabras, pronunciadas lentamente por una siniestra voz, sacaron del trance al chico, que se puso de pie de un salto, poniendo en alerta al resto del grupo.

—Solo ha sido una pesadilla, no hay nada de lo que preocuparse, –se apresuró a decir para no alarmar a sus compañeros.

Aquella noche, el chico se quedó dormido dándole vueltas a lo sucedido, pero lo que más le extrañaba era aquella voz, «¿quién era?», Raven no lo sabía, pero estaba seguro de que ya la había oído antes.

Aquella mañana amaneció nevando y, aunque no era muy intensa, se podía ver claro que se acercaba una gran tormenta.

El grupo se puso en marcha temprano. La noche anterior, Iskra había trazado una ruta, que debía llevarlos hasta una pequeña posada que había en la carretera a unos dos días.

—Si andamos a buen ritmo y acortamos por el bosque puede que lleguemos a la posada que hay en el camino en dos días.

—Pronto va empezar una tormenta, –dijo Raven mirando al cielo.

—Precisamente por eso. Cuando empiece la tormenta no tendremos más remedio que buscar un refugio y no podremos salir hasta que amaine, –continuó la elfa.

Durante gran parte de la mañana, caminaron a ritmo alto, en ocasiones casi a la carrera, aprovechando al máximo los caminos en línea recta. Unas veces siguiendo la carretera y otras campo a través, pero siempre siguiendo la ruta elaborada por la elfa.

Con el paso de las horas, el viento soplaba con más fuerza y la nieve caía cada vez con más intensidad. La tormenta estaba a punto de llegar y ya no era seguro avanzar más. Por tanto, el grupo se vio obligado a buscar un refugio.

Aquella noche no tuvieron tanta suerte como la anterior. Tardaron un par de horas en encontrar un sitio donde cobijarse. Tuvieron que conformarse con una roca que sobresalía del terreno, que les hacía de visera. Por suerte, ésta era lo suficientemente grande para protegerles de la nevada pero no tanto del viento, así que construyeron una especie de parapeto con ramas de los árboles y algunas prendas de ropa. El improvisado campamento junto con el fuego mantenían caliente al grupo, pero la noche iba a ser muy dura.

A la mañana siguiente, el tiempo no había mejorado y obligó al grupo a tener que avanzar en medio de la ventisca. Pero a pesar del temporal, avanzaron todo el día sin ni siquiera parar a comer. Estaban exhaustos, hambrientos y desmoralizados, ya que la tormenta iba en aumento y, aunque no se habían parado a buscar un refugio, tampoco habían visto ninguno.

El viento soplaba fuerte, muy fuerte y, a pesar de la las antorchas, la nieve solo permitía ver a pocos metros.

—Debemos buscar algún sitio donde protegernos de la tormenta, ya casi no podemos ni andar, –protestó Raven.

—¡No!, tenemos que continuar, no quiero pasar otra noche como la anterior, –le contestó Arzhavin.

—Pero ya está muy oscuro...

—¡Déjalo ya! Vamos a continuar hasta la posada, –ordenó el mago.

Unas horas después, el grupo casi no podía dar un paso más, la nieve les llegaba por las rodillas y encima el viento soplaba en su contra.

—No sé si podremos seguir mucho más, –dijo finalmente Iskra casi sin fuerzas para hablar.

—Solo un poco más, casi hemos llegado, –le animó Risk ayudándole a andar–. He vivido unos años por estas zonas y sé que la posada no está lejos. A pocos kilómetros desde la carretera.

Al cabo de una hora más de travesía en la oscuridad y con una tormenta que hacía que cada paso costara un gran esfuerzo, el grupo pudo, al fin, ver las luces de la posada. La visión de la salvación les aportó las fuerzas necesarias para llegar hasta el viejo pero bien cuidado edificio.

—¡Posadero! –gritó Risk con trabajo mientras aporreaba la puerta de entrada.

—Disculpen, no esperaba que llegasen más viajeros a las horas que son y con la que está cayendo, –contestó un anciano al mismo tiempo que retiraba la tranca de la puerta.

Los cuatro compañeros se apresuraron a pasar al interior, sintiéndose rejuvenecidos al empezar a notar el calor que proporcionaban las cuatro chimeneas de aquella posada.

—Decidimos hacer un esfuerzo por llegar hoy a la posada y no tener que pasar una noche más a la intemperie, –informó el guerrero.

—Comprendo... Bueno, ¿cuántas habitaciones necesitáis?, tengo simples o para dos personas si las prefieren.

—Creo que cuatro habitaciones simples será lo más adecuado, –indicó el medioelfo.

Mientras Arzhavin terminaba de gestionar la estancia del grupo en la posada, Raven se percató de algo. Más bien de alguien, que se estaba acercando desde una habitación contigua al vestíbulo. Era capaz de ver el aura de aquel individuo a pesar que había una pared entre ellos.

Iskra y Risk se asombraron al ver que la expresión siempre tranquila y fría de Raven, había cambiado por completo cuando aquel sujeto salió del comedor y se topó de frente con el grupo. El hombre se quedó bajo el marco de la puerta un instante, mirando fijamente a los ojos de aquel joven, que no dejaba de mirarle a él.

La escena se prolongó durante unos segundos más, en los que reinó un incómodo silencio que creó una gran atmósfera de tensión, a la que también se unió Arzhavin.

El extraño, tras el intenso momento, cruzó una breve mirada con cada uno de los miembros del grupo y avanzó dirección a la puerta de salida.

—Buenas noches caballeros, –dijo al fin.

Sin esperar respuesta se marchó de la posada, perdiéndose en la oscuridad de la noche. No llevaba antorcha, por lo que Iskra, que se había acercado a una ventana, no tardó en perderlo de vista.

—¡Ese hombre está loco!, no podrá llegar a la ciudad a estas horas y con la tormenta que está cayendo, –dijo Risk.

—Yo no me preocuparía mucho por él...

—¿Lo conoces?, –le preguntó el mago.

—Viene de vez en cuando, desde hace un tiempo atrás... No habla mucho y suele tener un comportamiento extraño, como éste de salir en medio de la noche con un temporal. Supongo que tendrá algún refugio en el bosque. De todos modos, a mí me parece que no es un tipo de fiar. Nadie paga una habitación y se marcha de esta manera, aunque quizás vuelva, ¿quién sabe?, es así de raro. Bueno señores, les acompañaré a las habitaciones para que puedan soltar los bultos y luego les llevaré al comedor.

Tras acomodarse bajaron al comedor. Se trataba de una acogedora habitación rectangular con un cálido fuego en el centro de la sala y dos mesas a cada lado ocupando todo el largo. Cerca de la puerta de entrada, en otra pared, se disponía la puerta que daba a la cocina.

Se sentaron dos a cada lado de la mesa, en una esquina de la misma, disfrutando del calor de la habitación y esperando a que les sirviesen la comida, ya que a pesar de ser tarde y de que la hora de la cena había pasado, el posadero no había puesto objeción alguna en servírsela.

A pesar de todo, los cuatro se sentían intranquilos. Arzhavin, Iskra y Risk sabían que el chico había visto algo raro en aquel extraño.

—¿Qué ha pasado antes?, –preguntó Risk al fin.

—Ese tipo era un hechicero..., –contestó el joven en voz baja–. Tenía un aura muy intensa, muchísimo más que la que desprende Zaul, –continuó dirigiéndose hacia Arzhavin.

—Sí... yo también he sentido su poder, –añadió Arzhavin pensativo.

—Debes tener más cuidado con esas percepciones, me alarmaste con tu reacción y seguro que él sabe que le hemos descubierto, –indicó la elfa.

—Seguro que piensa que le hemos descubierto o que sabemos algo al respecto, –añadió el guerrero.

—Puede ser... seamos cautos. Yo me retiro a mi habitación, necesito descansar –concluyó el medioelfo.

Unas horas más tarde, Arzhavin se despertó con un mal presentimiento, se levantó y se dirigió hacia la ventana. Allí estaba el extraño hechicero, de pie en el bosque, bajo la tormenta. Arzhavin se quedó mirándolo fijamente y éste también clavaba su mirada en él, mostrando que a pesar de la distancia y la oscuridad lo veía perfectamente.

Aquel extraño estaba plantado frente a la parte trasera de la posada, a unos cincuenta metros, ataviado con una gruesa túnica gris que portaba ya en su primer encuentro. Parecía un hombre de unos setenta años, aunque estaba seguro que podía ser mucho mayor.

Sin apenas hacer ni un solo gesto, Arzhavin hizo uso de sus conocimientos mágicos para realizar un sortilegio, uno que le proporcionaría la capacidad de aumentar sus capacidades sensoriales. Gracias a este hechizo era capaz de ver con total claridad a largas distancias, como si poseyese la vista de un águila.

Cuando un hechicero realiza un conjuro, las energías que éste manipula se manifiestan iluminándose en torno al mago. La gran habilidad de Arzhavin era la manipulación de las sombras, a las que era capaz de controlar con su mente. Justo antes de empezar a realizar el sortilegio que le proporcionaría el aumento de sus capacidades sensoriales, había hecho que las sombras lo envolviesen, para intentar no mostrarle ningún tipo de poder a aquel extraño.

Gracias al hechizo, alcanzó a ver el rostro de aquel extraño y también el gran colgante que le caía hasta casi el estómago. Una llama rodeada por un círculo con runas, un símbolo que Arzhavin conocía muy bien.

El extraño prolongó unos minutos más el encuentro y, con un gesto de desprecio, se volvió dándole la espalda y se perdió en la espesura del bosque.

Por la mañana, Iskra bajó al patio interior. La posada estaba formada por dos edificios separados por un patio amurallado. Uno de ellos es donde se encontraba la recepción, el comedor, la cocina y las habitaciones de los inquilinos y el otro donde se almacenaba todo lo necesario para tener una autonomía suficiente, ya que la posada se encontraba bastante lejos de cualquier sitio. A pesar de esto, siempre había muchos clientes, ya que Puerto Verice estaba bastante lejos de las ciudades más cercanas y la posada era un buen lugar donde hacer un alto en el camino.

La elfa no pudo salir a cielo descubierto, ya que nevaba intensamente y hacía un fuerte viento.

—La tormenta está aumentando, –dijo Arzhavin, que acababa de llegar.

—Sí, va a ser imposible que podamos reanudar el viaje hoy, –añadió la elfa.

—Esta bien, esperemos que amaine pronto.

El mago, tras desayunar, se retiró a su habitación a seguir estudiando las propiedades mágicas de sus dos nuevos objetos. Por el contrario, Risk, Raven e Iskra, se quedaron charlando en el confortable comedor.

—No me gusta nada estar aquí encerrados pero estaba deseando quitarme la cota de malla y descansar tranquilamente.

—¿Cuánto tiempo crees que nos quedaremos aquí?, –preguntó Raven a Iskra.

—No sabría decirte. En estos momentos la tormenta es bastante fuerte, pero eso podría cambiar en cualquier momento.

—¿Cómo continúan tus heridas?, –se preocupó el guerrero, que observaba que el chico seguía llevando el vendaje del flechazo, pero sin embargo no parecía molestarle nada. Además de que en su rostro no había ningún rastro de los moratones que le originó el Recuerdo.

—Pues casi curadas del todo.

—Estos días atrás hemos corrido bastante y Arzhavin no parecía tener un esguince en ningún momento, –apuntó la elfa.

—Arzhavin sabe cómo tratarse sus heridas. De todas formas, no es de los que muestran su dolor.

—Por cierto Raven, has luchado muy bien estos días atrás. Antes de llegar a Gado Dorado tuvimos un encontronazo con unos bandidos, pero Raven no era capaz de matar a nadie, –aclaró a la elfa–. Una misericordia que no iban a tener ellos contigo.

Pasaron un día más en la posada, descansando y planificando tranquilamente el trayecto que restaba hasta Puerto Verice, que les tomaría, al menos, un par de días más.

Arzhavin se quedó en vela durante la última noche que pasaron en la posada, observando por la ventana si el mago volvía. En aquella ocasión no apareció, así que Arzhavin decidió no mencionar nada de lo ocurrido la noche anterior.

El resto del trayecto transcurrió sin incidentes. La tormenta continuó, ya que era época de nevadas, pero en los días siguientes la fuerza del viento había disminuido. Al tercer día llegaron a Puerto Verice, donde el grupo debía tomar un barco que fuese capaz de llevarles hasta la isla de Lereidass, el objetivo de la expedición.

Puerto Verice

Antes de partir, Arzhavin había conseguido cuatro abrigos ideales para aquel tiempo. Se los había comprado, a no muy buen precio, a un mercader que también se encontraba hospedado en la posada.

Seguía nevando con fuerza cuando reanudaron el viaje, pero por lo menos el viento casi había dejado de soplar.

Aquel día avanzaron mucho y, cuando decidieron buscar un sitio donde refugiarse, habían cubierto una gran distancia. El grupo marchó a un ritmo bastante alto todo el día para mantener el calor en la medida de lo posible.

—Pronto caerá el sol y no creo que encontremos algo mejor que esto, –dijo la elfa señalando un agujero provocado por el desplazamiento de un árbol que con sus raíces había levantado el terreno.

A Arzhavin no le gustaba nada aquel agujero totalmente embarrado, pero lo que decía la elfa era cierto, el sol estaba a punto de caer y debían prepararse para pasar una noche helada.

Los cuatro compañeros cabían dentro del agujero perfectamente, aunque tuvieron que apretarse mucho para poder dejar espacio a un fuego que les proporcionara calor.

Con la caída del sol, la temperatura empezó a bajar rápidamente y, de no haber sido por el calor del fuego, hubiesen muerto congelados.

Cuando Iskra se despertó, descubrió que Raven la tenía abrazada.

—¡Eh!, ¿Qué crees que estás haciendo?

—Estabas helada, por eso te abrazaba, –contestó Raven.

—Será mejor que te duermas. Ya te relevo yo.

Iskra quiso colocarse en un lugar más alejado del chico, pero prefirió quedarse donde estaba, porque de quien no quería estar cerca era del mago.

Poco antes de que saliese el sol, reanudaron la marcha, ya que habían calculado que si partían enseguida, llegarían a Puerto Verice justo antes de la hora del almuerzo.

Aquel día no nevaba tan intensamente como los días atrás y pudieron avanzar a muy buen ritmo, llegando a la ciudad antes de lo que habían previsto.

Raven se quedó asombrado por la inmensidad de aquella ciudad, que si no era tan grande como Itil Lein, lo era más y las calles estaban abarrotadas de personas que iban y venían. Aunque todo aquello ponía muy nervioso al chico, quien no estaba acostumbrado a estar rodeado de tanta gente.

Hacía solo unas horas que había llegado un barco procedente de tierras lejanas y, tanto comerciantes como habitantes, acudían emocionados al mercado de la ciudad.

—Conseguir que algún barco nos lleve a nuestro objetivo y organizar todos los preparativos me llevará algún tiempo. Alquilaré cuatro habitaciones en la posada El buen Descanso, es la mejor de toda la ciudad. También os entregaré parte del dinero que os prometí, –continuó dirigiéndose hacia el guerrero y la elfa–. Tomaros estos días de descanso y disfrutad de esta magnífica ciudad. Por cierto Risk, ¿podrías acompañar a Raven a comprarse un equipo adecuado?, unas espadas que se adapten más a su forma de combatir y una armadura ligera le vendrían muy bien.

—De acuerdo y aprovecharé para enseñarle la ciudad. ¿Sabes Raven?, yo nací en esta ciudad.

Arzhavin se acercó a un cochero para que les llevara hasta la posada El Buen Descanso.

—Hemos llegado, –les indicó el cochero–, tengan una feliz estancia.

Después de almorzar se separaron, Arzhavin se marchó para comenzar con sus negocios, Raven y Risk se fueron al mercado y la elfa simplemente se colocó bien su abrigo para pasear por la ciudad, sin que muchas miradas se clavasen sobre ella.

—Este mercado es inmenso, aquí podrás encontrar cualquier cosa que busques. ¡Vamos!, tenemos que ir a la calle de los armeros. ¡Ah!, y ten cuidado con tu dinero, hay muchos ladronzuelos.

—Acabamos de pasar una armería.

—No te preocupes, vamos a echar un vistazo en la tienda de un viejo amigo. Casi hemos llegado.

Al poco llegaron a una gran tienda, que estaba abarrotada de gente.

—¡Roin!, –gritó el guerrero.

—¿Risk, qué haces por estas tierras?, –contestó el viejo que estaba tras el mostrador mientras salía de detrás de éste dirigiéndose hacia el guerrero.

—Pasaba por aquí y he querido pararme a saludar a un viejo amigo, –le contestó éste justo antes de darle un abrazo–. Estás como siempre, viejo y decrépito.

—Tú también has envejecido y has perdido fuerza. Abrazas como una mujer.

—¡Qué va!, es que no quería lastimar a un anciano.

Después de intercambiar unas cuantas burlas amistosas entre risas, Risk presentó a Raven y le preguntó al viejo armero si tenía algo que se adecuase al chico.

—Acompañadme a la trastienda, os mostraré mis mejores piezas tranquilamente. Los que me conocen saben que las reservo para aquellos que saben bien lo que buscan y no se conforman con cosas... simplemente buenas, sino que buscan armas excepcionales.

—Buscamos concretamente dos espadas cortas y una armadura de cuero que le proteja sin que le reste mucha movilidad.

—¿Espadas cortas?, ¡yo uso dos sables!, –protestó Raven.

—Cierto, pero tu estilo de combate se basa en ataques rápidos y en permanecer todo el tiempo en movimiento, te sentirás más ágil y rápido con unas armas menos pesadas.

—En estos momentos no poseo una armadura de cuero excepcional, pero creo que sí tengo las espadas que buscáis. Hace unos meses llegó un barco que transportaba mercancías de lugares lejanos, –les contó el armero al tiempo que tomaba un par de bultos.

Roin deslió dos espadas de las mantas que las envolvían.

—Estas espadas cortas son de manufactura élfica. Están forjadas en un duro pero fino acero, con una bella empuñadura de roble rematadas con motivos élficos. Unas mortíferas preciosidades, las llamo yo.

—¿De cuánto dinero estamos hablando?, viejo.

—Las vendo por cincuenta monedas de oro cada una. Pero por ser para vosotros, os la puedo dejar en cuarenta... y Risk, te estoy rebajando mucho el precio.

—Ochenta monedas de oro es mucho dinero, estábamos pensando en no gastar más de treinta por todo.

Raven tomó las armas cerrando los ojos, concentrándose para entrar en armonía con ellas. Luego empezó a agitarlas realizando movimientos armoniosos. Aquellas espadas se ajustaban al chico como ninguna que hubiese blandido con anterioridad.

—Son perfectas, –dijo al fin abriendo los ojos.

—Bueno... incluyo en el precio el cuero que elijáis.

—Está bien, yo pondré el dinero que falta. Seguro que son las que Arzhavin compraría. Ya ajustaré cuentas con él más tarde.

Mientras tanto, en otra zona de la ciudad, en uno de los barrios bajos de ésta, un hombre encapuchado, vestido con una gruesa túnica gris, le entregaba una bolsa bien dotada de dinero a otro en el interior de una casa, que daba aspecto de estar abandonada y de que podría derrumbarse en cualquier momento.

—Es muy importante que realices el trabajo en el orden que te he indicado. Me han dicho que eres el mejor, así que no me falles. Te pagaré el resto cuando hayas completado la misión.

—Eso espero, o tendré que añadirte a la lista..., –contesto el tipo vestido con ropas negras y un parche en el ojo izquierdo.

Arzhavin se paró frente a una de las bibliotecas de la ciudad, concretamente en la que había en el barrio de la Rosa. Uno de los barrios de más dinero de la ciudad. La biblioteca era regentada por nobles y ricos comerciantes. Era una de las más grandes de toda la región y, por ello, era uno de los sitios donde muchos buscaban respuestas a sus preguntas y precisamente a eso era a lo que había venido el mago.

Una vez dentro, echó un vistazo a toda la sala en la que se encontraba, era una gran estancia de dos plantas, la superior era una balconada cuyas paredes estaban totalmente cubiertas por estanterías. La planta inferior poseía estanterías de libros formando calles dejando un gran espacio en el centro de la estancia donde había unas cuantas mesas de madera con bancos con algunos lectores. La biblioteca estaba en un completo silencio que invitaba a la lectura.

Arzhavin buscó con la vista al bibliotecario, que ya se había percatado de la presencia de un nuevo visitante.

—Señor, ¿puedo ayudarle?, –preguntó el bibliotecario con tono educado.

—Busco alguna obra que hable sobre la antigua civilización de los nómadas de las tierras áridas del sur.

—¿Acaso es usted un historiador versado en tal cultura?

—Por supuesto. Vengo de tierras lejanas y me informaron que aquí podría tener una audiencia con la desaparecida cultura de tiempos antiguos.

—Le informaron bien. Tome asiento mientras busco lo que me ha pedido.

Arzhavin se acercó a un estante próximo a una de las mesas y empezó a leer los títulos de los libros que extraía de forma aleatoria.

—Por favor señor, acompáñeme, creo que he encontrado algo que le puede interesar.

El bibliotecario le guió por unos pasillos de estantes de libros, hasta llegar a la puerta del almacén.

—Por favor disculpe las molestias, pero el tema por el que me pregunta está aún sin catalogar en ningún estante, por lo que tendré que llevarle hasta el almacén.

El bibliotecario guió al mago a través de un almacén al que habían llegado tras bajar unas empinadas escaleras. Se pararon frente una pared de piedra en la que el bibliotecario empezó a golpear rítmicamente con un pomo metálico. Acto seguido, un ruido de una maquinaria en funcionamiento se dejaba oír al otro lado de aquella pared y ésta empezó a abrirse.

El bibliotecario invitó a Arzhavin a pasar y, tras de sí, la puerta secreta empezó a cerrarse. El mago entró en una nueva estancia que estaba en completa oscuridad. Arzhavin se quedó totalmente quieto esperando que la puerta de piedra se cerrara completamente a su espalda. Unos segundos después cuatro guerreros encendieron las antorchas que había en la sala, mostrando la presencia de cinco hombres más el mago. Había dos guerreros a cada lado de Arzhavin, junto a las antorchas, y otro más frente a él, interponiéndose entre éste y una puerta de madera.

—Identifíquese, –dijo el guerrero frente al mago.

Arzhavin extendió su brazo izquierdo dejando ver los anillos que portaba en la mano. De repente, en uno de ellos, un sello con una piedra oval de ónix, apareció un brillante símbolo dorado. Acto seguido los cinco guerreros hicieron lo mismo, los cinco mostraron un anillo que, a pesar de ser todos distintos entre sí, en todos apareció mágicamente el mismo símbolo.

—Soy Lord Arzhavin y solicito audiencia con vuestro líder.

—Por supuesto señor, –contestó cortésmente–, por favor acompáñenos, le llevaremos ante Renan.

Los guerreros guiaron al mago a través de una serie de pasillos con multitud de puertas. Arzhavin se encontraba en las instalaciones de una organización secreta pero, a pesar de ello, su semblante no varió ni lo más mínimo, dando la impresión de que estaba acostumbrado a situaciones similares. Finalmente, los guerreros dejaron al mago en una especie de despacho en el que lo esperaba un fornido y esbelto nórdico de mediana edad y facciones duras.

—Tome asiento mi Lord. Mi nombre es Renan y soy el líder de los Vassaris de Puerto Verice que, como ha podido comprobar, tenemos una fuerte presencia en este emplazamiento.

—Encantado de conocerle, yo soy Lord Arzhavin.

—Había oído hablar de usted durante mi estancia en Seresade, pero nunca tuve ocasión de verle en persona. Es todo un placer el conocerlo pero, dígame, en qué podemos ayudarle.

—Me gustaría pedirle unos favores. Me he desplazado hasta aquí con tres compañeros más, con intención de tomar un barco que nos lleve hasta la isla de Lereidass...

—Disculpe, pero no me suena ese nombre.

—Es su nombre élfico, creo que los lugareños la llaman Los Colmillos del Mar.

—Lo que me pide es complicado, –indicó sorprendido al oír el nombre de la isla–, no creo que haya muchos marinos que quieran ir hasta allí. Esa isla está rodeada de grandes rocas y de arrecifes de coral y es extremadamente difícil para un barco llegar hasta ella. La mayoría de los que lo han intentado han acabado encallando.

—Estoy seguro que, por un buen precio, más de un capitán estará dispuesto a llevarnos.

—De acuerdo, nos aseguraremos de encontraros un barco y que éste posea un capitán con el prestigio suficiente para garantizar el éxito de la operación. Pero le vuelvo a decir que va a ser una tarea difícil.

—Lo segundo que necesito es que iniciéis a uno de mis compañeros. Cumple todos los requisitos, además de contar con mi absoluto respaldo.

—En ese caso será para nosotros un auténtico placer.

—Muchas gracias y, una cosa más, necesito que averigüéis todo lo que podáis sobre un hechicero que llegó a la región no hace mucho. No sé si habrá venido a Puerto Verice o a alguna otra ciudad o villa de la zona.

El mago, tras proporcionar una descripción lo más exhaustiva que pudo del hechicero, dejó las instalaciones de los Vassaris. Aunque ya se imaginaba que no iba a ser fácil encontrar un barco que lo llevase hasta la isla de Lereidass, empezaba a pensar que la estancia en Puerto Verice iba a ser más prolongada de lo que había imaginado inicialmente.

Al medio día, los cuatro compañeros coincidieron en el comedor de la posada y Raven aprovechó para enseñarle a su maestro su nuevo equipo.

—Las espadas me parecen perfectas, de muy buena manufactura.

—Costaron ochenta monedas de oro, —se apresuró a decir el guerrero.

—Ya veo, no te preocupes por el dinero. Te compensaré por ello. Lo que es una pena es que no encontraseis un cuero que estuviese a la altura de las espadas.

Aquel día transcurrió tranquilo, había dejado de nevar y el cielo estaba despejado. A pesar de todo, Arzhavin tuvo la impresión de ser observado mientras paseaba por el mercado.

Al día siguiente, Arzhavin fue a buscar a Raven a su habitación antes de que saliese el sol.

—Coge tus armas, debes acompañarme a un sitio.

—¿A dónde vamos?

—Ahora mismo no tenemos tiempo.

—Pero, ¿y los demás?

—Ellos no pueden venir. Te lo explicaré todo cuando lleguemos.

Arzhavin llevó al chico a la biblioteca del barrio de la Rosa y, a pesar de estar cerrada por la hora que era, no dudó en aporrear sus puertas, dando golpes de forma rítmica. Acto seguido, éstas se abrieron, para volverse a cerrar una vez el mago y el chico pasaron a su interior, donde les estaba esperando un tipo vestido con una elegante armadura de cuero negro y una espada a la espalda.

Arzhavin mostró un anillo, en el que apareció un símbolo dorado que Raven nunca había visto. Acto seguido el extraño se retiró el guante de su mano derecha para dejar ver otro anillo, en el que también apareció el mismo símbolo y después se quedó mirando a Raven, esperando a que hiciese lo mismo.

—Él viene conmigo. Llévanos ante Renan.

Raven estaba desconcertado con todo aquello. El extraño individuo los acompañó hasta el almacén de la biblioteca y después los condujo por una puerta secreta, hasta una nueva habitación, donde Arzhavin tuvo que volver a realizar el mismo juego con los anillos ante cuatro individuos más. El mago lo había metido en la guarida de una sociedad secreta de la que, al parecer, formaba parte.

Finalmente dos de aquellos individuos les acompañaron hasta una sala donde, tras una corta espera, entró un hombre bastante corpulento.

—Buenas noches mi Lord, supongo que él es su candidato.

—¿Lord?, –repitió Raven extrañado.

—No sé de qué te sorprendes, sabes que soy de familia noble.

—Pues chico, teniendo en cuenta que para ingresar en nuestra sociedad debes gozar del beneplácito del líder de la cofradía donde se te someta a prueba y tú concretamente vienes recomendado por una de las figuras más influyentes de esta organización, no será necesario que me demuestres nada. Por tanto, te doy la bienvenida a los Vassaris.

LOS VASSARIS

A la noche siguiente, Raven fue escoltado por dos vassaris que lo esperaban en el callejón que había tras la posada.

Renan les había ofrecido, a él y a Arzhavin, quedarse con ellos en sus instalaciones, pero el mago prefirió seguir como hasta entonces y que Raven solo acudiese allí a ciertas horas, para no despertar más suspicacias en el guerrero y la elfa.

—¿Por qué estamos aquí sentados?, –preguntó Raven tras ser invitado a sentarse por el líder de los vassaris en su despacho.

—Porque antes de nada, quiero hacerte unas preguntas. ¿Qué te ha contado Lord Arzhavin de nosotros?

—Nada, él no cuenta nunca nada.

—Ya veo, supongo que ha sido educado en nuestra cultura desde que nació. Bueno, en ese caso me parece que debería contarte quiénes somos antes de nada.

Renan se levantó y empezó a buscar algo en la estantería que había tras su asiento. Un momento después, se dio la vuelta abriendo un mapa y colocándolo sobre la mesa para que Raven pudiese verlo.

—Esta ciudad de aquí es Seresade, –dijo señalando la localización en el mapa.

—El hogar de Arzhavin.

—Y de su padre, el príncipe Vassiel, dueño y señor de Seresade y de los vassaris.

—¡Vaya!, sabía que Arzhavin era de sangre noble pero nunca mencionó nada parecido.

—¿Cuál es vuestra relación?

—Arzhavin es mi maestro.

—Entonces, eres un hechicero también, ¿no?

—Arzhavin me denomina semihechicero, porque combino las armas con la magia.

—Interesante... estoy impaciente por verte en combate, pero déjame continuar con la clase de historia.

—Sí, disculpe.

—Seresade es la cuna de los vassaris, allí es donde está nuestro cuartel general. Lord Vassiel fue uno de los pocos supervivientes de una gran guerra y se vio obligado, junto a sus pocos seguidores, a abandonar su tierra natal. Tras mucho deambular de un lugar a otro llegaron a las ruinas de Seresade, una antigua fortaleza élfica cercana a la frontera con los reinos humanos. Lord Vassiel y los suyos decidieron asentarse allí y, con el paso de los años, muchos fueron los viajeros que también decidieron quedarse. Al cabo de un siglo, las ruinas de aquella fortaleza se convirtieron en una ciudad en reconstrucción.

—¿Al cabo de un siglo?

—Sí, Lord Vassiel es un alto elfo descendiente de un poderoso linaje.

—Entonces, Arzhavin es un elfo.

—Concretamente un medioelfo, porque su madre era humana. De todos modos no nos desviemos.

—Disculpe.

—Lord Vassiel temía que los reinos que acabaron con su gente se volviesen a levantar en su contra, por lo que los tenía vigilados. Llevaba años adiestrando espías. En unos años, ya disponía de una orden de espías enorme, que se fueron extendiendo por todas las tierras de los alrededores y con el paso del tiempo la expansión de los vassaris fue aumentando.

—Así, que sois una orden de espías.

—Sí, pero a día de hoy somos mucho más. Somos la mano en la sombra que controla medio mundo. El éxito de nuestra expansión ha sido nuestra gran red de intercambio de recursos, que permite a pequeñas cofradías de vassaris beneficiarse de los grandes ingresos que puedan generar cofradías más grandes y asentadas, permitiendo que la que un día es pequeña se haga grande.

—¿Con recursos te refieres a dinero?

—No solo a dinero, los activos más importantes de los que disponemos son la información y la influencia.

—Y cuáles son vuestras intenciones, ¿conquistar el mundo?

—No, Lord Vassiel piensa que nunca debemos ser descubiertos porque, de ser así, muchos serían los que se levanten en nuestra contra. No sé cuál es la razón por la que aniquilaron a su linaje, pero seguro que tiene mucho que ver con algo como esto. Por tanto, para el padre de Arzhavin es muy importante que no abarquemos más de lo que podemos controlar.

Raven no estaba muy seguro de querer pertenecer a una orden como esa, pero tampoco tenía mucha elección. Por lo celoso que era su líder con respecto al anonimato, seguro que lo matarían si se negase a ser uno más.

—Bueno, va siendo hora de que veamos qué es lo que sabes hacer, –dijo Renan levantándose–. Todos los de la orden dedicamos muchas horas al día a entrenar.

Renan condujo a Raven hasta una enorme sala, donde había muchos vassaris entrenando diversas disciplinas, como el uso de la mandoble, la daga o artes marciales.

El alto líder de los vassaris se había fijado que el chico portaba dos espadas, lo que le llamó la atención, pero pensó que seguro que alguien con aquellos ojos y Arzhavin como maestro, tendría muchas habilidades mucho más sorprendentes.

—¿Algún voluntario para combatir con nuestro nuevo hermano?, –preguntó Renan, a lo que contestaron varios–. Bien, tú mismo.

Frente a Raven se plantó un tipo bastante alto con una espada larga y ataviado con una armadura de cuero negro, que parecía formar parte del uniforme de los vassaris, ya que todos los que el chico había visto portaban uno parecido.

Renan dio el grito de comienzo y el vassari se lanzó directamente a por Raven que no había desenvainado sus armas aún.

El vassari realizó un ataque dirigido hacia una de las piernas de chico, que esquivó rodando hacia un lado. Éste no quiso darle tregua y le pegó una patada en el pecho mientras Raven se incorporaba.

El chico recibió un fuerte golpe en la espalda por la caída, pero sabía que su oponente le volvería a golpear sin respiro alguno. Así que, cuando éste llegó, Raven ya lo estaba esperando.

El vassari volvió a realizar un ataque dirigido hacia uno de los muslos del chico, pero éste desvió la espada con una de las suyas, al mismo tiempo que golpeo la rodilla de su oponente con la parte plana del filo de la otra.

El estremecimiento de dolor del vassari permitió al chico recuperar la verticalidad y la iniciativa del combate. Raven realizó una serie de ataques rápidos que el vassari intentó repeler. Bloqueó muchos ataques, pero muchos fueron también los golpes que recibió con las partes planas de las hojas élficas del chico.

Renan, al ver lo poco rival que éste era para el chico, le hizo un gesto a otro vassari más, para que se uniese al combate.

Raven lo vio venir, por lo que no tuvo problemas en bloquear el ataque inicial del nuevo oponente. El combate duró un par de minutos más, durante los cuales los tres recibieron diversos golpes más. Renan paró el combate antes de que alguien saliese herido. No había necesidad de prolongarlo más, ya había visto suficiente para saber cómo potenciar las ya impresionantes habilidades del joven.

Durante algunos de los días siguientes, el propio Renan se encargó de entrenar al joven, intentando que los aparentes ataques aleatorios de éste, se convirtiesen en un compendio de ataques dirigidos a puntos clave.

Raven estaba aprendiendo mucho del veterano guerrero, pero lo que más le gustaba era salir de cacería a los bosques con otros vassaris que, como él, poseían una gran habilidad de sigilo.

Declaración de intenciones

Había pasado ya una semana desde que Arzhavin visitara por última vez a Renan y aún no había obtenido ninguna respuesta sobre sus asuntos, por lo que decidió ir a hacerle una visita.

—Saludos Lord Arzhavin, ¿en qué puedo ayudarle?

—Vengo para conocer cuál es el avance sobe el barco que necesito y sobre el hechicero.

—Pues me temo que no tengo buenas noticias. De momento no se sabe nada del hechicero y tampoco hemos sido capaces de encontrar ningún marino que no sea un pirata que ose acercarse a esa isla.

El puerto de la ciudad era de los más grandes de toda la región, con una gran afluencia de barcos entrando y saliendo todos los días y muchos de estos barcos eran de piratas. En el puerto y en los barrios bajos se podían encontrar multitud de locales para éstos. El gobernador de Puerto Verice permitía que estos rufianes tuviesen su propio sitio, siempre y cuando no evidenciaran sus actividades en público o perjudicasen las importaciones o exportaciones de la ciudad, de lo contrario, la guardia caería sobre ellos. El gobernador permitía su presencia, sobre todo, porque eran otra de las grandes fuentes que enriquecían el mercado de su ciudad.

También había una ley muy estricta sobre atacar barcos que saliesen desde la ciudad o que fuese ésta su destino. Por tanto, los piratas debían ejercer sus actividades fuera de lo que se consideraban las aguas de Puerto Verice.

Al margen de todo, no era apropiado que Arzhavin viajase en un barco repleto de piratas.

—He de añadir que, aunque todos los capitanes a los que les hemos trasladado una oferta la han rechazado argumentando que es muy peligroso acercarse a esa isla, nuestras fuentes han podido averiguar que la auténtica razón es porque esa isla es la base de operaciones de la capitana Carrigan, una temida pirata. Guardo la esperanza de poderla seducir con una buena oferta, en cuanto atraque su barco en el puerto.

—¿De cuánto tiempo estamos hablando?

—Eso no nos lo han podido indicar. Se piensa que debería llegar en esta semana. Pero el mar ha estado revuelto, puede que alguna de las tormentas recientes la hayan retrasado.

—Está bien, –dijo contrariado–, mantenedme informado.

—Por supuesto mi Lord.

Los días transcurrían despacio para los ociosos compañeros, que se habían acostumbrado al nivel de emociones de la travesía hasta Puerto Verice. Salvo Raven con su clandestino adiestramiento, ninguno tenía algo interesante en lo que invertir el tiempo.

Aquella noche, la vela del escritorio de Arzhavin estaba apunto de consumirse. El mago llevaba ya más de tres horas estudiando la túnica que consiguió en la ciudad oculta.

—Los poderes de esta túnica son increíbles, –murmuró.

Uno de los poderes que había sido capaz de descubrir era que, a pesar de haber sido confeccionada con una tela aterciopelada de muchísima calidad y ser muy ligera, las runas inscritas en los bordes de la túnica le proporcionaban una protección mágica que estaba por encima de la que podría proporcionar una dura y pesada coraza.

Cosa que pudo comprobar en el combate contra los trasgos, en el que fue alcanzado varias veces por las espadas de éstos y en ninguna ocasión sufrió más daño que un golpe.

La vela se apagó, avisando al ensimismado mago que debería acostarse.

Unas horas más tarde, una leve brisa de viento helado entró por la ventana de la cocina de la posada. «Habitación número doce»... Una sombra se deslizó hasta el pomo de la puerta que, a pesar de estar cerrada, no opuso mucha resistencia. El hombre de ropas negras y parche en el ojo cerró la puerta, con el mismo sigilo con el que la abrió. Miró a su alrededor. Frente a él había una ventana por la que entraba la luz de la luna. Aquel día no nevaba y la luna reinaba en el cielo. A la izquierda de la siniestra figura había un escritorio con una vela consumida, una túnica y una gran espada. Tras el escritorio había un gran armario. El intruso miró hacia su derecha, donde vio un sillón junto a una mesita de noche, que lo separaba de la cama. En el sillón se veía ropa perfectamente doblada y en la cama, su objetivo.

Sacando una daga de su cinto se acercó hacia la persona que dormía tranquilamente. Se trataba del primero de su lista, al que llevaba días investigando.

Con un rápido movimiento tapó la boca con su mano izquierda al mismo tiempo que rebanaba el cuello de su víctima.

—¿Pero qué es esto?, –preguntó asombrado el asesino al ver que en vez de emanar sangre, saltaron las plumas de la almohada.

El asesino intentó dar un paso atrás, pero no podía moverse, unas sombras se habían deslizado en torno a su cuerpo y lo estaban apresando con una fuerza sobrehumana. En décimas de segundos, el asesino estaba envuelto en sombras. Una especie de tentáculos de sombra le impedían incluso gritar. El asesino inmóvil no era capaz de comprender qué ocurría.

Una figura desnuda apareció frente al asesino, atravesando el armario de la pared del fondo. El asesino contemplaba estupefacto cómo desaparecía la visión de aquel armario, disipándose una ilusión que imitaba a la pared con el armario real, que estaba mucho más atrás que el de la ilusión, mostrando que la habitación era mucho más grande que antes.

De alguna manera, aquel individuo se había percatado de la presencia de un intruso y había sido capaz de recrear una ilusión tras la que ocultarse, sin lugar a dudas se trataba de un hechicero.

Arzhavin se acercó al escritorio y tomó la túnica rúnica para tapar su cuerpo desnudo, tras esto se plantó frente al inmóvil asesino y se quedó un rato mirándolo fijamente a los ojos, intentando estudiar la expresión del asombrado asesino.

El mago le hizo un gesto con los ojos al asesino, para que echara un vistazo a su alrededor y pudiese ver cómo las sombras se estaban extendiendo por toda la habitación, que estaba desapareciendo en la negrura. Al cabo de unos segundos, la oscuridad era total.

El mago realizó un nuevo hechizo para proyectar sobre la mente del asesino una imagen de él mismo, para que éste pudiese verle y luego permitió que el tentáculo de sombra que tapaba la boca de este, se retirara para que pudiese hablar.

—Puedes gritar todo lo que quieras, nadie te oirá.

—¡Socorro!, ¡Auxilio!, –gritaba desesperado.

El asesino gritó y gritó hasta casi quedarse sin voz.

—Bien... veo que ya te has cansado. Ahora podremos hablar más civilizadamente. Conozco bien a los tipos como tú y sé que haceros hablar es muy difícil, habéis sido entrenados para soportar toda clase de torturas, pero no obstante te voy a dar un consejo. Voy obtener la información que necesito estando tú vivo o muerto. Si no quieres hablar, te convertiré en mi esclavo no muerto y me dirás todo lo que quiera saber.

Tras decir esto proyectó sobre la mente del asesino las imágenes de dos almas en pena.

El pánico volvió a apoderarse del asesino, las expresiones de sufrimiento de aquellas almas se estaban grabando en su memoria, era capaz de verlas incluso cerrando los ojos. Lo siguiente que vio fue cómo el mago tensaba todos los músculos de su cuerpo cerrando con fuerza sus dos manos, provocando sobre las almas un intenso dolor que les hizo lanzar un tremendo alarido que heló la sangre del asesino.

Tras esto, los espíritus se desvanecieron dejando solo el eco de su dolor.

—Tú eliges, si prefieres morir y que sean otros los que te juzguen, o que sea yo el que te someta a una eternidad de torturas.

—Hablaré..., –farfulló entre lágrimas.

—Sabia elección. Comienza.

—Me contrató un viejo vestido con una túnica gris... recuerdo que llevaba un pesado colgante de una llama, –farfulló el asesino.

—Su nombre.

—Nada de nombres, no me lo dijo y no acostumbro a preguntarlo, seguramente me hubiese dado uno falso.

—¿Te ha pagado?

—Una parte, pactamos el resto al terminar el trabajo.

«Eso significa que estará cerca para comprobarlo», pensó el mago.

—Yo podría entregártelo.

—Cierto... y lo harás, concluyó el mago, haciendo que la ilusión que lo representaba ante el asesino se transformara en un clon de éste.

Tras esto, Arzhavin hizo que los tentáculos de sombras que envolvían al asesino aplastaran su cuerpo. El mago podía haber hecho que una sombra tapara la boca de su víctima, pero disfrutaba con sus gritos, que solo él podía oír.

Poco después, las sombras absorbieron el cuerpo del asesino sin dejar rastro cuando la habitación volvió a la normalidad.

El medioelfo realizó un nuevo hechizo, creó una nueva ilusión, una que le confería al mago adoptar la apariencia de aquel asesino.

Arzhavin era el alumno más avanzado de Zaul, el archimago de la Torre de Jade, uno de los mayores maestros de la magia de Ilusión. Aunque el medioelfo había mostrado aptitudes con la magia negra, se suponía que era un ilusionista, un hechicero que manipulaba las mentes y las percepciones confiriendo propiedades sensoriales a las ilusiones que creaba.

El mago se asomó por la ventana, oculto tras la apariencia del asesino, con la intención de ver si el hechicero de la túnica gris se encontraba cerca para supervisar la ejecución de la tarea, pero no vio a nadie.

Al no ver ningún rastro del hechicero, Arzhavin reunió al grupo en su habitación y les contó que había sido atacado por un sicario enviado por el hechicero, con quien se habían topado días atrás.

—La misma noche que nos cruzamos con él lo sorprendí observándonos desde el bosque.

—¿Por qué no dijiste nada?, preguntó Iskra sorprendida.

—Pensé que solo quería intimidarnos y marcar su territorio. Así que no dije nada para no alarmaros.

—Pero, ¿qué te hizo pensar que solo quería disuadirnos?, –quiso saber el guerrero.

—Aquella noche llevaba un colgante con el emblema de su orden, él Círculo de Alta Hechicería de la Llama Negra. Pensé que me estaba mostrando aquel medallón porque había percibido que yo también era un hechicero y reconocería aquel símbolo, que pertenece a una orden de magos de muy alto nivel y que con ello quedaría suficientemente advertido, de que no teníamos que inmiscuirnos en sus asuntos.

—Tengo amigos en la guardia, podría hacer algunas preguntas, –aportó Risk.

—Ese hechicero es demasiado rival para nosotros... La opción más razonable, quizás sea huir, –respondió pensativo el mago.

—¿Eso es lo que vamos a hacer?, –preguntó Raven convencido de cuál sería la respuesta, ya que él mejor que nadie conocía al ambicioso hechicero.

—No podemos irnos sin conseguir un barco que nos lleve hasta la isla de Lereidass. No salgáis de esta habitación hasta mi regreso, voy a intentar obtener un poco de más información.

Arzhavin salió de la habitación sin dar más explicaciones, acto seguido, tras asegurarse de que no había nadie mirando, procedió a realizar un conjuro volviendo a adoptar la apariencia del asesino.

Unos minutos después se acercó a una ventana del pasillo que daba a la calle trasera de la posada. Era una calle por la que no solía haber gente pasando y mucho menos antes del amanecer, por tanto era idónea para abandonar la posada sin ser visto. El mago se concentró para realizar un nuevo hechizo, ya que el pasillo estaba en un segundo piso y había muchos metros hasta el suelo. Tras realizar un sortilegio que le proporcionaría una suave caída, saltó por la venta llegando a la calle sin hacerse el más mínimo daño.

Arzhavin prefería caminar por la calle con aquel disfraz por si era sorprendido por el hechicero. Pensaba que quizás, si lo cogía por sorpresa, tendría alguna oportunidad.

Se acercaba la hora de comer, cuando el mago entró en la biblioteca del barrio de la Rosa.

—Señor, ¿puedo atenderle en algo?

—No se preocupe, se dónde encontrar lo que busco.

El mago caminó por los pasillos de estanterías de libros hasta llegar a la puerta del almacén, donde se deshizo de su disfraz. Arzhavin se dirigía de nuevo a la sala secreta, por lo que golpeó la pared con el primer objeto contundente que encontró, imitando el mismo ritmo que el bibliotecario.

Después de realizar el mismo protocolo que las veces anteriores le acompañaron ante Renan.

—Buenas tardes señor, aún no tenemos noticias sobre el paradero del hechicero ni de ningún barco que pueda llevaros, —se apresuró a decir el líder de los Vassaris locales.

—Me estoy empezando a impacientar... En otra ocasión me insinuaste que quizás algún pirata podría aceptar llevarnos a Los Colmillos del Mar.

—Diría que solo la capitana Carrigan podría aceptar llevaros, pero viajar en su barco es peligroso. Aunque hemos hecho buenos tratos en el pasado, la capitana no es de fiar.

—Esta noche fui atacado por un asesino enviado por el hechicero y creo que no me interesa una guerra fría con él ya que, por lo visto, sabe muy bien cómo ocultarse y pasar desapercibido. ¿Cuándo regresará el barco?

—Es difícil saberlo, si algo tienen los piratas es que son impredecibles. Quizás en unas dos semanas o un mes... es difícil saberlo.

—Incluso dos semanas es demasiado tiempo. ¿No hay más candidatos?

—Seguiremos intentando conseguiros una nave, mientras tanto ordenaré a mis mejores hombres que os protejan desde las sombras. Os seguirán a usted y a sus compañeros en todo momento sin que notéis su presencia.

—Eso espero.

Más tarde, Arzhavin volvió a la posada para reunirse con el resto del grupo.

—¿Dónde está Risk?, —preguntó el mago.

—Hace rato que se marchó a hablar con unos amigos suyos de la guardia, como tardabas mucho, pensamos que quizás te había ocurrido algo. En realidad Iskra ha llegado un poco antes que tú.

—O sea, que nadie me ha hecho caso.

—¿Qué has podido averiguar?, —quiso saber la elfa.

—Absolutamente nada... he estado pensando que quizás sabía que el asesino no tendría éxito y solo lo envió para probarnos.

—¿Qué quieres decir?, –preguntó Raven.

—Que está calculando nuestras fuerzas, –contestó la elfa–. Pero de ser así, se hubiese quedado cerca, contemplando cómo nos desenvolvíamos. ¿Estás seguro que no te estuvo espiando mientras combatiste con el asesino?

—No podría asegurarlo, pero yo diría que no pudo haber visto el enfrentamiento... por lo menos sin acercarse...

—Pues entonces solo nos queda esperar a Risk, a ver si ha tenido más suerte.

Los tres se marcharon de la habitación del mago y bajaron al comedor, donde esperaron la vuelta del guerrero.

—Buenas, me ha dicho el posadero que podía encontraros aquí, ¿habéis comido algo ya?

—No, aún no, te estábamos esperando, –le contestó el mago meneando una copa de vino.

—Estábamos preocupados... aunque supongo que ya te habrán puesto al corriente, ¿no?

—Así es. ¿Has averiguado algo?

—He estado hablando con algunos guardias y algunos capitanes y me han contado que han visto en varias ocasiones a un hombre que coincide con la descripción que les facilité, pero nadie lo ha visto recientemente.

—O sea, que no tenemos nada.

—Lo siento, pero parece que es bastante escurridizo.

—Dejadme pensar algo y mañana decidiremos qué hacer.

Tras la cena, todos se retiraron a sus habitaciones, cada uno pensando su propio plan para permanecer lo más alerta posible.

Iskra y Risk atrancaron las puertas de sus habitaciones con una silla. Raven colocó de forma estratégica una de sus dagas en el pomo de su puerta, para que esta se cayese si intentaban abrirla y Arzhavin realizó un conjuro sobre la puerta y sobre la ventana, sellándolas mágicamente.

Rescates

La noche pasó tranquila y los dos días siguientes también. Hasta la fecha, los planes del grupo no habían variado. A pesar que todos estaban intranquilos por la situación y molestos con Arzhavin, quien días atrás había prometido tomar una decisión, nadie quería importunar al contrariado hechicero.

—Llegas tarde, –le reprochó la elfa a Risk–. Deberías levantarte más temprano.

—En realidad hace horas que estoy despierto. Me levanté temprano para visitar a unos viejos amigos y necesito ausentarme unos días. Hoy me han comunicado que un viejo amigo ha sido atacado por orcos en las minas, mientras hacía su ronda de escolta de los mineros, –comunicó Risk antes de comenzar a desayunar.

—Puedo acompañarte si quieres, empieza a agobiarme el estar presa en esta ciudad.

—Gracias, serás de gran ayuda.

—A mí también me gustaría ir, –dijo Raven.

—Es peligroso, el hechicero puede que haya pagado a más asesinos, –añadió Arzhavin.

—Llevamos aquí muchos días sin hacer nada. Necesitamos algo de lo que ocuparnos mientras resuelves la situación, –protestó el chico, cuya contestación sorprendió al mago, ya que precisamente él era el único que estaba aprovechando el tiempo.

—No me agrada nada que os marchéis todos de la ciudad con el peligro que se cierne sobre nosotros.

—Aquí parados somos más vulnerables que en movimiento, –añadió la elfa.

—Está bien, id a las minas.

A unos dos días de Puerto Verice, al pie de las montañas, se encontraban las minas Urka. Un inmenso laberinto de cuevas, que serpentean por toda la cordillera de Nuhmak. Aunque la mayoría de éstas eran naturales, creadas por la erosión de las aguas del deshielo, un gran número de galerías fueron cavadas por mineros o por orcos.

Nuhmak era muy rica en hierro y, desde tiempos antiguos, los orcos del clan Nuhrâmek las habían estado explotando. Con la llegada de los humanos al valle, comenzaron las guerras por el control de éstas, que finalmente concluyeron con la reclusión de los orcos a las profundidades de las minas.

Puerto Verice hacía años que explotaba las galerías superficiales, evitando las profundidades y, al igual que éstos, los orcos evitaban la superficie y sus cercanías, manteniendo las distancias los unos con los otros.

En torno a la entrada de las minas, los habitantes de Puerto Verice habían construido una ciudadela con barracones, para que hubiese siempre un retén de soldados, que permanentemente protegieran a los mineros. En la ciudadela también poseían instalaciones para que los mineros no necesitasen volver en un buen tiempo a la ciudad.

Risk consiguió que le permitieran a él y sus amigos acompañar a los soldados a los que se les había asignado investigar el ataque orco e intentar rescatar a los compañeros desaparecidos. Dos días después llegaron a la ciudadela que protege el acceso de las minas.

Los vigías de la puerta se sorprendieron por la visita, pero como venían acompañados de compañeros, abrieron las puertas sin hacer preguntas.

—¡Capitán Risk!, no le había reconocido, –dijo uno de los guardias.

Hacía ya muchos años que el guerrero no escuchaba aquel apelativo. «Capitán Risk», «capitán Risk», aquellas palabras empezaron a sonar en su cabeza una y otra vez, provocándole un estado de ensoñación que lo transportó a otro tiempo y lugar...

—¡Capitán Risk!, Enri está de vuelta, –informó el soldado Terr tras la llegada del explorador.

—¿Ha habido suerte?, –preguntó el interpelado.

—Sí señor, he encontrado la guarida de los bandidos al fin. Se trata de una cueva protegida por una empalizada a modo de fuerte. La he estado observando en detalle y solo la custodian dos vigilantes.

—Dos vigilantes... avisad al resto, nos ponemos en marcha.

Un pequeño grupo de soldados, encabezados por Risk, su capitán, se puso en marcha hacia la guarida de los bandidos. El grueso del batallón, si bien también se puso en marcha, avanzaba manteniéndose a una considerable distancia.

Unos días atrás, una diligencia que se dirigía a Puerto Verice, fue atacada y, gracias a un bandido que fue dado por muerto, los soldados pudieron saber que la banda disponía de una guarida en aquel bosque, donde habrían llevado al único superviviente.

El capitán Risk avanzaba a la cabeza, liderando un pequeño grupo formado por sus mejores soldados, con el fin de hacer una incursión en dicha guarida y poder, así, rescatar al prisionero. Además, también disponía de otro grupo mucho más grande, que se encargaría de hacer frente a la banda cuando éstos saliesen huyendo con el rehén de su guarida. De esta manera, el capitán Risk esperaba poder realizar el rescate y acabar con la banda, a la que ya llevaban bastante tiempo queriendo echar el guante.

—Capitán, como puedes ver, sólo hay dos guardias.

—Efectivamente, pero me huele a que es una trampa. Saben perfectamente quién es el rehén, así que estoy seguro de que están esperándonos.

—Pero no saben que conocemos lo de su guarida.

—Sólo hay dos vigilantes para que nos confiemos. Seguro que están bien apostados en el interior de la cueva esperándonos.

—En ese caso, ¿qué propones que hagamos?

—Seguramente esperan un gran número de soldados, por lo que habrán colocado todas las trampas que han podido, con el fin de reducir lo máximo posible nuestro número. Por esta razón he dividido el grupo en dos. Siendo un grupo reducido podemos movernos de una forma más controlada e intentar sortear sus trampas, pero una vez el rehén esté bajo nuestra protección, la historia será muy distinta.

—Entiendo. ¿Pero, qué sugieres que hagamos con los dos vigilantes?

—Mucho me temo que no serán solo dos. Eso no sería práctico, ahora mismo podríamos acabar con ellos disparándoles con los arcos y colarnos sin que se enterasen. Creo que ya habrán pensado en ese detalle, por lo que seguramente al menos habrá otro vigilante más, que esté pendiente de sus dos compañeros.

—De todos modos capitán, no es tan sencillo clavarles una flecha a esos dos. La empalizada está fuera del alcance de un arquero, a no ser que éste salga de la línea de árboles al claro.

En torno a la guarida se extendía un gran claro, resultado de la tala de árboles. La empalizada, de más de cuatro metros, y toda la madera necesaria para construir las distintas estancias de la guarida, habían dejado un claro en torno a ésta lo suficientemente grande como para que un arquero, situado en la línea del bosque, no pudiese disparar a los vigilantes sin que estos pudiesen verlo.

—Si queremos acabar con ellos no habrá más remedio. Pero de todos modos, vamos a necesitar que alguien consiga colarse dentro de la empalizada, antes de poder realizar ningún ataque.

—¿Para encontrar a los otros vigilantes?

—Así es. Si acabamos con ellos primero, podremos entrar sin alertar al resto. Terr, tú y Grey fijaréis con vuestros arcos a cada uno de esos, –indicó Risk señalando a cada vigilante–, mientras tanto Enri se las arreglará para subir allí arriba y deslizarse hasta el interior de la empalizada. Una vez dentro, tendrá que acabar con los vigilantes que debe haber ocultos. Después, tendrá que hacer una señal para que vosotros abatáis a los dos vigilantes y por último, abrir las puertas para que podamos entrar todos. Enri tardará en hacer su parte, por lo que mientras tanto Bjor irá a avisar al resto del pelotón para que alcancen esta posición y yo me quedaré esperando en la retaguardia, a no ser que descubran a Enri ya que entonces saldré a campo abierto para atraer la atención y darle una oportunidad.

—Pero señor, lo que me pides a mí es una locura, colarme en la empalizada desde allí es muy arriesgado, –protestó Enri, al que la idea de deslizarse ladera abajo no le parecía un buen plan.

—La verdad es que no es un gran plan, pero por cómo están situados los vigilantes y su actitud, no creo que esperen que nadie se deslice por ahí.

—De acuerdo, pero me parece bastante peligroso, aunque quizás sea la única forma de que parezca que estamos en ventaja por ser tan pocos.

Enri se marchó buscando la forma de subir a lo alto del terreno. Mientras tanto, Terr y Grey, los dos arqueros, buscaron la mejor posición para apuntar cada uno a su objetivo.

Al cabo de un buen rato, Risk podía ver cómo una sombra humanoide se perfilaba en lo alto del terreno, la luna brillaba imponente sobre un cielo muy despejado, por lo que la negrura de la noche no era del todo completa.

Enri se deslizó sigiloso hasta alcanzar una de las balconadas desde las que vigilaban los bandidos. En el interior de la empalizada había construidas, en madera, dos grandes balconadas que formaban unas estancias de unos tres metros de altas en el piso inferior. En éstas había una especie de talleres para curtir pieles.

El explorador decidió bajar por unas escaleras que encontró, ya que desde su posición, no alcanzaba a ver a nadie más que a los dos vigilantes. Ya en el nivel del suelo, pudo ver a otro bandido, que caminaba despreocupado comiéndose una manzana.

Enri acechó al bandido, que se dirigía hacia una especie de armario de madera empotrado directamente en la piedra de la misma pared por la que se había deslizado el explorador.

El bandido abrió el gran armario y apartó una serie de pieles dejando al descubierto otra puerta por la que, tras abrirla, podía verse la entrada a la guarida de la banda criminal. El bandido se disponía a volver a su puesto en la entrada, pero Enri, con un movimiento certero de su espada, le atravesó el corazón desde la espalda.

El explorador ya había liquidado a uno de los vigilantes ocultos que suponía Risk que habría, por lo que tras ocultar el cuerpo, buscó al resto. Un rato después, Enri sacó su arco y tomo una flecha, tras haberse asegurado de que no había más vigilantes, aparte de los dos que había en el piso superior de la empalizada.

Enri se colocó a la espalda de uno de ellos y le disparó una flecha, que se le clavó en el cuello, provocando que el bandido cayese al suelo luchando por no desangrarse.

El otro bandido, alertado por el ruido se giró y alcanzó a ver cómo un intruso corría para escapar de su visión, pero había dado la espalda al claro que debía vigilar y eso le proporcionó a Grey lo suficiente para alcanzar una buena posición de tiro. El bandido cayó muerto sobre la madera tras recibir un flechazo letal por la espalda.

Enri, al ver el trágico final de aquel vigilante, se acercó a rematar al bandido al que le había lanzado una flecha, que si bien era incapaz de gritar, aún podía hacer el suficiente ruido para llamar la atención del resto de sus compañeros.

El explorador abrió las puertas y luego les mostró a sus compañeros la entrada secreta al interior de la guarida, que los bandidos habían ocultado tras lo que parecía ser un recinto dedicado a la curtición de pieles.

Los cinco compañeros accedieron por una pequeña cueva, completamente iluminada por antorchas a ambos lados del camino. La entrada era estrecha, pero rápidamente se abrió dando lugar a una pequeña estancia con tres bifurcaciones.

—Enri y Bjor, analizad el terreno en busca de trampas.

Un rato después, los dos soldados hicieron un gesto indicando que ya era seguro continuar. Habían desactivado unas cuantas trampas y detectado otras tantas más, pero solo se detuvieron en las que cortaban más el paso, para no perder demasiado tiempo.

—¿Por dónde continuamos?, –preguntó Terr.

—Vamos a tener...

—¡Silencio!, –ordenó Bjor que había escuchado algo parecido a un gemido.

—Ummmm, –volvieron a escuchar todos.

—Parece que viene de allí, –indicó el fornido guerrero señalando la bifurcación del medio.

—Vallamos por ahí, de todos modos por algún lugar tendremos que acercarnos, –decidió Risk– al que aquello no le daba muy buenas sensaciones.

Los compañeros avanzaron todo lo sigiloso que pudieron con las espadas en las manos, listos para el combate.

—Ahí parece que hay una bifurcación hacia la derecha, –indicó Bjor–, que iba en cabeza, pero los gemidos provienen del frente.

—¡Cuidado Bjor!, indicó Enri justo antes de que el fornido guerrero activara una trampa.

—Tened los ojos bien abiertos, –indicó Risk mientras su compañero la desactivaba.

Tras aquello, Bjor se asomó al túnel de la derecha, pero parecía estar vacío, por lo que continuaron de frente siguiendo el sonido de los gemidos. Al poco llegaron a una nueva estancia, en la que, para su sorpresa, estaba el prisionero al que venían a rescatar, atado y amordazado.

—¡Rápido!, desátale, –ordenó Risk a Terr y tú cubre esa entrada–, añadió esta vez dirigiéndose a Bjor, señalando un nuevo túnel que también desembocaba en aquella estancia.

—¡Es una trampa!, –gritó el prisionero en cuanto le quitaron la mordaza.

—¡Claro que es una trampa!, –añadió Risk dirigiéndose hacia el túnel por el que habían llegado.

Efectivamente, por ambos túneles empezaron a aparecer bandidos con las armas en las manos.

Los dos primeros que llegaron por cada túnel cayeron a manos de los dos arqueros, Terr y Grey, pero estos tuvieron que dejar caer sus arco para sacar las espadas, porque por los dos túneles llegaban una multitud de bandidos.

—¡Capitán, huye con el prisionero!, nosotros te cubriremos, –gritó Bjor.

—Ni hablar, de aquí vamos a salir todos juntos.

—Haz caso de lo que te dicen, es tu deber sacarme sano y salvo, –añadió el prisionero con un tono que no le gustó nada a Risk–. Has jurado lealtad a mi padre, si no me obedeces estarás deshonrándolo.

—Si hiciese caso de tus palabras estaría cambiando la vida de un hombre por la de cuatro.

—¡Qué desfachatez!, comparar la vida del hijo de un duque, de tu gobernador, con la de cuatro soldados.

Risk agarró al joven y lo arrastró al mismo tiempo que se abría camino con su espada. Tanto el capitán como sus compañeros eran soldados muy expertos y avanzaban por el túnel, acabando con todos los bandidos que les salían al paso, pero había muchos y las defensas de los bravos soldados estaban empezando a caer.

—¡Por aquí capitán!, –volvió a gritar Bjor que con una maniobra de su mandoble había hecho que hasta tres bandidos tuviesen que perder su posición, permitiendo que Risk y el prisionero pudiesen escapar hacia la salida.

Risk miró vacilante la vía de escape, luego miró hacia atrás y vio cómo un bandido clavaba su espada en la pierna de Grey, luego miró a Terr, quien se defendía a duras penas de los ataques de dos bandidos más, la situación de Enri no era muy distinta, de hecho el único que parecía tener mejor suerte era el enorme guerrero de más de dos metros, Bjor.

«Por favor, cuida de tus hermanos», pensó Risk dirigiéndose mentalmente a Bjor quien, como por arte de magia, pareció que pudo oír los pensamientos de su capitán, ya que con otro gran movimiento de su enorme espada, no solo evitó un golpe mortal sobre su compañero Terr, sino que acabó con el bandido que pretendía asestárselo.

Risk volvió a zarandear al prisionero para que no se quedara atrás y poder salir al exterior cuanto antes. El capitán tenía la intención de dar la orden de ataque a todo su pelotón y poder así salvar las vidas de los compañeros que dejaba atrás.

Cuando el capitán salió al patio de la empalizada, hizo sonar su cuerno y en pocos segundos dicho patio se llenó con más de veinte soldados que acudieron veloces, listos para el combate.

Mientras tanto, Bjor ayudaba a sus compañeros, pero sus heridas también estaban empezando a debilitarle y lo peor de todo era que no paraban de llegar más y más bandidos. La banda podía estar compuesta por más de treinta rufianes y todos ellos se iban abalanzando sobre los cuatro compañeros que se defendían espalda con espalda ahora.

La batalla se extendió solo unos minutos más. El pelotón exterminó a todos los bandidos, pero no pudieron salvar a sus cuatro compañeros. Cuando los refuerzos llegaron, Terr y Enri yacían muertos en el suelo y Grey murió poco después, al no ser capaz de desviar un ataque debido al cansancio y las heridas recibidas. Solo Bjor llegó a salir al exterior.

Risk se dirigió rápidamente hacia el enorme guerrero que salía al patio ayudado por otros dos soldados. Bjor tenía heridas por todas partes y el cuerpo casi cubierto por completo de sangre. Mucha era del enemigo, pero la que dejaba un funesto rastro tras de sí, era suya.

—Lo siento mi capitán, os he fallado, no he podido evitar que…, –alcanzó a decir antes de caer sobre los brazos de Risk, quien con una lágrima, se despidió del que había sido su mejor amigo durante tantísimos años.

Risk rememoró todas aquellas ocasiones en las que el enorme guerrero le había salvado la vida y finalmente recordó el combate en el que él mismo lo abandonó a su suerte.

Los cuerpos de los cuatro soldados fueron enterrados con honores, ya que habían dado su vida para salvar la del hijo del gobernador de Puerto Verice, quien en los años venideros debería convertirse en el próximo gobernador. Incluso Risk fue condecorado por el mismísimo duque, quien le agradecía el enorme acto de lealtad que había demostrado. Pero desde el punto de vista de Risk, aquello más que lanzar su carrera como oficial, lo que había hecho era destrozarle la vida.

Unos meses después Risk abandonó Puerto Verice, sin que nadie volviese a saber de él en muchos años.

Poco a poco, el guerrero fue recuperando la consciencia de dónde se encontraba realmente, volviendo al presente.

Sin saber bien cómo, Risk había rememorado la trágica razón por la que dejó el Valle de Plata.

—Es un gusto saludarte… Merin. ¿Puedes ponernos al corriente de lo sucedido con los orcos?, –contestó Risk un poco desubicado aún.

—Por supuesto, pasad a la ciudadela. Deberíamos organizar la búsqueda cuanto antes. Hacía mucho tiempo que no teníamos ningún problema con los orcos, pero hace un par de días sufrimos un ataque. Desde hace poco, se empezó a explotar una veta de hierro en una nueva galería un poco más profunda de lo acostumbrado. Hacía mucho que no nos adentrábamos tanto pero, de todos modos, la galería no está tan adentro como para suponer que podíamos ser atacados. Por eso solo íbamos cinco guardias con los mineros.

—Espero que te encuentres bien.

—Realmente yo no combatí. Fuimos sorprendidos por un gran número de orcos, así que nos retiramos hasta una galería más estrecha, para intentar que no pudiesen hacer valer su ventaja numérica. El sargento Nill me ordenó que escoltara a los mineros hasta la superficie y diera la voz de alarma. Cuando conseguí volver con los refuerzos hasta la galería donde dejé a mis compañeros, solo encontramos restos de orcos muertos. Así que seguimos buscando hasta que llegamos a un pasillo, donde encontramos más cuerpos de orcos y dos compañeros calcinados. En las paredes había también restos de fuego y la piedra estaba muy caliente. Seguimos buscando, pero cada vez era más difícil seguir el rastro, hasta que nos fue imposible. Hasta ahora no hemos conseguido encontrar los cadáveres del sargento Nill ni del soldado Seril. Así que aún confiamos en poderlos encontrar con vida o por lo menos recuperar sus cuerpos, para poderles dar una sepultura digna.

—Los encontraremos y será con vida, –concluyó con convencimiento Risk.

Buscando un rastro

Organizaron el operativo de búsqueda tan rápido como pudieron, quedando éste formado por Risk, Raven, Iskra y una docena de soldados, de los que cuatro eran expertos rastreadores que conocían bien las minas.

La expedición comenzó la búsqueda desde la galería donde habían hallado los cuerpos calcinados. La marcha era lenta, esmerándose en leer las huellas lo mejor que sabían.

—La vez anterior perdimos el rastro justo aquí, –informó Merin.

La galería poseía un suelo de piedra que no permitía que se marcasen huellas, por lo que tuvieron que detenerse en aquel lugar más tiempo del que les hubiese gustado, para intentar encontrar alguna evidencia de algo o algún rumbo que pudiesen haber tomado sus compañeros desaparecidos.

—Risk, creo que deberíamos seguir buscando por esta grieta, –aconsejó Iskra.

—¡Señor!, –dijo un soldado rastreador–, continuemos por esta galería.

—¡No, esperad!, –ordenó Risk–, Gurel echemos un vistazo por esta grieta.

—¿Habéis encontrado algún indicio?

—Por aquí no hay nada inusual, pero el rastro que estábamos siguiendo antes indicaba que los dos soldados estaban huyendo, así que tiene sentido que intentaran meterse por esta grieta, y así poder eludir a sus perseguidores, –añadió la elfa.

—Las huellas indican que no les perseguían muchos orcos, nuestros compañeros ya habían despachado a la mayoría. ¿Por qué iban a querer huir cuando la victoria era suya?, –dijo uno de los soldados rastreadores.

—Probablemente porque estaban heridos y ya no les quedaban fuerzas suficientes para seguir combatiendo, –contestó la elfa.

—No hay manchas de sangre por esta zona. No parece que estuviesen heridos de gravedad ninguno de ellos.

—Probablemente huían de otra cosa que no fuese un orco. Hay un rastro que estoy segura que no es orco, sino humano, probablemente el causante del fuego.

—Puede ser, pero por esta galería hay algo parecido a un rastro, así que deberíamos seguirlo.

—Ya he estado analizando ese rastro y estoy segura que es mucho más antiguo, por eso casi ha desaparecido, –continuó la elfa.

—Bueno, no se hable más continuaremos por esta galería, –apuntilló Gurel–, no me malinterpretéis señorita, pero mi equipo de rastreo es de los mejores.

—¡No te voy a consentir que menosprecies a mi amiga!, –le gritó Risk a Gurel encarándose con él.

—¿Cómo te atreves a hablarme así?, te recuerdo que aquí yo soy el oficial al mando.

—¡Aquí lo único que importa es encontrar a los dos hermanos perdidos y si mi compañera dice que continuemos por esa grieta, continuaremos por esa grieta y punto!, –concluyó el guerrero agarrando al oficial de su jubón y golpeándolo contra la pared de piedra–. ¿Entendido?, –continuó con mirada amenazante.

—Esta bien, echemos un vistazo a esa grieta, –sucumbió amedrentado el oficial.

Tras la grieta, accedieron a otra galería en la que al cabo de un rato volvieron a encontrar un rastro. La cueva era estrecha, irregular y obligaba a ir hacia abajo constantemente.

—Estamos descendiendo mucho... seguro que por aquí se puede llegar a las galerías orcas, –comentó un soldado.

—Risk, debería adelantarme para ir reconociendo el terreno. Vosotros hacéis mucho ruido con las armaduras y, efectivamente, por aquí hay rastros orcos.

—Está bien pero que te acompañe Raven.

Risk se acercó nuevamente al sargento Gurel y lo convenció para que, a partir de ese punto, pasaran a una formación más sigilosa, caminando mucho más despacio y sin hacer ruido. Iskra y Raven tomaron la cabeza de la expedición responsabilizándose de seguir el rastro y comprobando que era seguro avanzar.

—Vamos a tener que distanciarnos del grupo mucho más, estoy oliendo a orco. Están cerca, –le susurro la elfa a Raven.

—¿Estás segura?, ya casi no se ven las antorchas, si nos separamos más no verás absolutamente nada.

—No necesito ver para avanzar, los sentidos élficos son mucho más agudizados que los vuestros, –replicó orgullosa.

Unos instantes después, Iskra informó al chico de la presencia de orcos en una de las galerías de la bifurcación que tenían frente a ellos dos.

—De acuerdo, asegúrate de que no avance el resto, yo me encargo de los orcos, –susurró el chico, marchándose con celeridad para no ser detenido.

—No, espera..., –dijo la elfa sin tiempo para decir más.

Raven se adentró por la bifurcación que le había indicado Iskra. Tras haberse concentrado lo necesario, realizó el hechizo que le permitía ver en la oscuridad y, tras ese, hizo lo propio para realizar otro que le permitía fundirse en las sombras, haciéndolo casi imposible de detectar. Con este hechizo y su sigilo, Raven estaba convencido que podría acercarse al grupo de orcos sin ningún problema.

A unos trescientos metros de la bifurcación caminaban discutiendo tres orcos. No llevaban antorchas, ya que los orcos son capaces de ver algo, aunque no del todo bien, en la oscuridad absoluta de las cuevas.

En tan solo unos segundos, uno de ellos se desplomó contra el suelo. Los otros dos, asombrados, se agacharon para averiguar que le había ocurrido a su compañero. Al cercarse a él pudieron comprobar que yacía muerto sobre un gran charco de sangre. El orco tenía un preciso corte en el cuello que lo había matado en el acto.

Los dos orcos restantes se pusieron en pie desenvainando sus cimitarras. Uno de ellos pudo ver cómo su otro compañero caía de frente hacia el suelo. Dejando ver una espada clavada en su espalda, que probablemente le había atravesado el corazón. Tras esto y sin siquiera haber tenido tiempo para reaccionar, el último orco sintió cómo una daga se le clavaba en el lateral de la garganta, al mismo tiempo que una mano le tapaba la boca.

Todo había ocurrido en unos escasos segundos y ninguno de los orcos tuvo ocasión de ver ni oír nada.

Aunque Raven había mostrado signos de debilidad luchando contra los bandidos en el pasado, esa sensación de remordimiento no le afloraba cuando se trataba de criaturas viles como los trasgos o los orcos. Y otra cosa que parecía que había cambiado en el chico, era la manera de afrontar un combate. Renan estaba poniendo mucho hincapié en que los combates debían durar lo menos posible.

El veterano Renan había observado que a Raven le divertía jugar con su oponente, por lo que centraba toda su enseñanza en intentarle transmitir que la verdadera maestría estaba en acabar con un oponente de un solo movimiento.

—Risk, –susurro la elfa, acercándose al grupo de soldados, que ya llevaba más de diez minutos esperando–. Hemos detectado la presencia de un grupo de orcos, debemos darnos prisa, Raven ha salido corriendo para enfrentarse a ellos él solo.

—Tranquila, Raven sabe muy bien lo que hace. Avancemos despacio intentando hacer el menor ruido posible.

El grupo avanzó lo más sigiloso que pudo, ya que no hacer ruido con tantas armaduras era imposible. Llegaron hasta los tres orcos, que minutos antes había matado el joven.

—Risk, ¿has visto los cortes tan precisos que tienen los cadáveres?, –preguntó Gurel.

—No me hace falta, estoy seguro que ninguno de ellos fue capaz siquiera de ver a Raven. El chico es el guerrero más excepcional que he conocido nunca.

—Hacéis mucho ruido, –dijo Raven saliendo de entre las sombras que proyectaban las antorchas que portaban algunos soldados–, en todas las galerías contiguas había patrullas orcas, pero ya me he ocupado de ellas.

—Ese es mi chico, –añadió Risk orgulloso.

—Por cierto, he encontrado una galería que lleva hasta una inmensa caverna, donde hay un asentamiento orco.

—Debe ser Urkatâr, –dijo asustado uno de los soldados.

—No, Urkatâr está mucho más adentro de la cordillera y mucho más profunda, –contestó Risk.

—¿Qué es Urkatâr?, –quiso saber el chico.

—Una de las ciudades orca más grandes del mundo, –explicó Gurel.

—No, entonces no puede ser Urkatâr, yo diría que es más un asentamiento, –continuó Raven–, una pequeña ciudadela de madera, protegiendo lo que parece una excavación.

—Bien, pues llévanos hasta allí. Casi seguro que es donde han llevado a nuestros amigos, –dijo Gurel.

El negociador

—Maestro, hemos encontrado el templo, –dijo un orco irrumpiendo en la pequeña estancia, donde un anciano interrogaba a un ensangrentado soldado.

—Ya era hora, –respondió secamente el anciano en lengua orca–, manda una expedición a buscar la cámara funeraria y que no se me moleste hasta que la hayáis encontrado.

—Señor, a los orcos no nos gusta deambular por construcciones élficas.

—No lo voy a volver a repetir.

—Sí, maestro, –contestó el orco.

Hacía ya más de cuatro meses, desde que un extraño humano se presentara en Urkatâr, pidiendo audiencia con el cacique de la ciudad. El humano, un hombre mayor con una gruesa túnica gris y un pesado colgante al cuello, irrumpió directamente frente a los soldados que custodiaban la entrada de la tienda del cacique de la ciudad.

Los guardias se quedaron asombrados al ver cómo aquel anciano había sido capaz de atravesar la ciudad, a través de miles de orcos, sin ser visto y de lo bien que hablaba su lengua.

—No acostumbramos a tratar con humanos y mucho menos en nuestra tierra, pero comunicaré al cacique su deseo, ya que muestra un conocimiento de nuestra raza que me desconcierta.

Acto seguido, el orco que había contestado al viejo entró en la tienda, dejando a su compañero solo con el extraño.

El viejo se dio cuenta de que el resto de orcos de las cercanías ya se habían percatado de su presencia y estaban cuchicheando al mismo tiempo que tomaban posiciones para rodearlo, aunque ninguno se acercaba a menos de treinta metros.

—Si intentas algo, más de cincuenta orcos se te echarán encima, –dijo el intranquilo guardia.

—En ese caso, más de cincuenta orcos, morirán, –contestó el anciano tras una amenazadora mirada a los ojos del guardia orco.

—El cacique dice que pases, –interrumpió el otro guardia, rompiendo la tensión del momento.

El anciano pasó al interior de la tienda, escoltado por los dos guardias, que lo acompañaron ante su cacique. Los tres se plantaron ante un séquito de orcos que parecía que estaban discutiendo algo en torno a un mapa. Estos orcos no eran como los que el anciano había podido ver hasta llegar allí. Ninguno de los cuatro medía menos del metro noventa y el que parecía ser el cacique superaba los dos metros. Todos ellos poseían una impresionante musculatura, iban ataviados con pesadas armaduras y con incontables trofeos de guerra orcos, como orejas de humanos, manos, etc.

Uno de los grandes orcos empezó a recoger la mesa, en la que había apoyado un mapa y los otros dos se colocaron cada uno a un lado de su cacique. Unos segundos después, el otro orco también se unió a éstos. Los cuatro miraban al anciano de manera amenazadora.

—¿Quién eres?, –preguntó al fin el cacique.

—Mi nombre es Herzo.

—¿Y qué quieres?

—Quiero que tu gente me ayude a encontrar un templo élfico, que hay bajo estas montañas.

—¿Un templo élfico bajo mis montañas?, –replicó el cacique con cierto tono burlesco.

—Eso he dicho.

—¿Y por qué debe ayudarte mi gente y no la tuya?

—Porque necesito más de doscientos, entre obreros y soldados y porque mi misión debe ser secreta. Puerto Verice no debe saber nada de mis actividades.

—Ya veo, ¿y qué te hace pensar que te vamos a ayudar?

—Pues en principio, que os deje con vida.

—¿Cómo osas amenazarme?, te recuerdo que estás en mi casa, –contestó el cacique muy enfurecido.

Todos los orcos sacaron sus armas, aunque no pudieron atacar al anciano ya que, en torno a él, habían aparecido unas llamas de más de tres metros, que casi alcanzaban el techo de la tienda, de unos cuatro metros. Acto seguido dos proyectiles de fuego salieron desde el inmenso muro hacia los dos guardianes de la entrada.

Los dos desafortunados orcos dejaron caer sus armas, mientras las llamas los envolvían al completo. En unos pocos segundos cayeron al suelo agonizando.

De repente apareció otro círculo de fuego, esta vez en torno a los cuatro grandes orcos. Éstos, a pesar de ser unos valientes y sanguinarios guerreros, no sabían cómo actuar.

El círculo de llamas se iba haciendo cada vez más estrecho, ciñéndose en torno a ellos haciendo que el calor fuese cada vez más insoportable.

Los cuatro orcos se apretaron los unos a los otros, el círculo era muy pequeño y en segundos las llamas los estarían consumiendo, pero, de repente, éstas empezaron a disminuir, pasando a ser nada más que humo. Los orcos salieron tosiendo de la enorme cortina de humo, plantándose frente al hechicero.

El viejo tenía los puños envueltos en fuego y de sus hombros emanaban llamas. Con una voz aterradora, el hechicero les dijo que ahora él estaría al mando o, de lo contrario, arrasaría toda la ciudad. Por tanto, a los orcos no les quedó más remedio que acatar las órdenes del mago.

Los obreros orcos llevaban más de dos meses cavando en la roca en busca de un templo de edades ya olvidadas. El hechicero no había dado muchas explicaciones, salvo que debían encontrar un templo construido por elfos y que, una vez fuese hallado, debían buscar una cámara funeraria en su interior, pero éste no había comentado que buscaba concretamente allí.

El hechicero salió de su tienda, hacia una especie de montacargas de madera que había en un borde de un inmenso agujero. Muchos eran los orcos que trabajaban en aquella excavación, de unos doscientos metros de diámetro y otro centenar más de profundidad, donde habían tenido que cavar directamente en la roca, durante muchos tramos.

Cuando el hechicero entró en la cabina, hizo un gesto a un par de orcos gordos, que estaban junto a unas grandes manivelas. La cabina empezó a bajar, tan pronto éstas empezaron a girar. Tras descender unos cincuenta metros, el hechicero llegó a un andamio, donde cogió una nueva cabina, que le hizo descender otros cincuenta metros.

El hechicero se abrió paso entre orcos que picaban piedra y orcos que construían contrafuertes y otras estructuras para asegurar las paredes de la excavación.

—Cuánto tiempo llevan los exploradores ahí adentro.

—Casi un día.

—Aparta escoria, yo bajaré, –dijo el hechicero justo antes de que sonase un cuerno dando la voz de alarma.

EL SEÑOR DE LA LLAMA

La expedición avanzaba lentamente, lo más sigilosa que podía, siguiendo el camino que les iba marcando Raven, quien caminaba sin hacer el más mínimo ruido junto a su compañera Iskra.

Por el camino, se toparon con varios grupos de orcos asesinados y todos ellos con un único golpe mortal. Los soldados observaban los cadáveres, asombrados de la destreza de aquel joven.

—Algunos me detectaron por mi olor, pero eran muy torpes y lentos, no hubiesen sido rival para ninguno de vosotros, –añadió el joven, que se había percatado de los susurros de los soldados.

—Es cierto, –dijo Gurel, la mayoría de los orcos de Urkatâr no han combatido con ningún humano. Ya casi ni se recuerda la última guerra contra orcos en la superficie.

—Seguidme, por este camino podemos llegar hasta un saliente desde el que podemos bajar al suelo de la caverna.

Cuando el grupo llegó hasta la cornisa, tuvo que apagar todas las antorchas, excepto dos que dejaron en el suelo de la galería, lo suficientemente dentro para que no pudiesen ser vistas desde abajo. Por suerte el campamento orco estaba totalmente iluminado, aunque la oscuridad lo rodeaba.

Los soldados no alcanzaban a ver el suelo de la caverna, a duras penas se veían los unos a los otros, solo podían ver el campamento, allá en la negrura.

—No será fácil irrumpir en el campamento, –indicó Iskra.

—Cierto, antes de bajar debemos trazar un plan, –añadió Gurel.

—Somos muchos y si bajamos todos seremos descubiertos, –continuó Risk–. Lo mejor que podemos hacer es dividirnos en tres grupos. Los soldados de infantería e Iskra quedaos aquí, preparados con los arcos. Gurel y yo nos ocultaremos abajo, poco antes de llegar a la empalizada, para cubrir la huida de Raven y los exploradores, que serán los encargados de infiltrarse en el campamento orco. ¿Os parece bien?

—A mí me parece bien, –asintió Gurel.

Los arqueros tomaron posiciones con el fin de poder cubrir la bajada de sus compañeros, a los que dejaron de ver en pocos segundos. El grupo que tenía que bajar hasta el suelo de la caverna, se desplazó despacio para ser lo más sigiloso posible. Una vez que alcanzaron el suelo, el grupo de exploradores y Raven empezaron a avanzar hacia la empalizada del campamento orco. Risk y Gurel, que tampoco veían nada, se ocultaron entre las rocas, dispuestos a entrar en acción en cualquier momento, valiéndose de sus otros sentidos y de su experiencia como guerreros.

Raven, tras apartarse del grupo de exploradores, realizó el hechizo que le permitía ver en la oscuridad y tras esto volvió a concentrarse para realizar el sortilegio con el que agudizaba sus sentidos.

Sintiéndose preparado, continuó con su avance hasta la empalizada, viéndose obligado a acabar con unos cuantos orcos que patrullaban por la zona. Cuando por fin consiguió llegar, pudo comprobar que la única forma que tenía de entrar, era por el portón de la entrada que, por supuesto, no estaba abierto.

De repente éste empezó abrirse y salió una patrulla.

«Seguramente son un relevo de alguna patrulla. Podría interceptarlos para que no den la alarma, pero entonces se cerrarían las puertas, no puedo desaprovechar esta oportunidad», pensó Raven.

El chico se deslizó por las sombras de las antorchas que había en la entrada de la ciudadela, ocultándose de las miradas de los despreocupados orcos encargados del mecanismo del pesado portón. Una vez dentro, buscó cobijo entre las sombras de las grandes tiendas, que había alrededor de la excavación.

A Raven le pareció que sería imposible encontrar a los prisioneros, suponiendo que siguiesen con vida.

Ya había pasado más de una hora y Risk estaba impaciente, cuando un susurro llegó hasta sus oídos.

—¿Risk?

—Estoy aquí, –contesto el guerrero en voz baja.

—¡Ah!, qué bien que le encuentro. Llevo un rato buscándolo. Raven consiguió entrar en el campamento, hace cosa así de una hora.

—¿Y los demás?

—No hemos encontrado una forma de entrar, que no sea la misma que Raven, que aprovechó que salía una patrulla de orcos, para colarse. Por nuestra parte, lo único que hemos podido hacer es acabar con la patrulla y asegurar la zona.

—Bueno, eso está bastante bien.

—Sí, pero nos preocupa que den la alerta, al ver que no vuelve ninguna patrulla al campamento.

—De momento no nos queda otra que esperar. Ve hasta arriba e informa al resto de nuestra situación.

—Sí, esa era mi intención. Hasta luego.

Raven ya había mirado en unas quince tiendas, sin nada de suerte. En todas en las que había podido colarse, lo único que encontró fueron herramientas para excavar. Aunque de pronto, sintió una moral renovada. Se había colado en una tienda muy distinta. En esta había estanterías con libros, mesas con planos y un olor diferente.

El chico se acercó sigilosamente a unas gruesas cortinas, que hacían de separador y continuó hasta llegar a lo que parecían ser unas dependencias. Raven se dirigió hacia el interior con una daga en la mano, atraído por el olor a sangre, que fue lo que le había llamado la atención desde que entró en la tienda. Una vez allí, pudo ver a dos soldados, completamente ensangrentados, atados de pies y manos, colgando de una de las vigas de madera que sujetaban el techo.

Raven se acercó para inspeccionarlos, los dos estaban muertos. Por las heridas supo que habían sido asesinados hacia poco tiempo, unas horas tan solo.

El chico maldijo su mala suerte, pero ya no se podía hacer nada, salvo escapar de allí.

Los exploradores que estaban vigilando las puertas, vieron cómo estas se volvían a abrir y cómo de allí salía un gran número de guerreros orcos. Acto seguido se empezó a escuchar el sonido de un cuerno. Los exploradores, Gurel y Risk comprendieron la situación al instante y tomaron posiciones.

Los orcos daban alaridos, mientras tomaban posiciones defensivas en torno a la puerta del campamento. Éstos estaban llamando a todos sus hermanos que debían estar patrullando por los alrededores.

Los arqueros, que estaban ocultos, podían ver al grupo de guerreros orcos gracias a las antorchas, que iluminaban el campamento, aunque con mucha dificultad. La lejanía hacía que la luz no fuese suficiente para apuntar con garantías, aunque a pesar de todo, una carga contra la aglomeración orca podía ser muy útil. De todos modos, para los ojos élficos de Iskra, aquella distancia no era ningún problema.

Tras unos instantes los orcos, al ver que no obtenían respuesta, volvieron a hacer sonar el cuerno con más fuerza.

—¡Disparad!, –gritó Iskra.

De repente, gran parte del grupo de guerreros cayó al suelo, unos muertos y otros heridos. El ataque de los arqueros había sido todo un éxito.

—¡A por ellos!, –gritó Gurel, que prefería salir a combatir en las inmediaciones de la ciudadela, donde se podía beneficiar de las antorchas.

Los orcos opusieron resistencia, a pesar de la dureza del ataque de los arqueros. Al parecer no eran tan malos combatientes como aseguró Gurel. En la sociedad orca era muy común resolver cualquier tipo de conflicto con las armas y, a pesar de que llevaban mucho tiempo sin salir a la superficie, sus continuas guerras internas los mantenía en forma.

Los soldados también se defendieron muy bien en el exterior del campamento. Tenían controlado el exterior de la alta empalizada y debido a que ésta no poseía ningún tipo de superficie para colocar tiradores, los orcos estaban obligados a salir, para combatir a los invasores humanos. Otra opción hubiese sido esperar a que entraran en el campamento y superarlos por mucho en número, pero los soldados no tenían pinta de que fuesen a caer en aquella trampa.

Todos los orcos se dirigían en tromba hacia sus tiendas para tomar las armas. Raven sabía que sus compañeros estaban combatiendo y tenía que darse prisa, así que desenvainó sus espadas y se dirigió a toda velocidad hacia la puerta de la empalizada, que ahora, volvía a estar abierta.

Los arqueros soltaron los arcos y sacaron las espadas, era muy peligroso disparar al tumulto en aquellas condiciones tan desfavorables, ya que podían herir a sus compañeros. Solamente Iskra mantuvo su posición, que siguió disparando con una precisión asombrosa.

De la entrada empezó a salir otra oleada de orcos, que se sumaron al combate junto con los soldados que habían llegado corriendo desde la cornisa. Raven se sumó tan solo un instante después, teniéndose que abrir paso hasta el exterior deshaciéndose de bastantes orcos, que no se esperaban un ataque por la retaguardia.

—¡Me alegro de que sigas bien!, –le gritó Risk al chico.

—¡Debemos retirarnos, se están preparando muchos más!, –le respondió Raven.

—¿Y qué pasa con los prisioneros?, –pregunto un soldado.

—Están muertos, –contestó el anciano de la pesada túnica gris.

Los orcos recularon hasta la posición del anciano, dejándole el protagonismo a él.

—Tan muertos, como lo estaréis vosotros...

El mago levantó un brazo con la palma de la mano mirando hacia el grupo de soldados. Raven al ver aquello se apresuró a sacar una de las dagas de su cinto y la lanzó directamente hacia la frente del hechicero. El lanzamiento fue perfecto, pero antes de alcanzarle, la daga salió rebotada impactando en una especie de muro invisible, que se tornó azulado en el lugar del impacto.

Iskra, intuyendo lo mismo que el chico, lanzó una flecha hacia el mago y, como ya ocurrió con la daga, ésta también salió repelida rebotando en un muro invisible que se tornó azulado.

Raven reguló su vista para poder ver el aura del mago y descubrió que en torno a éste había una esfera mágica.

—Ha sido un buen intento, –dijo el mago mirando a Raven–. Supe que causaríais problemas desde la primera vez que os vi.

La palma de la mano del hechicero se envolvió en llamas y, unos segundos después, una bola de fuego se dirigió contra el grupo de soldados, provocando una enorme explosión. Fue devastador, había trozos de cuerpos ardiendo por todas partes y soldados agonizando mientras las llamas los devoraban.

Iskra no podía creer lo que veía, la explosión había sido enorme y las llamas estaban acabando con los pobres soldados que no habían muerto aún.

Los orcos reían y rugían disfrutando con aquel espectáculo.

De repente, las llamas se convirtieron en humo, obedeciendo a un movimiento del mago.

—¡Idiotas, matad al resto!

El mago había visto cómo Raven agarró a Risk y lo lanzó junto a él tras unas rocas que les sirvieron de parapeto, justo antes de la explosión.

—Debemos huir, es demasiado para nosotros, –dijo el chico al guerrero mientras tiraba de él para guiarlo en la oscuridad.

Iskra seguía petrificada, recordando una y otra vez la enorme explosión, que había envuelto en llamas toda la zona en la que los soldados habían estado combatiendo con los orcos. Quería seguir disparando flechas a aquel hechicero, pero la imagen de los soldados agonizando, mientras las llamas los consumían, había dejado a Iskra sin fuerzas para seguir luchando. ¿Qué podía hacer ella contra un hechicero al que no podía atravesar porque una fuerza mágica lo protegía y que era capaz de acabar con un grupo de soldados de un solo ataque?

—¡Vamos Iskra!, tenemos que salir de aquí, –le dijo Raven sacándola de su estado de ensimismamiento.

—¡Cuidado!, –gritó la elfa, que había reaccionado para ver cómo el hechicero lanzaba otra bola de fuego dirigida hacia ellos.

Los tres compañeros corrieron hasta la galería por la que habían llegado, cuando se produjo una enorme explosión tras ellos, cuya onda expansiva los lanzó por los aires. Raven y Risk solo se habían lastimado un poco con el golpe de la caída, pero Iskra se había torcido el pie.

—¡Risk, ayuda a Iskra!, yo contendré a los orcos.

Aunque Risk prefería ser él quién se encargase de mantener a raya a los orcos, la destreza demostrada por el chico hacía que su confianza en él fuese plena. Risk estaba totalmente convencido de que le iba a permitir avanzar con Iskra apoyada en su hombro, pero lo que le preocupaba no eran los orcos, sino que les persiguiese el hechicero. Si bien, le habían sacado mucha ventaja, con el nuevo inconveniente, ésta podía desaparecer y permitir al temible mago alcanzarlos.

Iskra iba indicando por dónde tenían que avanzar, mientras Raven se encargaba de liquidar a los orcos que les lograban alcanzar. Por suerte, las galerías eran muy estrechas y en la más grande, solo le podían encarar cuatro como mucho, aunque ya se preocupaba él con sus movimientos y fintas de que eso no ocurriese.

Raven esquivaba todos los ataques con una maestría que desmoralizaba a los orcos, que llegaron a pensar que era imposible alcanzarlo. A pesar de ello, tuvo que hacer uso de un hechizo, que le permitía doblar su velocidad de movimiento, ya que veía que iba a tener en serios problemas con la cantidad de orcos que se le venía encima. Consiguió realizar el sortilegio, pero fue alcanzado hasta tres veces. Dos fueron cortes de poca gravedad, uno en el pecho y otro en el estómago, pero el tercero había abierto un profundo corte en el muslo de su pierna derecha. No obstante, una vez el conjuro estaba activo, ni siquiera cuatro orcos a la vez eran suficientes para él.

—¡Parece que ya no nos persiguen más!, continuad avanzando vosotros, yo voy a comprobar que estos eran los últimos.

—No, no te pares, –le contestó el guerrero–, podrías perderte.

—Qué va, haces mucho ruido.

Cuando por fin Raven se quedó solo se acercó a uno de los orcos muertos. La herida de la pierna era grave, perdía mucha sangre, de hecho de haberse prolongado mucho más las oleadas de ataques orcos, se habría derrumbado. Raven soltó sus dos espadas junto al orco, lo colocó bocarriba y puso su mano derecha en su cuello. Acto seguido el chico se concentró en relajarse, para evadirse del dolor de sus heridas y luego se concentró para realizar uno de los hechizos que más le aterraba. Sus heridas empezaron a cerrarse lentamente al mismo tiempo que el cuerpo del orco se consumía. Cuando Raven acabó, éste había adquirido un tono grisáceo, había perdido un cuarto de su envergadura y daba la impresión de que había sido momificado.

—Os dije que no tendría problemas en seguiros, –añadió Raven al alcanzar a sus compañeros.

—No bajes la guardia, podrían haber tomado otras rutas para emboscarnos en galerías más grandes o atacarnos por sorpresa desde otro lugar.

No hubo más ataques.

Cuando llegaron a las minas, se sintieron más seguros. Así que Raven y Risk, que llevaba a la elfa apoyada en su hombro izquierdo, guardaron las armas. Llegaron de noche a la ciudadela del exterior pero, aun entonces, había guardias vigilando la salida de ésta.

Risk informó de todo lo sucedido y el sargento al cargo de la ciudadela le pidió que entregara en el cuartel de la ciudad una carta. En ella, éste informaba de lo sucedido y solicitaba la movilización del ejército para combatir el mal que se ocultaba en las minas.

Sin esperar a la mañana siguiente, los tres compañeros partieron en una carreta rumbo a la ciudad. Risk conducía el carruaje, tirado por dos caballos, mientras Raven cuidaba de Iskra con tal dedicación que ponía nerviosa a la elfa.

Preparativos de Guerra

El hechicero de la pesada túnica gris se agachó para inspeccionar el cuerpo consumido de un orco. Su piel se había vuelto grisácea y arrugada y en su cara había gravada una expresión de terror que inquietaba a todo aquel que la mirase.

—Sabía que eras mucho más de lo aparentas, –susurró el mago pensando en el chico de las dos espadas.

El mago ordenó que se suspendiese la búsqueda de los intrusos, para más tarde indicar que debían preparase para la guerra. Los fugitivos darían la voz de alerta en Puerto Verice y en pocos días el ejército estaría listo para atacarlos.

—Si nos apresuramos, podremos atacar mientras están con los preparativos. Así que preparaos, yo partiré hacia Urkatâr, para exigirle al cacique que vaya a la guerra.

—Raven, encárgate tú de que Iskra sea atendida por un médico y de informar de todo lo sucedido a Arzhavin, yo voy a llevar esta carta directamente al gobernador, así se movilizará el ejército lo antes posible, –indicó Risk mientras ayudaba a la elfa a bajar de la carreta.

Un rato después, el guerrero se plantó frente a la entrada del palacio del duque de Puerto Verice, cuyas inmediaciones había estado evitando desde que volvió a la ciudad.

Se trataba de una lujosa mansión de dos plantas rodeada de un enorme jardín.

—Podemos ayudarle en algo, señor, –le preguntó uno de los dos guardias que vigilaban la cancela del jardín.

—Necesito ver al duque.

—No nos han informado de que se esperase ninguna visita hoy.

—No he solicitado audiencia. Vengo porque ha surgido un imprevisto que requiere de su atención más inmediata.

—Debemos consultarlo antes de dejarle pasar, ¿cómo os anuncio?

—Mi nombre es Risk Vanom.

El soldado se marchó pensando en aquel nombre, no sabía de qué le sonaba, pero estaba seguro que lo había oído con anterioridad.

Raven observaba a una enojada Iskra, a la que le habían entablillado el pie derecho.

—¿No ha ido bien?, –preguntó el chico.

—El médico dice que tendré que guardar reposo durante al menos tres semanas. ¡Qué barbaridad, la medicina humana es una basura! Vamos a mi habitación te daré una lista de ingredientes para preparar un ungüento.

—Y con ese ungüento, ¿qué conseguirás?

—Hacer que la pierna tarde en curarse un par de semanas como mucho. De hecho, un sanador élfico podría hacer que sanase en un par de días, –aseguró la elfa provocando que Raven rememorase como curaba él sus heridas graves.

El soldado volvió para acompañar a Risk ante el duque, que había aceptado concederle audiencia.

Risk se plantó frente al trono y, a pesar de que se encontraba bastante sorprendido, no perdió las formas e hizo la reverencia que por protocolo estaba impuesta.

El gobernador de Puerto Verice se encontraba sentado en un lujoso trono al final de un gran vestíbulo, esperando escuchar aquello que era tan importante.

—Por tu expresión, deduzco que no esperabas reunirte conmigo, –dijo el gobernador con voz firme y solemne–. Mi padre murió hace unos años a causa de una grave enfermedad.

—Mi más sentido pésame.

—Gracias, pero no nos desviemos. ¿Qué es eso tan urgente que debías de tratar directamente con el gobernador de Puerto Verice?

—Es necesario movilizar al ejército para combatir la amenaza proveniente de las minas Urka...

Risk contó todo lo ocurrido, desde el primer encuentro de los soldados con el hechicero, hasta el enfrentamiento que casi acaba con su vida.

—Lo que cuentas es casi increíble, pero no voy a dudar de las palabras de alguien como tú. El ejército acudirá a las minas. Es más, seré yo en persona, quien dirija a nuestros soldados.

—Perdone señor, pero creo que no ha comprendido la gravedad del asunto, es demasiado arriesgado que usted lidere al ejército desde la primera línea.

—Me subestimáis, capitán Risk. Desde aquella fatídica noche, no ha pasado un solo día sin que me preparase para poder honrar en combate la memoria de los soldados Bjor, Enri, Terr y Grey. Ha llegado el momento de que le devuelva a Puerto Verice lo que sus héroes me dieron en el pasado.

Risk se emocionó al oír los nombres de sus antiguos compañeros, que dieron su vida para rescatar al insolente hijo del duque, al actual gobernador de Puerto Verice, a quien tenía frente a él.

—Para mí sería todo un honor que combatieseis a mi lado, capitán Risk.

Aquellas palabras cogieron desprevenido al guerrero, que durante unos segundos no fue capaz de contestar.

—No, el honor es mío, –dijo finalmente, dejándose llevar por los dictados protocolarios.

Tras dejar la mansión del gobernador, Risk se dirigió hacia la posada para reunirse con el resto de sus compañeros, que ya le estaban esperando en la habitación de Iskra.

—Raven ya me ha puesto al corriente de la situación, –dijo Arzhavin con tono serio y pensativo.

—Vengo de contarle al gobernador todo lo sucedido y va a movilizar al ejército. De hecho, ya ha comenzado con los preparativos, pero no estará listo como mínimo hasta dentro de una semana.

—¿Una semana?, ¿cómo puede tardar tanto una ciudad en armarse?, –protestó la elfa.

—A mí también me parece excesivo, pero hay que entender que Puerto Verice es una ciudad que está muy lejos de casi cualquier sitio y que goza de una posición envidiable, flanqueada por dos cordilleras y por un mar. No es fácil que un ejército ataque Puerto Verice por sorpresa. Por otra parte, ya se ha movilizado un batallón hacia las minas, todos los habitantes que viven fuera de los muros están siendo trasladados al interior y se están poniendo a punto las defensas de la ciudad.

—En realidad no sabemos si el hechicero va a atacar la ciudad, o va a escapar, –indicó Raven.

—No creo que vaya a huir. Sabe que es muy superior y seguramente controle a los orcos de Urkatâr. Así que se está preparando para la guerra, –indicó el mago–. Ahora mismo, huir no es una opción para nosotros, nos perseguiría hasta matarnos, –continuó con tono pausado y bajo, dando la impresión de ser más un pensamiento en voz alta que un comentario destinado a sus compañeros.

—De todos modos, lo más importante es averiguar cómo vamos a hacer frente a un hechicero que es inmune a nuestros ataques, –indicó la elfa.

—Tampoco creo que sea inmune, –continuó el mago–. Todo conjuro tiene un efecto limitado en el tiempo y requiere de un gasto de energía. Muchos hechizos requieren de un gasto continuo para mantenerlos activos y estoy seguro, que este en particular, además, requiere de otro gasto adicional por cada impacto que recibe.

—Lo que quieres decir es que si el hechicero fuese atacado continuadamente no podría mantener su protección activa, ¿no es así?, –preguntó el guerrero.

—Exactamente.

—Su aura es la más intensa que he visto nunca, –añadió Raven.

—¿Qué significa eso?, –pregunto Risk.

—Pues entre otras cosas, que el hechicero posee mucha energía. De todos modos, ese no sería un buen plan. El hechicero liderará el ataque desde la retaguardia, fuera del alcance de los arqueros.

—Entonces, ¿qué es lo que tienes en mente?, –pregunto la elfa.

—En muchas ocasiones, las mayores virtudes son a la vez los puntos débiles. El hechicero sabe que gracias a su escudo mágico no puede ser alcanzado por un arma, pero si ese escudo fuese atravesado, el hechicero sería alcanzado sin que éste se lo esperase.

—Pero, ¿cómo podemos hacer eso?, –quiso saber el guerrero.

—Gracias a mi espada. Su filo tiene imbuido un poderoso sortilegio que le permite atravesar cualquier cosa como si fuese mantequilla, incluida la propia magia.

Aquellas palabras hicieron que Risk recordase el corte limpio y profundo que encontró en una de las estatuas de piedra de los enanos.

—En ese caso, debería ser yo quien blandiese esa espada, ¿no crees?, –recriminó el guerrero.

—Para poder activar ese poder es necesario disponer de la capacidad de percibir la magia y tú no tienes ese don. En tus manos no sería más que una espada corriente más.

—Entonces tendrás que ser tú quien ataque al hechicero, –concluyó Risk.

—No, yo no sé moverme en combate como para sobrevivir en uno de este tipo, pero Raven sí reúne todos los requisitos.

—Pero esa espada es muy grande y pesada para él, no podrá blandirla como es debido, –recriminó el guerrero.

—No te preocupes, ya me encargo yo de eso.

Los cuatro compañeros siguieron ajustando sus posibilidades, trazando un plan de ataque contra el hechicero, que si bien, ya habían acordado que tenía que ser Raven quien asestara el golpe de gracia con la mandoble rúnica de Arzhavin, era necesario trazar todo un plan para mantener al hechicero distraído de la auténtica amenaza.

Arzhavin se pasó toda la noche pensando en el hechicero. Ya se había molestado en intentar eliminarles y esta nueva intromisión en sus planes los hacía ser, de seguro, su principal objetivo. Por tanto, el medioelfo decidió que debían empezar cuanto antes a preparar su ofensiva. Por lo que fue en busca de Raven.

—¿Qué ocurre?

—Nos vamos a la cofradía.

—No pienso huir dejándolos así.

—No es huir lo que pretendo, sino prepararte para luchar contra el hechicero. Vamos a ir para que empieces a practicar con una mandoble.

—¿Y por qué no nos preparamos todos?, –continuó Raven mientras recogía sus cosas.

—Date prisa y deja de hacer preguntas, –concluyó el mago con un tono más serio.

Faltaban un par de horas para la salida del sol cuando llegaron a la biblioteca y, como en todas las ocasiones anteriores, Arzhavin tuvo que realizar el juego de los anillos.

—Buenas noches Lord Arzhavin.

—Buenas noches. Tengo argumentos para pensar que Raven y yo nos hemos convertido en el objetivo principal del hechicero que os pedí investigar. Puede que dispongamos de una semana todavía, así que deberíamos aprovecharla para que sometáis a Raven a un entrenamiento intensivo en el uso de la mandoble, porque mucho me temo que tendremos que vérnoslas con él, más tarde o más temprano.

—No habrá ningún problema. Yo mismo me encargaré de transmitirle todo lo que sé. La mandoble es el arma que mejor manejo.

—Eso será estupendo, –continuó el mago.

—Ahora mismo os preparamos unos aposentos. Dado el nivel de alerta, será mejor que os quedéis con nosotros. Además así podré dedicar a Raven el cien por cien de mi tiempo.

El calor de la batalla

Iskra consultaba su viejo libro forrado en cuero, donde anotaba las recetas de ungüentos y antídotos que iba aprendiendo. Repasaba todas las recetas reparadoras de huesos, cuando sonó la puerta de su habitación.

—¡Abre, soy Risk!, –gritó éste sin parar de aporrear la puerta.

—¿Qué ocurre?

—Tienes que prepararte, te voy a llevar a un lugar seguro.

—¿Llevarme a un lugar seguro?, he oído bastante alboroto en la calle, pero no le había prestado mucha atención, –contestó la elfa mientras abría la puerta.

—Esta madrugada ha llegado un soldado, informando que un ejército de orcos ha salido de las minas y ha arrasado la ciudadela de los mineros. Lo más probable es que lleguen mañana o incluso antes.

—Pero si no eran suficientes para enfrentarse al ejército de Puerto Verice y mucho menos en campo abierto.

—Se habrán movilizado las fuerzas de Urkatâr. Además, no te olvides del hechicero, que podría arrasar la ciudadela él solo.

—¿Has encontrado ya a Arzhavin y Raven?

—Negativo, no hay ni rastro de ellos, llevo una semana buscándolos sin noticia alguna.

—¡Qué extraño!, algo así podría esperarse de alguien como Arzhavin, pero no de Raven. Deben estar en alguna parte.

—Eso espero, no es que me guste mucho Arzhavin, pero tengo que reconocer que ahora mismo sus métodos pueden ser los que nos salven.

—Cambiando de tema, no me voy a esconder a esperar a que unos orcos me encuentren y me acuchillen. Llévame a las almenas, no necesito moverme para acabar con unos cuantos orcos desde allí.

—Si hubiese que replegarse no podrás correr y te convertirías en un problema para tus compañeros. La ciudad tiene buenos arqueros, prefiero que te pongas a salvo.

—¿Ponerme a salvo, pero con quién crees que estás hablando?, he combatido en muchas batallas mucho antes de que tú nacieras, –protestó orgullosa.

Risk, viendo que no iba a poder hacer que la elfa entrase en razón, no tuvo más remedio que llevarla hasta las almenas, donde ya se estaban preparando los arqueros para la llegada de los orcos. De hecho, toda la ciudad se estaba preparando. Las mujeres y los niños fueron llevados al interior de la ciudad. El puerto de la ciudad estaba abarrotado, los marineros fueron los encargados de organizar a las personas que tenían que proteger. Si la ciudad caía, tenían que huir a mar abierto para proteger a las mujeres y niños refugiados en sus barcos. Aunque no había suficientes para todo el mundo, así que mucha gente tuvo que ser refugiada en iglesias y otras grandes construcciones que pudiesen aguantar una embestida orca.

Una parte de los soldados se encargó de armar a aquellos hombres que estaban en condiciones de empuñar un arma. Y a los que no, se les encomendó la misión de organizar otros recursos, como la provisión de comida, por si la batalla se prolongaba.

En definitiva, todos tenían alguna tarea que llevar a cabo y el gobernador era quien se estaba encargando de coordinarlo todo, demostrando una gran capacidad de liderazgo.

Poco antes del atardecer, Risk subió a las almenas para despedirse de Iskra ataviado con una preciosa coraza completa con el emblema de la ciudad.

—¿Y esta armadura?, –preguntó la elfa asombrada con la majestuosa manufactura de la coraza.

—Esta era la armadura de campaña del duque Elbro. Su hijo, el duque Ardian, actual gobernador de Puerto Verice, me la ha ofrecido en préstamo, para que combata a su lado.

—¡Vaya, no sabía que ostentases una posición tan alta en esta ciudad!

—Estaré encantado de podértelo aclarar con una buena cerveza, tranquilamente en otro momento. Bueno, tengo que partir con los exploradores para valorar la fuerza del enemigo.

—Yo también espero poder escuchar esa historia. Mucha suerte.

—Igualmente.

Risk cabalgaba con un grupo reducido de soldados. Le acompañaban cuatro expertos exploradores y otro soldado veterano como Risk. Los dos veteranos se quedaron más rezagados mientras los exploradores se dispersaban buscando un punto en el terreno donde poder ver al enemigo sin que ellos pudiesen ser vistos.

Al caer la noche, la expedición volvió a la ciudad y no traía muy buenas noticias. Calcularon que poco antes del amanecer llegaría la horda de orcos.

Una poderosa fuerza proveniente de Urkatâr había salido a la superficie, dirigida por su cacique, junto a un temible hechicero humano. Miles de orcos y decenas de ogros marchaban con el fin de destruir Puerto Verice.

Todos los orcos de Urkatâr sentían un odio irracional hacia sus vecinos humanos, por lo que cuando el hechicero les propuso atacar Puerto Verice con su ayuda, Kro'l Gurth, su cacique, no pudo resistirse:

—¡Urkatâr irá a la guerra!

Los orcos se plantaron frente a las murallas de Puerto Verice poco antes del amanecer, tal como habían calculado los exploradores.

La horda orca acampó a más de un kilómetro de las murallas de la ciudad. Éstos preferían luchar de noche, ya que la luz del sol los cegaba. Tantos años viviendo bajo las montañas, habían hecho que sus ojos no estuviesen acostumbrados a dicha luz.

El ejército orco permaneció expectante, por si los humanos decidían salir a por ellos en un combate a campo abierto. Sabían que los humanos eran mejores guerreros, pero éstos contaban con el poder demoledor de los ogros y con un aliado terrible.

Las horas se sucedían y los humanos permanecían expectantes a los movimientos de la horda tras la protección de sus sólidas murallas.

—Están esperando a la caída del sol para atacarnos, –comentó Risk a los soldados que formaban junto a él.

—¿Crees que deberíamos salir a por ellos? –preguntó uno de éstos.

—No, es mejor que los esperemos tras las murallas, muchos orcos caerán a manos de nuestros arqueros y de las catapultas.

Las horas pasaron muy despacio.

El sol se escondía lentamente, mientras la horda orca se preparaba para la embestida.

—¡No dejaremos títere con cabeza! ¡Vamos a arrasar la ciudad por completo!, –gritaba el cacique orco instigando a sus guerreros–. ¡Urkatâr se cobrará esta noche su venganza!

Los primeros en ver cómo los orcos marchaban hacia las murallas fueron los soldados apostados en las almenas, pero no transcurrió mucho tiempo hasta que todos pudieron escuchar sus tambores y sus alaridos.

La guerra había comenzado.

Herzo contemplaba el transcurrir de la batalla desde la retaguardia, pero sin perder detalle de nada. Había recurrido a uno de sus hechizos para poder aumentar su capacidad visual, proporcionándole una habilidad que podría provocar la envidia de las águilas.

Las primeras embestidas orcas fueron repelidas con las cargas continuadas de los arqueros y con las demoledoras rocas que lanzaban las catapultas. Aunque también fueron muchos los arqueros los que cayeron a manos de las envenenadas flechas orcas.

A pesar del vehemente trabajo de los arqueros, el ariete consiguió llegar hasta las puertas y en numerosos puntos de las almenas aparecieron las escaleras que anunciaban la llegada de aquellas horripilantes criaturas.

Aquellas escaleras significaban que la principal fuerza defensiva había caído. Por lo que los arqueros no tuvieron más remedio que soltar sus arcos y combatir cuerpo a cuerpo. Poco después cayó la segunda fuerza defensiva, las puertas de la ciudad fueron destruidas. Por tanto, había llegado el turno de la caballería.

Los jinetes del ejército de Puerto Verice, liderados por el duque Ardian, cargaron contra los orcos arrollándolos, dando la oportunidad a la infantería de salir al exterior de las murallas.

La caballería logró provocar grandes estragos, gracias a su aplastante embestida. Pero muchos fueron los jinetes que murieron a manos de las grandes rocas lanzadas por los ogros.

Ardian acudió veloz para intentar evitar que un ogro lanzase una demoledora roca contra sus compañeros. El duque consiguió asestar un gran golpe con su espada en el costado del ogro, justo antes de que lanzase la piedra. El ogro perdió momentáneamente el equilibrio, provocando que tuviese que dejar caer la roca al suelo para no perder la verticalidad.

La herida del ogro parecía grave, pero estas criaturas eran capaces de soportar muchas como aquella sin casi perder su capacidad destructora.

El duque dio media vuelta para realizar una nueva envestida contra el ogro, pero esta vez la cosa no fue tan bien. La criatura respondió con un poderoso puñetazo dirigido hacia el caballo, que acabó por tirarlo contra el suelo.

Tras aquello, el ogro se dirigió de nuevo hacia la gran roca, con la intención de aplastar al atrevido jinete, pero éste no estaba vencido ni mucho menos. Ardian volvió a asestar otro gran golpe, esta vez con el hacha que había sacado tras incorporarse de la caída. En esta ocasión, el ataque fue dirigido hacia la parte trasera de la pierna izquierda de la bestia, dejando como resultado una gran hemorragia.

El ogro soltó un gran alarido, a la vez que se giraba aún más enfurecido que antes. La criatura decidió embestir al molesto guerrero que tenía frente de sí, por lo que se lanzó en una descontrolada carrera.

Ardian, que portaba una pesada coraza completa, no iba a ser capaz de esquivar la poderosa embestida de aquella criatura, pero dos jinetes más aparecieron en escena cargando con sus lanzas contra el ogro y permitiendo así que el duque se pudiese apartar de la trayectoria de la bestia.

Las heridas provocadas por las grandes lanzas de caballería sí que le habían causado un daño importante a la criatura, que hincó una rodilla en el suelo debido al aturdimiento.

Sin esperar a la vuelta de los dos caballeros, Ardian se plantó frente al ogro, portando su espada en la mano derecha y su hacha en la izquierda.

Ambos se miraron fijamente a los ojos. El ogro le lanzó un aterrador grito de odio, pero el duque no se inmutó.

—Muere, criatura del infierno, –le contestó el duque al mismo tiempo que las lanzas de los jinetes le atravesaban el cráneo desde atrás.

Efectivamente, la embestida de los dos caballeros fue letal y el ogro cayó pesadamente contra el suelo con las dos lanzas clavadas en su cabeza. Ardian había mantenido la atención de la criatura sobre su persona para dar la posibilidad a sus caballeros de realizar un ataque de aquel tipo y poder así acabar con la resistente bestia.

Las horas pasaban y Herzo continuaba estudiando con detenimiento todo el devenir de la batalla. Puerto Verice estaba demostrando que contaba con un gran ejército y que sus líderes eran unos brillantes estrategas.

La ciudad estaba repeliendo a la horda. Los ogros, a pesar de que habían acabado con centenares de soldados, estaban ya casi todos muertos y con ellos miles de orcos.

—¿Cuándo vas a ayudar a mi pueblo, hechicero?, mi gente está siendo aniquilada.

—Pensé que erais grandes guerreros, pero no sois más que escoria mal oliente, –contestó el hechicero enormemente enfadado–, que nadie me moleste ahora.

El hechicero sacó de su bolsa de viaje una especie de tiza, con la que empezó a pintar una serie de runas sobre la hierba. Los comandantes orcos, que estaban cerca del hechicero, no permitieron que nadie se acercara a las inmediaciones del mago, que estaba dibujando un enorme círculo rúnico de unos diez metros de diámetro. Una vez terminado, el hechicero se colocó en el centro de éste.

De los brazos del mago empezaron a salir pequeñas llamas que se iban haciendo más grandes conforme se aproximaban a los hombros. Éste empezó a recitar una retahíla acompañada de unos movimientos de brazos, que daban la sensación de que dibujaba más runas en el aire.

Todo aquel que estaba cerca del círculo, empezó a notar un calor sofocante.

Mientras el hechicero continuaba con su conjuración, las runas dibujadas en el suelo se iban volviendo incandescentes.

Los soldados humanos, fortalecidos por el aumento de moral que les provocaba la victoria momentánea, empezaron a abrirse paso a través de la horda. Era hora de acabar con sus líderes y provocar la huida del resto. Cosa habitual en los orcos. Cuando de repente, el hechicero se agachó y golpeó fuertemente el suelo con su mano derecha, al mismo tiempo que lanzaba un fuerte grito.

Todo el círculo empezó a arder con llamas de varios metros de altura.

Los orcos cercanos al espectáculo pudieron ver cómo Herzo emergía de entre las llamas del gran círculo, sin que ni él ni ninguno de sus objetos hubiese sufrido ninguna quemadura.

El hechicero se plantó frente al círculo, dándole la bienvenida a su invocación. Como si saliese de un agujero en el suelo, emergió una enorme llama, a la que se le había dado la forma de un humanoide de unos treinta metros de altura.

—Arrásalos, –ordenó el mago.

Todos los combatientes, humanos y orcos, se quedaron atónitos. El miedo invadió por igual a los unos como a los otros.

La enorme criatura, cuya única composición era el fuego, empezó a avanzar, al mismo tiempo que lanzaba enormes bolas flamígeras a diestro y siniestro.

—¿Pero qué has hecho hechicero?, –recriminó Kro'l Gurth, que se había acercado a éste, al ver cómo la criatura estaba arrasando tanto a orcos como a humanos por igual.

—Repliega a tus hermanos. Deja que sea el elemental quien haga el trabajo sucio. Después, ya podréis saquear lo que quede de la ciudad, si queréis.

El pánico se apoderó de la situación. Los soldados se replegaron huyendo de las llamas del monstruo.

La ciudad empezó a lanzar enormes piedras con las catapultas, que todavía había en pie, para poder ayudar a sus hermanos que luchaban fuera. Era inútil, las piedras atravesaban a la incorpórea criatura.

Había llamas por todas partes y, a través de éstas, se podía ver cómo cientos de cuerpos se consumían entre enormes gritos de dolor y desesperación.

Cada escena era igual, los soldados huyendo presa del pánico, los cuerpos agonizando entre llamas, todo era terriblemente idéntico a aquel sueño.

Había llegado demasiado tarde, aunque ante semejante poder, poco podía hacer él.

—¡Raven!, –oyó gritar a Risk, sacándolo de sus pensamientos.

—¿Risk eres tú?, –preguntó el chico extrañado, ya que el guerrero llevaba puesta una coraza y un yelmo completo que no permitían que fuese identificado con facilidad.

—Sí, ¿y Arzhavin?

—Se marchó a ayudar a Iskra con unos cuantos soldados más.

—¿Y están bien?

—Espero que sí, no lo sé.

—¿Crees que Arzhavin podría combatir a esa criatura?

—Lo dudo. Ese hechicero es muchísimo más poderoso que Arzhavin.

—En ese caso no nos queda otra opción que huir, no podemos combatir contra eso.

La criatura avanzaba lentamente hacia la ciudad, arrasando todo a su paso. Raven la miraba con rabia, ya que en su sueño todo acaba destruido por las llamas. Risk iba a tirar del absorto chico cuando notó el cambio. Los ojos violeta de Raven se habían vuelto rojos.

No estaba seguro, pero Raven vio algo que le hizo pensar que quizás podría acabar con la criatura. Tal vez, aquello podría ser su punto débil.

—¡Rápido Risk!, reúne un grupo. Vamos a acabar con esa criatura.

—¿Sabes cómo se puede matar a ese monstruo?, –preguntó un soldado que estaba junto a los dos amigos.

—Sí, tenéis que acompañarme, continuamos con la misión, –comunicó el chico a unos soldados que habían permanecido allí.

—¿Qué misión, de qué estás hablando?, –preguntó extrañado Risk.

—Arzhavin nos encomendó a mí y a estos soldados una misión, –dijo señalando la espada rúnica del mago, que estaba enfundada a la espalda del chico.

Un grupo de unos diez soldados se lanzó a cargar contra la criatura. Herzo contemplaba atónito cómo aquel grupo de insensatos corrían hacia el lado opuesto de sus hermanos.

Risk no podía de dejar de mirar los brillantes ojos rojos de Raven, que emitían una determinación que le inspiraba. Nunca antes había visto aquellos ojos, pero aquel instante, no era el momento de analizar el porqué del cambio. Era el momento de actuar.

El grupo se detuvo a poco más de cien metros del monstruo. Raven lo miró fijamente y éste parecía que le devolvía la mirada. Ambos permanecieron unos segundos inmóviles, acto seguido la criatura soltó un grito ensordecedor y Raven se lanzó hacia él a una velocidad sobrehumana. El chico había realizado el hechizo sin concentrarse en absoluto, de forma automática.

La criatura empezó a lanzar proyectiles de fuego contra éste, que las esquivaba sin pararse en su carrera hacia él. El elemental, al ver que el chico se le aproximaba, golpeó el suelo con sus dos manos juntas provocando una enorme onda expansiva de llamas, que Raven esquivó pasando por debajo de las piernas de la criatura, justo antes del impacto.

El chico, gracias a su especial don visual, pudo ver una estela mágica que iba desde la cabeza del elemental hasta la cabeza del hechicero que lo invocó, así que desenvainó la mandoble rúnica y se apresuró a golpearla antes que ésta se incorporase y se diese la vuelta.

El filo de la espada atravesó la estela con la magia del vacío, haciendo que ésta se desvaneciese, tirando de espaldas al mago y propiciándole un fuerte golpe. El hechicero se incorporó aturdido para ver cómo su criatura se consumía estremeciéndose entre ensordecedores alaridos, intentando alcanzar al chico antes de desaparecer por completo.

El hechicero no podía creer lo que estaba viendo. No alcanzaba a entender qué había ocurrido. No comprendía cómo aquel chico había conseguido desterrar su invocación.

Los soldados, al ver cómo desaparecía el monstruo, volvieron a cargar contra los orcos con una inmensa moral renovada.

—¡Rápido, no podemos detenernos ahora, ha llegado el momento de asestar el golpe de gracia!, –gritó el chico animando a sus compañeros.

Raven, Risk y los otros soldados continuaron su carrera hacia el hechicero abriéndose paso a través de los asustados y desmoralizados orcos.

Al guerrero le llamó la atención la pericia de aquellos soldados que acompañaban al chico, que acababan con los orcos con suma facilidad. Cuando de repente, un enorme orco, de unos dos metros de altura, ataviado con una pesada coraza oscura y con dos grandes hachas, se plantó frente a Raven.

—¡Risk encárgate tú de éste!, yo debo apresurarme en alcanzar mi objetivo.

Raven consiguió esquivar al temible orco, recurriendo de nuevo al hechizo de velocidad sin concentrarse, para irse a topar con el mago directamente.

Mientras tanto, Risk hizo que el orco de las dos hachas se centrara en él y se despreocupase del chico.

El cacique orco realizó una serie de ataques, que el guerrero esquivaba a duras pena. Éste no era como los otros, su habilidad en combate era mucho mayor. Risk tenía claro que se estaba enfrentando a uno de los líderes orcos.

Los golpes del orco eran tan feroces que acabaron por romperle el brazo del escudo al guerrero, que se desplomó contra el suelo.

Los soldados que acompañaban a Raven, vassaris infiltrados en el ejército, estaban luchando contra otros generales orcos y no podían socorrer al derrotado Risk. Sin embargo, el gran orco no tuvo ocasión de asestar el golpe final, ya que un hacha voladora impactó sobre su brazo desviando el ataque. El duque Ardian había lanzado su hacha de mano justo a tiempo.

—¡Levanta holgazán, hay trabajo que hacer!, –le gritó el duque al mismo tiempo que se interponía entre el guerrero y el enorme orco.

Risk se levantó a duras penas, observando cómo el duque era ahora quien recibía los duros golpes del poderoso orco. Ardian bloqueaba con su espada los ataques de cada pesada hacha, ya que no portaba escudo alguno.

El cacique orco, tras probar la habilidad de su oponente, decidió realizar un ataque que no pudiese bloquear. Kro'l Gurth tomó impulso y realizó un fuerte ataque, con la intención de machacar todo aquello que se pusiese en medio, pero el duque no cayó en la trampa y, en vez de bloquear el ataque, se lanzó contra el suelo esquivando la pesada hacha con una acrobacia.

La excelente manufactura de la coraza que portaba el duque permitió que éste pudiese realizar semejante acción, que además de sortear el ataque, le dio la posibilidad de recuperar el hacha de mano.

Risk, que estaba muy pendiente de los dos contendientes, realizó un ataque rápido para aprovechar que el gran orco había perdido levemente el equilibrio. Pero no pudo causarle un daño importante, ya que la pesada coraza que éste portaba era bastante gruesa y la hoja de la espada no alcanzó a tocar la piel del orco.

Luego fue el turno de Ardian, que realizó una serie de ataques combinados con la espada y el hacha que portaba en cada mano.

Mientras tanto, el hechicero convocó un círculo de fuego de unos diez metros de radio que le envolvió a él y al chico de ojos violeta, que ahora eran rojos, para más desconcierto de éste.

—No vas a salir de aquí con vida, –dijo amenazante justo antes de empezar a lanzar proyectiles de fuego contra el chico.

Raven no quería desaprovechar el conjuro de velocidad y se lanzó como un rayo contra éste, esquivando todos los proyectiles ígneos conforme iba avanzando.

Herzo comenzó a preparar una destructiva bola de fuego, cuando el chico consiguió ponerse a su altura. Raven realizó un ataque, activando la magia del vacío imbuida en el filo de su mandoble, que el hechicero consiguió esquivar en el último instante, a pesar de que confiaba en que su escudo mágico repelería el ataque.

El filo de la mandoble rúnica atravesó como si nada el escudo, demostrando por segunda vez, que las palabras de Arzhavin eran ciertas, la espada podía cortar hasta la mismísima magia.

Pero aunque el mago consiguió apartarse de la trayectoria de la espada en el último momento, no fue lo suficientemente rápido como para esquivar el ataque por completo. La punta de la mortífera espada había alcanzado el vientre del hechicero, profiriéndole una grave herida, por la que manaba bastante sangre.

—Pagarás por todo, –dijo el mago antes de desaparecer envuelto en llamas.

Raven no tuvo ocasión de rematar al mago, quien se esfumó dejándolo en el centro de un círculo de ceniza, ya que al mismo tiempo que desaparecía Herzo, lo hacía el anillo de fuego.

Kro'l Gurth propinó otro poderoso golpe al duque Ardian, que si bien consiguió bloquearlo con su espada, no fue capaz de oponerse a la fuerza de éste y acabó cayendo al suelo. Risk acudió veloz para evitar que el orco lo rematase, pero éste se volvió justo a tiempo para realizar un ataque con la parte roma de una de sus hachas, que acabó arrojando al guerrero contra su compañero, con la mala suerte de que al caer golpeó a Ardian en la cabeza, dejándolo inconsciente.

Ahora Kro'l Gurth tenía a sus dos oponentes postrados ante él, pero antes de asestar el golpe de gracia, vislumbró cómo el hechicero desaparecía vencido por aquel pequeño humano que blandía una enorme mandoble con una soltura increíble. Entonces giró la cabeza en otra dirección y pudo ver cómo su pueblo estaba siendo aniquilado por los soldados, que habían salido todos de la ciudad para asestar el golpe final, que acabara con la batalla.

Finalmente, Kro'l Gurth soltó un hacha y corriendo en dirección a las minas hizo sonar su cuerno anunciando la retirada.

Los vassaris consiguieron acabar con sus oponentes, con lo que Kro'l Gurth fue el único líder orco que consiguió huir. Muy pocos fueron los orcos que consiguieron escapar junto a él.

Raven ayudó a que Risk se incorporara.

—Hemos vencido, –dijo el chico que volvía a mirar con sus insólitos ojos violeta.

—Es increíble, pero eso parece, –respondió el veterano guerrero dejando ver unas lágrimas que salían de sus ojos.

—Ahora sacadme de aquí, –concluyó Raven dirigiéndose a los vassaris.

Vuelta a la normalidad, vuelta al trabajo

A Raven no le gustaba sentirse acosado ni ser el centro de atención de nadie, por lo que le pidió a los vassaris que combatieron a su lado, que lo escondieran para que la ciudad se olvidara de él y buscase otros héroes.

El chico se sentía especialmente a gusto entre éstos, ya que la mayoría de los miembros que había tenido ocasión de observar, eran de un carácter reservado muy similar al suyo, por tanto sentía que encajaba, algo que no había podido decir de ningún otro sitio.

La ciudad no había sufrido grandes daños, ya que la batalla se libró principalmente en el exterior de las murallas. Por lo que los esfuerzos de reconstrucción se tuvieron que centrar más en las granjas y campos del exterior de ésta de las que, por otra parte, no había quedado ninguna en pie.

El gobernador le encomendó a Risk que dirigiese un batallón para limpiar las minas de orcos y asegurarse de que eran desterrados a Urkatâr.

La mina tardaría en poderse reactivar, aunque ésta en sí misma estaba en perfecto estado, la ciudadela fue arrasada totalmente y necesitaba ser reconstruida desde cero.

Tras aquello Risk, que había recuperado con creces su popularidad, se encargó de ayudar en las labores de reconstrucción de las casas de los pobres granjeros, que eran supervisadas por el mismísimo gobernador.

Los destrozos en ese sector fueron enormes. Las cosechas de cientos de agricultores se habían perdido y el ganado corrió una suerte similar. Dato que no pasó desapercibido para muchos comerciantes, que se apresuraron a preparar sus barcos con la intención de traer aquellos productos a la ciudad que, de seguro, se pagarían muy caros.

La elfa no tardó en recuperarse de su pierna, y pudo ofrecer su ayuda en los cuidados médicos. El número de heridos había sido muy elevado, como cabía esperar después de una batalla como aquella.

La ciudad se reponía del ataque a muy buen ritmo, gracias a la moral proporcionada por la gran victoria, pero la batalla se había cobrado muchas vidas y era necesario llorarlas y honrarlas. Para ello, el duque Ardian ordenó que se construyese un majestuoso mausoleo, al que llamó el Salón de los Héroes y donde serían enterrados todos los que aquel día murieron defendiendo a sus hermanos.

Se trataba de una gran construcción. Un inmenso edificio de mármol blanco de varias plantas subterráneas, en la que serían enterrados todos los caídos en lujosos pasillos de mármol decorados con grandes tapices, que narrarían todo lo sucedido.

—Una vez todo haya vuelto a la calma, ordenaré que los cuerpos de Bjor, Enri, Terr y Grey sean transportados al Salón de los Héroes y también haré que se confeccione un tapiz narrando su heroicidad. Incluso tú, llegado el momento, para el que espero que falte mucho, tendrás tu sitio en el salón, –le dijo el gobernador a Risk, al tiempo que le ponía una mano sobre el hombro de su brazo entablillado.

Raven, mientras tanto, continuó su entrenamiento con los vassaris, ya que pronto partirían y aún tenía mucho que aprender del veterano Renan. Además, prefería que nadie reparase en él.

Arzhavin, como era de esperar, no se dejó ver ayudando a nadie, ya que estaba más concentrado en sus propios asuntos. Pasaba los días entre el mercado, el puerto y una lujosa biblioteca.

La principal ocupación del mago aquellos días se concentró en el mercado, donde pasaba horas comprando mercancías para venderlas unas horas después o días más tarde, obteniendo grandes beneficios. Arzhavin era todo un experto analizando la oferta y la demanda. Aquella actividad de compraventa le había proporcionado mucha fama en Itil Lein.

Pasaron más de dos semanas desde el ataque, cuando el mago decidió reunir al grupo. La reunión tuvo lugar en el comedor de la posada, como era costumbre cada vez que alguno de los compañeros quería exponer algún asunto.

—Mientras vosotros estuvisteis en las Minas Urka, yo estuve intentando conseguir un barco que nos llevase hasta nuestro objetivo. Sin embargo ningún capitán quería aceptar mi oferta, aludiendo que la isla está rodeada por un gran arrecife que hace muy peligroso acercarse a ella, pero finalmente conseguí averiguar la auténtica razón por la que ningún marino quiere llevarnos.

—¿Y cuál es?, –preguntó impaciente el guerrero.

—Por lo visto, la isla es usada como cuartel general de los piratas del Arpía Sangrienta. Por lo que mucho me temo que la única manera de conseguir que algún barco nos lleve hasta allí, sea, precisamente, convenciéndoles a ellos mismos.

—¿Hacer tratos con piratas?, no estoy segura de que eso sea una buena idea.

—Ciertamente... no lo es, pero no parece que haya muchas alternativas. Además no creo que sea muy recomendable tomar tierra en una isla que han proclamado como suya, sin su permiso.

—¿Y has averiguado algo sobre esos piratas?, –preguntó Risk.

—Pues sí. Su capitán es una mujer llamada Carrigan, que al parecer es muy respetada y temida por estas aguas. Dicen que es una excelente espadachina y el hecho de ser mujer crea mucha simpatía entre la población femenina de esta ciudad, sobre todo entre las jóvenes, que la ven como una heroína, en vez de como una delincuente. Cabría pensar que para los hombres, y más concretamente para los marinos y otros piratas, Carrigan y su barco son una presa fácil, pero parece que incluso ellos le tienen mucho respeto.

—Eso demuestra que efectivamente debe ser una excelente espadachina, –añadió la elfa–, dando la impresión que incluso ella se sentía orgullosa de la capitana.

—Cierto, pero bueno, como todo buen pirata, no dejará pasar la oportunidad de hacer un buen negocio.

—¿En qué estás pensando?, –continuó sombría la elfa.

—En dinero, mucho dinero... claro. La semana que viene puede que llegue el barco de Carrigan, así que aprovecharé para negociar con ella. Por tanto, estad preparados para partir. Si todo sale como espero, en dos semanas dejaremos la ciudad.

—Con respecto a eso, creo que yo no voy a continuar con la expedición, –sorprendió el guerrero–. Hace muchos años abandoné esta ciudad, mi hogar, por una serie de motivos personales y creo que ha llegado el momento de volver.

Arzhavin, lo miraba detenidamente sin decir nada. La situación se alargó un momento más, tras el cual el guerrero desvió la mirada del mago hacia la elfa, que le obsequió con una expresión de comprensión.

—Entiendo tu motivación, –dijo finalmente el mago con tono cautivador–. Supongo que habrás pensado detenidamente esta decisión y valorado la recompensa que te ofrecí por tus servicios y, a pesar de ello, has considerado que no es suficiente como para que dejes en estos momentos tu hogar. Por mi parte no hay ningún problema, pero que sepas, que si te lo piensas mejor y descubres que aún te quedan ansias de aventuras, siempre serás bienvenido.

La comprensión del mago había cogido por sorpresa a todos.

—Muchas gracias Arzhavin. Prometo seguir pensándomelo mientras sigáis en la ciudad, –concluyó Risk sorprendiéndose él mismo de sus propias palabras.

—Gracias a ti, entonces, –continuó el mago con el mismo tono encantador.

En las dos semanas siguientes a la reunión, todos siguieron como hasta entonces, aunque Iskra hacía mucho que quería haberse marchado. Sin embargo, el guerrero estaba encantadísimo de estar allí, aunque veía que ya había hecho todo lo que estaba en sus manos y que, como dijo Arzhavin, aún había ansias de aventuras en él. Risk tenía que reconocer que, desde que conoció al mago, había visto cosas que nunca hubiese imaginado que existiesen.

En los días siguientes, el medioelfo continuó con su actividad en el mercado. A pesar de que aportaba mucha riqueza a las arcas de Renan y los suyos, el mago no buscaba incrementar su ya inmensa fortuna, sino hacerse un nombre entre los ricos comerciantes. Arzhavin estaba seguro que de aquella manera tendría más posibilidades de llegar hasta la pirata, que seguramente, tras tanto tiempo de pillaje, tendría muchas mercancías que vender.

Además del mercado, el mago estaba pendiente de cada barco que atracaba en el puerto, hasta que por fin amarró un barco que coincidía con la descripción que le habían facilitado del Arpía Sangrienta.

Carrigan comunicó a su tripulación que aquella noche, como siempre que llegaban a puerto, lo celebrarían por todo lo alto. En el último viaje habían obtenido unas mercancías estupendas y la semana siguiente sería muy larga, negociando con los mercaderes.

La noche fue muy corta para la tripulación del Arpía Sangrienta que todavía cantaba y bebía cuando los primeros rayos de sol aparecieron. Pero a pesar de no haber dormido nada y de tener una resaca importante, al día siguiente Carrigan comenzó a visitar a sus contactos de la ciudad, para averiguar qué comerciantes podían estar interesados en sus mercancías.

A la capitana le llamó la atención que casi todos sus contactos mencionasen a un tal Arzhavin.

—¡Rápido!, tráeme a ese comerciante, me gustaría hablar con él antes que con el resto. Es nuevo por aquí, quizás se la cuele bien, –ordenó la capitana a uno de sus esbirros.

No fue muy difícil para el marino localizar al tal Arzhavin al que, como le habían indicado, podía encontrar deambulando por el mercado.

—¡Oye, tú!, ¿eres Arzhavin?

—¿Quién lo pregunta?

—¿Eres o no eres?

—Lo soy y disculpa si me he mostrado reticente a contestar, –dijo el mago sin alterar su máscara de amabilidad, pero con unas tremendas ganas internas de enseñarle modales al maleducado marino.

—La capitana Carrigan quiere verte.

—Disculpa pero no sé quién es. No había oído su nombre hasta ahora.

—Pues si no vienes conmigo, será lo último que oigas.

—Pues en ese caso, será mejor que acuda a su llamada, – contestó Arzhavin con una tranquilidad que descolocó momentáneamente al marino.

Sin perder más el tiempo, que era lo último que quería el mago, se pusieron en marcha hacia el puerto y una vez allí el pirata condujo a su invitado hasta el Arpía Sangrienta.

—Tú debes ser Arzhavin, ¿no es así?, –gritó la capitana desde la cubierta del barco al ver a su esbirro acompañado de un desconocido.

—Así es y supongo que sois Carrigan.

—Capitana Carrigan, –se apresuró a añadir la pirata–. Será mejor que pasemos a mi camarote, me gustaría tener una charla de negocios.

Arzhavin se quedó maravillado con la inmensa estancia que hacía de despacho y dormitorio de la capitana. El camarote estaba exquisitamente decorado con multitud de objetos de distintas culturas. Al parecer la pirata tenía muy buen gusto. Tras observar con detalle todo el camarote, lo siguiente en lo que el mago se centró fue en ella misma, ya que hasta el momento no había podido reparar en su figura.

Se trataba de una preciosa y esbelta pelirroja, de ojos azules y piel bronceada. Iba vestida con unas botas y pantalón ajustado de cuero de muy buena calidad y una lujosa camisa de seda blanca con un generoso escote. Su pelo rizado estaba cuidado con mimo, demostrando que la capitana velaba mucho por su aspecto.

Al mago le impactó bastante la belleza de aquella humana, aunque no permitió que sus emociones se viesen reflejadas en su semblante. También estaba muy impresionado por cómo una mujer tan atractiva podía sobrevivir en un mundo como aquel.

—Toma asiento, –dijo la capitana mientras se dirigía sensualmente a su sillón.

Carrigan observó detenidamente a Arzhavin, ella también se había sorprendido mucho con el atractivo comerciante. Tanto el uno como la otra permanecieron un tiempo en silencio mirándose fijamente. A la capitana le llamó mucho la atención la seguridad con la que el comerciante le miraba. Estaba más acostumbrada a reunirse con tipos a los que ponía muy nerviosos.

—Pareces un tío muy seguro de ti mismo.

—A mí me has dado la misma impresión.

—Bueno, yo dispongo de toda una tripulación ahí fuera, –dijo la capitana señalando con la mirada la puerta del camarote–. Tú, sin embargo, estás solo.

—No creo que me hayas llamado para hacerme ningún daño.

—No es mi intención... de momento.

—Y ya que sale el tema, qué es lo que queréis de mí.

—Me gustaría enseñarte mi mercancía, –dijo al tiempo que se mordió sensualmente su labio inferior.

—Estoy seguro de que quedaré encantado con cualquier cosa que me permitáis ver, –contestó éste siguiéndole el juego.

Los dos volvieron a quedarse unos instantes en silencio, sin apartar la mirada el uno del otro.

—Tengo la impresión de que tú y yo podemos hacer unos negocios muy satisfactorios.

—No puedo estar más de acuerdo, –indicó el mago, tras lo que volvió a hacerse el silencio acompañado del juego de miradas.

—Mi camarote está decorado con algunas piezas representativas de mi mercancía. ¿Ves algo que te guste?, –dijo la capitana haciendo un leve gesto invitándole a que echase un vistazo a la habitación.

—Veo algo que me gusta, –contestó el mago sin dejar de mirar los azules ojos de la capitana, dando paso a un nuevo instante de silencio.

—No has mirado nada.

—Es que no me gusta perder el tiempo, –dijo el medioelfo, recordando que ya se había desviado mucho y que difícilmente iba a poder cumplir con su planificación–. Me gustaría saber cuánto me costaría acompañaros hasta Los Colmillos del Mar, –continuó rompiendo el encanto del momento.

—¿Quién te ha hablado de ese lugar?

—Tengo cierto interés en visitar esa isla.

—Pues eso no será posible.

—Estoy seguro que hay un precio.

Tras decir aquella frase, la pirata empezó a mirar a Arzhavin con cierta rabia.

—Será mejor que lo dejemos por hoy, –aconsejó la capitana.

—Piensa un precio.

—No te garantizo que lo haga. Ahora, márchate.

Arzhavin decidió hacer una nueva visita a la pirata al ver que había pasado un día entero y no había tenido ninguna respuesta.

—¡Capitana!, hay un tipo que quiere verla.

—Hoy ya me he reunido con bastantes comerciantes. No quiero ver a ningún perro de esos más.

El mago, al comunicársele que no iba a tener audiencia con la capitana decidió enviar un mensaje con un tono distinto y más convincente. El pirata que estaba haciendo de interlocutor volvió hasta el camarote de su capitana con una expresión que podría horrorizar a cualquiera.

A los pocos minutos, un grupo de piratas, espada en mano, bajó del barco hasta el muelle, donde esperaba el medioelfo.

—¡Vas a pagar lo que has hecho!, –dijo uno de los piratas mientras el resto rodeaba al mago.

—Nada de eso. Lo único que va a ocurrir aquí es que me vais a llevar ante Carrigan, –contestó Arzhavin dando un paso hacia el marino con actitud desafiante.

—¡Capitana Carrigan!, –gritó enfurecida la pirata desde la cubierta del barco–, llevadle hasta mi camarote, –concluyó dándose media vuelta.

El pirata permaneció un leve instante manteniendo una actitud desafiante como respuesta a la del mago.

—Dame un motivo y tendrás que recoger tus entrañas del suelo, –contestó el pirata invitando al medioelfo a que subiese al barco.

Cuando Arzhavin entró en el camarote pudo ver que no solo le esperaba la capitana, sino que a su espalda había un exótico hombre de raza oriental.

El medioelfo, tras sentarse reparó que sobre el escritorio que le separaba de la capitana, había un sobrio cofrecito, que le llamó la atención porque estaba vacío y no lucía absolutamente nada.

—Este es Takashi, mi mano derecha.

—Encantado, mi nombre es Arzhavin.

El oriental no se inmutó.

—Más te vale que encuentres la forma de convencerme de que no te mate ahora, –dijo secamente la capitana.

—He decidido hacerte una visita ya que no he obtenido una respuesta.

—Tal vez será porque, como ya te dije, no estoy interesada.

—Por eso precisamente he venido, para convencerte.

—Pues debías haber esperado a que me apeteciese hablar contigo, como hacen los demás.

—Yo no soy como los demás.

—Ese juego ya no te va a valer, para mí no eres más que otro de esos perros ricos a los que les vendo las mercancías que probablemente robe en otro momento. Ahora bien, cómo esperas salir vivo de aquí.

—Pues haciéndote ver que te soy mucho más valioso vivo que muerto.

—¿Ah, sí?, ¿cómo es eso?

—¿Qué te parece si te doblo el oro que esperabas ganar vendiendo toda tu mercancía?

—Me parece que estaríamos hablando de una suma muy importante. ¿Estás seguro de poderla pagar?

—Por supuesto, siempre que me llevéis a vuestra isla.

—Esa isla no tiene dueño... nosotros solo echamos amarras allí de vez en cuando para descansar antes de un largo viaje.

—No hace falta que haya eufemismos entre nosotros. Sé que es vuestra base de operaciones, seguramente usaréis las antiguas ruinas élficas para almacenar vuestros tesoros.

La desconfianza de la capitana iba creciendo por instantes. Carrigan sabía que aquel tipo no era un mero comerciante. Por lo que le había ocurrido a su esbirro sabía que tenía a un hechicero frente a ella.

—Seguro que guardáis valiosos tesoros en esas ruinas, pero lo que no sabéis es que en su interior hay tesoros ocultos con más de tres mil años de antigüedad. Su valor es incalculable.

—Incalculable es una cantidad de dinero que no me vale de mucho. Prefiero los botines que me pueden aportar cantidades calculables. Además te equivocas, hemos explorado esas ruinas concienzudamente y allí no hay absolutamente nada. Si hubo algún tesoro incalculable ya no está allí.

—Eres tú quien se equivoca. Los tesoros siguen allí, pero nunca habéis podido llegar hasta ellos.

—Y con eso quieres decir que tú sí puedes.

—Efectivamente.

—Y en tal caso, por qué lo ibas a compartir conmigo.

—Necesito que alguien me lleve hasta la isla. Yo solo quiero un objeto concreto que se encuentra allí, el resto puedes quedártelo tú.

—No parece una mala oferta, pero como ya te he dicho, hemos registrado la isla entera y no hemos encontrado nada. Me parece complicado que encuentres tú algo.

—Estoy seguro que no habéis explorado las estancias subterráneas del templo.

Efectivamente, Carrigan y su tripulación no las habían explorado, de hecho ni siquiera habían encontrado indicios de que existiesen unas estancias subterráneas.

—La única estancia subterránea que hay en el templo es una habitación con un altar a unos dioses antiguos.

—Esa es la entrada. Por esa razón sé que no habéis podido saquear el templo, es necesario abrir una puerta secreta que se encuentra sellada mágicamente.

La capitana se quedó unos segundos pensativa. La idea de desenterrar un tesoro con más de tres mil años la seducía bastante.

—Bueno, a ver... desde mi punto de vista, no tengo mucho que perder, si me has mentido solo tengo que matarte y problema resuelto. ¿Estás seguro que querrías correr ese riesgo?

—No corro ningún riesgo, sé que está allí y, además, sé que quedarás muy satisfecha con este trato.

—Tengo que pensarlo detenidamente. Por lo pronto has conseguido que no te mate hoy, pero ahora vete.

Carrigan esperó hasta que Arzhavin se hubo marchado para pedirle a Takashi que no le quitase el ojo de encima.

SURCANDO LOS MARES

Al día siguiente, la capitana volvió a citar a Arzhavin para comunicarle que aceptaba llevarle hasta la isla, por una importante suma de dinero previamente y otra después, en el caso de que el tesoro que encontrasen no les pareciese lo suficientemente suculento.

La pirata le indicó que tenía que terminar de vender su mercancía y preparar el barco, con lo que no podrían partir hasta pasada una semana.

A la semana siguiente Takashi, la mano derecha de Carrigan, informó al mago que a la mañana siguiente el barco zarparía.

—Le estaremos esperando al alba. No se retrase.

Aquella misma tarde, Arzhavin acudió a ver a Raven que seguía con su adiestramiento vassari, aunque el mago ya le había comunicado que partirían en cualquier momento.

Antes de marcharse, el mago sacó de su mochila un pequeño tronco que había cogido de camino.

—Quiero que realices por última vez el conjuro que hemos estado practicando.

Tras comprobar los progresos de su aprendiz, el mago se marchó a avisar a Iskra y por último buscó a Risk, con la esperanza de poderle convencer de que no abandonase el proyecto.

—Mañana saldrá nuestro barco y a todos nos gustaría que nos acompañases. Entiendo que sientas que ha llegado la hora de volver a Puerto Verice, pero nuestro viaje está muy próximo a llegar a su fin, por lo que no pasarías mucho tiempo fuera.

—La verdad es que no sé bien qué hacer. Por un lado, quiero recuperar el tiempo perdido y por el otro, que ciertamente a nuestro viaje le queda muy poco.

—La decisión es tuya. De todos modos, mañana te estaremos esperando en el puerto al alba, por si decidieses acompañarnos finalmente.

Al día siguiente, los cuatro compañeros se presentaron en el muelle frente al Arpía Sangrienta, incluido el guerrero quien se unió en el último momento.

—Estos son mis compañeros Raven, Iskra y Risk, –comunicó Arzhavin al ver la expresión de asombro de la capitana.

—No comentaste nada de que fueses a viajar acompañado, –comentó Carrigan, que en realidad ya había recibido informes de todos ellos exceptuando a Raven, al que Takashi no había visto nunca.

—Espero que esto no os suponga ningún problema.

—No me gustan las sorpresas y, además, si lo hubieses mencionado, se les habrían preparado unos camastros.

—Te pido disculpas, a ti y a todos por las molestias.

—¡Chicos preparad unos camastros para nuestros invitados! Y vosotros, espero que sepáis desenvolveros en un barco, porque Arzhavin solo ha pagado su billete, así que tendréis que trabajar duro.

Raven, Iskra y Risk se pasaron el día ayudando al resto de piratas en las tareas del barco, cosa que tanto al chico como al guerrero les pareció muy emocionante, a pesar de que los piratas no les trataban con mucho respeto, sobre todo a Iskra. En una ocasión Carrigan tuvo que intervenir entre uno de sus esbirros y la elfa, ya que el pirata se estaba propasando, pero salvo por ese incidente, el día pasó sin mayores problemas.

Aquella noche, antes que se sirviese la cena, Arzhavin fue llamado por la capitana.

—¿Se puede?, –preguntó el mago, sorprendiéndose al ver que la pirata le estaba esperando sentada a una mesa lujosamente preparada para una cena.

Carrigan se estaba retocando el carmín de sus labios cuando el mago llegó. La atractiva capitana volvía a lucir su atuendo conformado por una elegante camisa blanca con el cuello hacia arriba y con los primeros botones abiertos mostrando un generoso escote, un pantalón ajustado de cuero negro que realzaba su espectacular figura y las clásicas botas piratas de excelente cuero también.

—Siéntate, tenemos asuntos que discutir. En unos instantes nos traerán la comida. Charlaremos mejor cenando.

Una vez sentado, Arzhavin observó que cerca de la capitana estaba de nuevo el extraño cofrecito de madera con su tapa abierta. Al mago le llamaba tanto la atención aquel objeto porque era el único que parecía no encajar con el resto de la decoración. De todos modos, prefirió no mirarlo demasiado para no levantar suspicacias y se centró en algo más típico en un hombre, en el sugerente escote.

—Veo que soy el centro de tu atención. Me gusta que se me mire, –dijo ésta al darse cuenta que Arzhavin le estaba mirando el pecho.

—Disculpa, pero esto parece más una cita que una negociación.

—No te creas tan especial, es que tratando las cosas cómodamente se obtienen mejores resultados.

Sobre la mesa había dos velas, una botella de vino y dos grandes copas, una para cada comensal, sobre un fino mantel blanco.

Carrigan tomó la botella y se sirvió un poco en su copa, luego le ofreció a Arzhavin que, gran amante de aquella bebida, aceptó encantado.

El mago esperó a que fuese Carrigan la primera en beber, no quería arriesgarse a que fuese una trampa, aunque no pensaba que eso fuese muy probable, de ser así la pirata no se habría preocupado en disponer todo con tanta elegancia.

—Si hubiese sabido que organizas las reuniones de esta manera me hubiera vestido para la ocasión, –dijo el mago, que vestía con unas carísimas ropas negras de exquisita manufactura y suma elegancia, como era costumbre en él.

—Pues si esas no son tus mejores galas, estoy impaciente por verlas, –contestó la capitana jugueteando con la copa sensualmente.

Un instante después un pirata pidió permiso para servir la comida. Carne de cerdo en su punto con una guarnición de verduras.

Ninguno de los dos dijo nada más hasta después de tomar unos bocados y que Carrigan sirviese otra copa.

—Veamos, para empezar quiero que me expliques por qué te acompañan tus compañeros y qué papel van a desempeñar en nuestra expedición.

—Raven, el más joven, es un viejo amigo y los otros dos son contratados para llevar a cabo mi búsqueda.

—¿Y qué buscas exactamente?, –preguntó la capitana volviendo a juguetear sensualmente con la copa de vino.

—Recuperar un artefacto que hay en el interior del templo de la isla.

—Eso suena bastante interesante...

—Una vez que lo veas, no te lo parecerá tanto.

—Bueno, entonces volvamos a tus compañeros. ¿Qué necesitas de ellos?

—Iskra es mi guía, vengo de tierras lejanas y ella nos ha traído hasta aquí. Después de recuperar el artefacto deberá guiarme de vuelta. Y Risk es un guerrero veterano que nos protege de los peligros de los caminos.

—Entiendo, pero no veo en qué te pueden ser útiles en la isla, una vez vea los tesoros de los que hablas y quede satisfecha, gustosa te volvería a dejar en puerto.

—Cuando consiga abrir la puerta mágica, accederemos a las estancias prohibidas del templo, habrá miles de trampas, les necesito para poder avanzar. No quería tener que pedirte que me acompañaran tus hombres a explorar una zona tan peligrosa.

—No obstante, me veo en la necesidad de que algunos de mis hombres os acompañen, comprenderás que debo velar por mis intereses.

—Supongo que sería una tontería negarme.

—Pues sí, –contestó volviendo a jugar sensualmente con la copa de vino, tras lo cual volvió a llenar ambas.

—Cuando estuve buscando un barco que me llevara hasta Los Colmillos del Mar, me dijeron que serías la única y, por sus descripciones, nunca te imaginé así.

—¿A qué te refieres?

—Muy pocos comentaron lo atractiva que eres, la mayoría usaban otros apelativos menos elegantes de pronunciar. Pero al margen de tu belleza, lo que más me sorprende es lo femenina que eres, teniendo en cuenta que diriges un barco pirata.

—No dirijo un barco pirata, somos mercaderes.

—Como ya te dije en otra ocasión, no es necesario que usemos eufemismos.

—Supongo que la descripción más común que habrás oído de mí, es que soy despiadada y que es peligroso hacer tratos conmigo. Que es del todo cierto. Debes comprender que en mi mundo es necesario hacerse una reputación y más concretamente, una mala. De no ser así, tendría el filo de una espada en mi garganta continuamente. Verás, este barco era de mi padre y, tras su muerte, muchos quisieron ocupar su lugar pero yo no estaba dispuesta a que nadie me quitase lo que es mío, así que tuve que matar a todos los que lo reclamaron y para que mi tripulación me respetara tuve que matar a otros tantos. He tenido mucho que demostrar a lo largo de mi vida.

—Y aun así mantienes los modales de toda una dama.

—Es lo que tenemos las mujeres, que no somos tan simples como los hombres.

La conversación duró muchas más horas y el vino no faltó en ningún momento.

El viaje duró poco más de dos semanas, donde el mayor incidente que ocurrió fue una noche en la que una fuerte tormenta hizo que el oleaje fuese enorme y todos tuvieron que acudir a la cubierta para hacer que el barco no volcara.

La mayoría de noches Arzhavin fue invitado a cenar por Carrigan a su camarote. Al mago le agradaba mucho cenar con la pirata, no solo por la compañía, sino también porque odiaba comer con el resto de la tripulación. La falta de modales de ésta le desagradaba bastante. A pesar de todo, al medioelfo le desconcertaba muchísimo la actitud de Carrigan que durante las cenas se mostraba amable y sensual y sin embargo, durante el resto del día, le trataba con indiferencia y rara vez cruzaba una mirada con él, o con alguno de sus compañeros, con los que no había hablado en ninguna ocasión.

La noche antes de llegar a la isla, Carrigan mandó llamar a Arzhavin para cenar, indicando que viniese vestido con sus mejores galas.

Cuando el mago entró por la puerta, la capitana pudo comprobar que el comentario de la otra noche no fue por presumir. Arzhavin se presentó vestido con unas elegantísimas ropas oscuras de manufactura élfica dignas de un príncipe.

—Veo que efectivamente no mentías con respecto a tu atuendo, –dijo la capitana al mismo tiempo que se acercaba al mago mostrando su elegante vestido blanco.

La pirata también se había vestido mucho más elegante que de costumbre. En aquella ocasión vestía un vestido largo de color blanco, que realzaba su bronceado y su figura. El vestido tenía una raja en el lado izquierdo que iba desde la cintura hasta abajo, permitiendo que se viese la pierna de la capitana y unos zapatos blancos con un gran tacón. El pelo lo llevaba suelto y los labios pintados de un rojo intenso.

Carrigan se paró a corta distancia del mago, dejo pasar unos segundos para que creciese la tensión y después le mostró una cajita con un lujoso collar:

—¿Me ayudas?

Después de que Arzhavin cogiese la joya, la capitana se dio la vuelta aproximándose más todavía, tanto que sus nalgas estaban en contacto con el mago. Luego apartó su pelirroja melena para permitir que le pusiese el collar.

—Tú también te has preparado para la ocasión, –dijo el mago con la voz ligeramente entrecortada–, ¿hay algo que celebrar?

—Tal vez, –contestó la pirata al mismo tiempo que acercaba su cara a la de Arzhavin.

La pirata se paró justo cuando sus labios rozaban los del mago, esperando que fuese él quien la besara a ella. Arzhavin, que entendió perfectamente el mensaje, le cogió sutilmente por la cintura y la besó.

Tras el beso, la capitana cogió de la mano al mago y lo llevó hasta su cama, que ahora estaba decorada con un fino dosel de seda semitransparente.

Carrigan dejó al mago frente a los pies de la cama y ella se dirigió hacia un lateral de ésta. Una vez allí y con tan solo un leve gesto, hizo que el vestido cayese al suelo dejando ver su cuerpo completamente desnudo. Tras esto, la capitana retiró el dosel y pasó al interior, invitando a Arzhavin con un sensual gesto.

La noche de pasión fue intensa, ambos parecían saber muy bien lo que quería el otro, dando la impresión de llevar años como amantes.

—Debo confesar que hacía mucho tiempo que nadie me hacía sentir tan mujer, pero entenderás que esto no cambia nada entre nosotros, –dijo la capitana mientras acariciaba el cuerpo del mago, sobre quién estaba apoyada cariñosamente.

—Lo que intentas decir es que esto solo ha sido sexo, ¿no es así?, –añadió el mago que jugueteaba con la melena de la capitana.

—Exactamente.

—Te vuelvo a decir que no es necesario recurrir a eufemismos entre nosotros.

—Bueno, es importante que queden las cosas claras. Ahora deberías marcharte, por la mañana llegaremos a la isla y comenzará tu parte del trabajo.

Arzhavin asintió con un gesto.

—Por cierto, ocho de mis hombres os acompañarán en la expedición. Espero que entiendas que debo velar por mis intereses.

—Ha quedado muy claro que velas por tus intereses, –indicó tranquilamente el mago, mientras terminaba de vestirse.

—Una cosa más. En la isla tenemos un campamento. Parte de la tripulación se quedará en el barco y otra irá al campamento a realizar una serie de tareas. Si necesitárais algo, podéis acudir allí.

LEREIDASS

Por la mañana llegaron a la isla. Carrigan formó un grupo de ocho piratas para que acompañasen en la expedición a Arzhavin y a sus compañeros.

Tras llegar a tierra, los piratas guiarían al grupo hasta las ruinas del templo a través de la jungla.

—Hay que tener cuidado, por aquí hay muchos animales hostiles, –informó uno de los piratas.

Tras varias horas, llegaron a las ruinas del templo, que habían sido casi devoradas por la jungla. Su estado era lamentable, prácticamente derrumbado y, para colmo, la vegetación había asaltado lo poco que quedaba del edificio.

Iskra se acercó a acariciar la deteriorada roca y posó uno de sus oídos como queriendo escuchar a los elfos que un día lo construyeron.

—¡Está hecho pedazos!, –dijo Risk.

Arzhavin se acercó a contemplar una columna que tenía unos inapreciables bajorrelieves, erosionados por el paso del tiempo.

—Este templo tiene más de tres mil años de antigüedad. Muchos de los afortunados que han podido contemplarlo, no pudieron entender por qué se levantó un templo tan lejos de cualquier lugar civilizado. Pues la razón es que este edificio no es un templo, sino una prisión.

—¿Una prisión, de qué estás hablando?, –preguntó un pirata.

—Esta prisión fue construida para encerrar a Amônzul y a todos sus seguidores.

Otro de los piratas se acercó agresivamente al mago.

—Pero si esto es una prisión, aquí no habrá ningún tesoro.

—Amônzul fue un poderoso nigromante, que llegó a crear un vasto imperio. Las leyendas cuentan que llevó la destrucción a grandes reinos, a los que sometía sin piedad alguna. Hasta que varios de ellos aunaron sus fuerzas para poder hacer frente a aquella amenaza. Se cuenta que en una memorable batalla, un poderoso héroe élfico consiguió debilitarlo, que era lo máximo a lo que se podía aspira, ya que existía la creencia de que Amônzul era inmortal. Tras la derrota del nigromante, los elfos le condenaron a una prisión, donde su maldad no pudiese seguir contaminando el mundo.

—¿No pretenderás liberarlo?, –preguntó Iskra alarmada.

—Para nada, como ya he mencionado, mi intención es recuperar una reliquia. Era humano, por lo que no era inmortal, hace mucho que abandonó nuestro mundo.

—Pero un poderoso nigromante podría haberse hecho inmortal mágicamente, ¿no es así?, –quiso saber Risk.

—Lo cierto es que sí, pero no debéis temer a un inmortal que lleva más de tres mil años encerrado bajo tierra. Si aún estuviese vivo, estará tan débil que ni siquiera podrá separar sus labios para hablar.

Las miradas de los presentes mostraban cierto recelo a las palabras de Arzhavin.

—Bueno, los cobardes es mejor que os quedéis al margen y no pongáis en peligro a los demás, –dijo el mago al mismo tiempo que pasaba al interior del edificio a través de un hueco dejado por el derrumbamiento de una pared.

—Cuando explorasteis esta construcción, ¿encontrasteis un altar?

—Sí, está por allí, –contestó uno de los piratas.

—Llevadme hasta allí.

El pirata les indicó dónde se encontraba el altar. El templo poseía una planta rectangular, sin habitaciones, solo tenía una estancia con una hilera de columnas y estatuas a cada lado. Al fondo de la sala se encontraba un pesado altar de piedra que había sido desplazado, probablemente por unos saqueadores, y que dejaba a la vista unas estrechas escaleras de piedra, que se perdían en la oscuridad. Dos piratas encendieron unas antorchas y bajaron con cuidado hasta una pequeña habitación, que tenía dos estatuas de guerreros flanqueando otro altar de piedra.

—Hemos intentado desplazar este otro, pero fue imposible. Esta habitación ha sido tallada directamente en la roca, –dijo un pirata que portaba una antorcha señalando el altar.

Arzhavin se acercó a inspeccionar el altar.

—Esta es la entrada, –aseguró el mago– ¿No es así, Raven?

Raven podía ver cómo el altar emitía una intensa aura mágica.

—Ese altar está encantado con una poderosa magia, –contestó el chico.

Los piratas miraron al joven con desconfianza.

—Bien... dejadme una antorcha aquí y subid a la planta de arriba, estaréis más seguros allí.

—¡De ninguna manera te vamos a dejar solo!, –gritó un pirata.

—Será mejor que le hagamos caso, debéis confiar más en nosotros, –añadió Risk de forma conciliadora.

—Que se queden si quieren, yo por mi parte haré lo que dice Arzhavin, –añadió Raven secamente mientras empezaba a subir por las estrechas escaleras.

Los piratas accedieron a regañadientes, ya que no tenían más elección que dejar que Arzhavin hiciese su trabajo tranquilamente, cualquiera que fuese.

El grupo volvió a la sala principal donde Iskra se paró a contemplar una de las estatuas. Estaba muy desgastada por el tiempo, pero aún podía apreciarse que se trataba de la figura de un elfo.

Los piratas se sentaron en círculo en medio de la sala y empezaron a murmurar. Raven, a pesar de haberse quedado cerca de éstos, no les estaba prestando atención, ya que estaba muy pendiente de las energías, que aún podía percibir, de la planta inferior.

—Era un hechicero, ¿verdad?, –preguntó Risk.

—No lo sé, ¿qué te hace pensar eso?

—Por el tipo de túnica que lleva.

—No has tenido mucho trato con elfos, ¿verdad?

—Eres la primera.

—Este tipo de túnica es una vestimenta muy común entre los elfos. Además no todos los magos visten con túnicas. Tú conoces a uno...

Iskra lanzó una mirada hacia Raven y susurró:

—Bueno a dos.

—¿Te refieres a Raven?

—¡Es increíble la percepción de los humanos! A menudo Raven utiliza hechizos para aumentar sus habilidades de combate.

—Raven es impresionante.

—Pues sí, he conocido a muy pocos en mi vida que pudiesen manejar las armas y la magia y así de bien.

—Lo cierto es que llevo tiempo sospechándolo, en algunas ocasiones he observado que Raven se mueve a una velocidad sobrehumana.

—Y no olvides que puede ver en la oscuridad, aunque quizás eso sea gracias a esos extraños ojos que tiene, capaces incluso de ver la magia.

—Por cierto, ¿conocías la existencia de este lugar o de ellos? –preguntó Risk pasando una mano sobre la túnica de la estatua.

—Absolutamente nada, me imagino que estas estatuas están dedicadas a los héroes de la batalla en la que vencieron a Amônzul, –respondió Iskra acercándose a otra estatua que le llamó la atención– ¡Mira!, aquí hay una imagen de un humano.

—Entonces en esa batalla también combatió un reino humano. Por lo visto, hubo una época en que los humanos y los elfos se apoyaban y combatían como hermanos, –añadió solemne el guerrero.

—Sí que ha habido épocas en las que humanos, enanos y elfos comerciaban y se prestaban ayuda los unos a los otros.

En ocasiones la elfa le parecía tan antigua a Risk que no podía creer que pareciese que tuviese unos veintitantos años. A su lado, él parecía su padre, pero en cambio ella ya había vivido muchas vidas humanas antes que él naciese.

Poco antes de que transcurriese una hora desde que dejaran la habitación secreta, Arzhavin subió a avisar que ya podían continuar.

La expedición al completo bajó por las escaleras comprobando que ya no existía el altar. Cuando Arzhavin concluyó el ritual, éste se derrumbó transformándose en arena y dejando visibles unas nuevas escaleras.

Raven había estado muy concentrado en las energías que percibía del piso de abajo. El chico captó cómo la energía de su maestro y la de otro ser, que no le era del todo desconocida, se unían para destruir el encantamiento que había en la sala subterránea.

Aunque Arzhavin no mostró signo alguno, Raven sabía que se sentía muy cansado. El mago había tenido que usar mucha energía para destruir el encantamiento y ahora estaba debilitado.

Todos bajaron por las nuevas escaleras, que llevaban hasta un estrecho pasillo, cuyo final no se alcanzaba a ver con la luz que emitían las antorchas. Las paredes del pasillo no eran tan lisas como las de las estancias anteriores, sino que eran rocosas e irregulares.

El grupo avanzaba despacio, de dos en dos, siendo Iskra y Raven los más adelantados, para no ser sorprendidos por ninguna trampa.

Conforme iban avanzando, el pasillo se iba inclinando hacia abajo y al poco llegaron a una parte en que giraba en redondo, bajando ahora en el otro sentido. Tras un buen rato de seguir caminando por el largo pasillo, llegaron hasta una puerta metálica.

—Os aconsejaría que retrocedieseis, de nuevo tengo que romper un encantamiento y no me gusta trabajar con tantos ojos puestos sobre mí. En esta ocasión tengo que hacer una obra de arte, –añadió el mago recalcando sus últimas palabras.

Para los presentes esas palabras no tenían ningún significado, excepto para Raven, que había escuchado en numerosas ocasiones a Arzhavin llamar obras de arte a las ilusiones que creaba.

El chico de nuevo hizo que el grupo se alejase de su maestro lo suficiente para que le diesen la intimidad que demandaba, pero no tanto como para que le impidiese percibir cómo un foco de energía mágica, era moldeado por la voluntad de éste.

Arzhavin, una vez acabó su obra de arte, se concentró en la cerradura mágica de la puerta y estimó que no sería necesario malgastar sus energías, ya que la espada que poseía podía cortar cualquier cosa. El mago desenvainó la mandoble que portaba a su espalda y, activando la magia imbuida en ella, atacó a la puerta hasta que consiguió hacer un agujero en ella.

—¡Vamos, venid!

El mago cruzó por el agujero seguido del resto, pasando a una sala cuyas paredes estaban hechas de grandes bloques de piedra. Al fondo había unas enormes rejas de metal que iban de pared a pared y tras éstas, un sinfín de objetos dorados y joyas.

—¡El tesoro!, –gritó exaltado uno de los piratas.

—¡Mirad, es inmenso!, –dijo otro tratando de alcanzar algún objeto.

—¡Eh!, ¿qué crees que estás haciendo? Carrigan debe ser quien lo reparta. Si se entera que has intentado coger algo te mataría por ladrón.

—Curiosa ley, –añadió Arzhavin, que no se había ni molestado en mirar el tesoro. Todo lo contrario, estaba muy entusiasmado sacudiendo el polvo de una pared–. Tras esto está lo que busco.

Arzhavin dejó al descubierto una especie de puerta dibujada en la pared a base de runas. Luego buscó en su mochila y sacó un medallón que Raven no había visto nunca.

El mago se enrolló la cadena del medallón en su mano izquierda dejando que éste quedara colgando. Acto seguido se apoyó con el brazo derecho sobre la puerta imaginaria y empezó a murmurar en una lengua desconocida por todos los presentes, excepto por Raven, que sabía perfectamente que se trataba del lenguaje de la magia.

Unos instante más tarde y tras una intensa batalla entre el hechicero y el sello mágico, las runas se iluminaron provocando un potente fulgor que destelló a todos los presentes dejándolos ciegos durante un par de segundos. Tras esto la zona de bloques de piedra delimitada por el marco rúnico, se empezó a convertir primero en tierra compacta, para luego acabar derrumbándose como lo hace un castillo de arena cuando ésta se seca y la arrastra el viento.

Raven, que estuvo muy atento a lo que hacía su maestro, pudo percibir que de aquel medallón salió la energía que permitió que el sello se rompiese, convirtiendo la piedra en fina arena.

A Arzhavin se le dibujó una sonrisa en la cara, sentía que su búsqueda iba a llegar a su fin.

—Bienvenidos a la celda de Amônzul.

La garra de Amônzul

Una ráfaga de viento helado, con hedor a muerte, salió del hueco que quedó tras la ruptura del sello y heló los corazones de todos los presentes derrumbando por completo su moral. Un mal presentimiento invadió a todos a excepción del exultante mago.

—Seguidme, –ordenó Arzhavin, que veía en las expresiones de todos el deseo de salir huyendo–, más os vale hacer todo lo que os diga a partir de ahora, si queréis seguir con vida, añadió con tono sombrío.

Ninguno se sentía con la suficiente voluntad de contradecir al mago, por lo que, uno a uno, todos fueron pasando por el hueco.

El grupo avanzó por un estrechísimo pasillo de afiladas rocas que, tras unos metros, dio paso a una gran caverna. Ninguno podía asegurar lo grande de su tamaño ya que nadie era capaz de ver nada más allá de la poca luz de las antorchas. La oscuridad era tan absoluta que tenía algo de sobrenatural en sí misma.

Un frío sobrecogedor abordó al grupo, al mismo tiempo que el halo de luz de las antorchas iba disminuyendo hasta apagarse. Por suerte, la oscuridad no pudo envolverlos, ya que el medallón plateado de Arzhavin comenzó a emitir una tenue luz blanca, mostrando la pureza de la magia imbuida en aquella reliquia, cuya luz, a pesar de lo sobrecogedor de la situación, era capaz de proyectar esperanza y tranquilidad, reconfortándolos a todos.

Aquella esperanzadora luz, solo era capaz de envolver al grupo y poco más, no era suficiente para poder ver en qué dirección tenían que avanzar.

De repente, la sensación de malestar volvió a acrecentarse, justo un instante antes de que Raven desenvainara sus espadas. Instintivamente todos, excepto el mago, hicieron lo mismo.

—¿Qué son esas cosas?, –preguntó tan asustado el chico que alarmó al resto, ciegos en aquella negrura.

De repente empezaron a oír cómo algo se acercaba arrastrándose y emitiendo unos lastimeros gemidos. El grupo se apretó, espalda con espalda, intentando sobreponerse al miedo que los invadía. Unos segundo después todo empeoró. Miles de ojos rojos se hicieron visibles en todas direcciones y los lastimeros gemidos ahora provenían de todas partes.

Un instante después, pudieron ver cómo les rodeaban cientos de cadáveres. Éstos intentaban atrapar a alguno de los vivos, pero cada vez que alguna parte de sus demacrados cuerpos entraba en contacto con el halo de luz, eran repelidos por un intenso dolor al que respondían con terroríficos alaridos. Aquella luz los abrasaba, pero a pesar de eso, no podían refrenar sus ansias tras miles de años encerrados.

Risk tuvo que propinar un fuerte golpe con su escudo a una de las criaturas, para que ésta no le agarrase.

—¡Están por todas partes!, –grito desesperado uno de los piratas.

El halo de luz era pequeño y los intentos de los muertos por hacerse con los vivos se iban intensificando. Raven también tuvo que defenderse de un ataque, asestando un corte que acabó cortando un brazo a uno de ellos. Acto seguido uno de los piratas propinó una patada al vientre de otro, lanzándolo contra la multitud que había tras éste, pero tuvo la mala suerte de que otro cadáver agarrase su pierna, que se había salido del halo y en contra de lo que todos podían pensar, aquellos cadáveres, que apenas podían erguirse por completo, poseían una fuerza sobrenatural.

El muerto viviente tiró de la pierna del desafortunado pirata, sacándolo de la protección de la luz y una multitud de cadáveres se le lanzó encima devorándolo vivo.

Los gritos eran espeluznantes.

El grupo se defendía a duras penas de los continuos ataques de aquella muchedumbre, cuyo ímpetu había crecido enormemente debido al frenesí provocado por el descuartizamiento del pobre pirata. Pero cuando todo parecía perdido, los muertos vivientes retrocedieron con temor. Arzhavin, con una explosión de poder proyectada sobre el amuleto, hizo que ésta se intensificara, haciendo su radio mucho más grande.

Aquellos cadáveres a los que no les dio tiempo retroceder se desplomaron como si un ácido muy corrosivo los consumiera.

Ahora el grupo estaba lejos del alcance de muertos vivientes, que miraban el medallón con odio y temor.

—Seguidme, –dijo pausadamente el mago, reanudando la marcha–. Es por aquí.

El grupo empezó a andar entre una multitud de cadáveres que se iban apartando de la luz blanca que tanto parecían temer.

Avanzaban despacio, pero con decisión, hasta que Arzhavin hincó una rodilla en el rocoso suelo. La luz de la reliquia se volvió tenue de nuevo. El mago estaba agotado, había tenido que gastar demasiada energía para destruir los sellos y ahora no podía ni mantenerse en pie.

Los muertos vivientes aprovecharon la ocasión para lanzarse sobre los vivos. Iskra tuvo que golpear con su espada a otro cadáver que intentó cogerla, luego fueron Raven y Risk quienes tuvieron que responder a un ataque y los piratas unos segundos después.

Arzhavin, apelando a las últimas fuerzas que le quedaban, volvió a incrementar el halo de luz con una nueva ola de poder, pero un instante después, empezó a sentirse mareado y la luz de la reliquia volvió a disminuir, dando la impresión que se apagaría en segundos.

El halo de luz disminuyó lo suficiente para darle ocasión a un cadáver de agarrar el brazo del arma de Iskra, que no fue sacada del halo que los protegía porque Risk y dos piratas más la agarraron y a pesar de ser tres contra uno, el muerto viviente los estaba arrastrando a todos.

Iskra gritaba de dolor, sentía que le iba a arrancar el brazo, además de ver cómo otro se lanzaba a propinarle un mordisco, cuando de repente, la luz se volvió a intensificar, haciéndose brillante y poderosa.

Esta vez era Raven quien portaba la reliquia. El grupo se quedó asombrado al ver que los exóticos ojos violetas del chico se habían vuelto rojos y feroces, recordando a los de los muertos que les acechaban en la oscuridad.

El halo de luz ahora era mucho más grande que antes, manteniendo a los muertos bien alejados y, además, proyectaba una sensación de seguridad que reconfortó a todo el grupo, levantando de los suelos su moral.

—¿Raven, estás bien?, –preguntó la elfa preocupada.

—Está bien, –contestó con trabajo el mago, mientras se desenrollaba la cadena del medallón–. Cuando está en estado de alta excitación, sus ojos se tornan rojos. Cuanto más excitado, más rojos se vuelven. Debe ser un efecto que le provoca la adrenalina.

—Continuemos, no sé cuánto tiempo podré mantener esto.

Risk miraba asombrado al chico, ya que aunque lo sospechaba desde hacía tiempo e Iskra se lo había confirmado, nunca había visto realmente a Raven manipular la magia. A pesar de que más de una vez le había parecido muy extraña la velocidad de movimientos del chico, para el guerrero, todo en Raven era extraordinario. Empezando por sus ojos.

—Casi hemos llegado, –anunció el exhausto mago.

A pocos metros pudieron ver algo que los horrorizó, un nuevo altar de piedra, pero en esta ocasión había un cuerpo descuartizado sobre él y cuyas partes estaban encadenadas con multitud de cadenas.

—Éste debió ser Amônzul, –continuó el mago.

—Esto es una crueldad, –dijo la elfa sobrecogida.

—Probablemente no tuvieron más remedio, –respondió el mago–. Observa que su cuerpo no se ha podrido, su piel solo se ha secado como la de un cadáver momificado. Creo que no me equivoco al decir que éstos debieron ser sus seguidores, –añadió señalando a los muertos vivientes, que aguardaban una oportunidad en torno a la luz que los mantenía a salvo–. Todo esto es obra de una magia negra muy poderosa. Por lo que se ve, se podría decir que, efectivamente, estamos en presencia de un ser inmortal.

—Por tanto las leyendas son ciertas, –dijo el guerrero.

—Es verdad, –añadió Raven–, percibo mucha magia en ese cuerpo.

—Incluso yo, –dijo Iskra.

—Entonces... ¿quieres decir que ahora tendremos que enfrentarnos a él?, –preguntó aterrorizado uno de los piratas.

—De hecho, hace rato que lo estamos haciendo. Esta horda de muertos vivientes es obra suya. Él la controla para defenderse de nosotros. Pero probablemente es todo lo que puede hacer, ya que lo que estáis viendo aquí es el típico ritual de encarcelamiento de un liche.

—Y si controla a los muertos vivientes, ¿por qué no les ordena que lo liberen?, –quiso saber Risk.

—Esa es una buena pregunta. ¿Veis todas esas runas?, –contestó el mago señalando hacia el suelo.

Nadie se había percatado de ello hasta ahora, absortos por el cadáver de Amônzul. Ahora no estaban sobre el rocoso suelo por el que habían llegado. El altar estaba construido en piedra muy bien pulida sobre un suelo liso tallado a conciencia y sobre el que había cientos de runas y extraños dibujos.

—Son sellos mágicos. De hecho todo el altar está rodeado. Estos sellos fueron realizados por un grupo de archimagos que utilizaron todo su poder para construir la mayor prisión para un no muerto jamás fabricada. Es tan poderosa que ninguno puede atravesarla. Ni siquiera él podría, –dijo señalando al altar–. Por cierto, ya podéis volver a encender las antorchas. Así, Raven podrá descansar. Aquí no nos pueden atacar.

—Esos archimagos de los que hablas, son los representados por las estatuas de arriba, ¿verdad?, –preguntó la elfa.

—Los mismos, –contestó el mago al mismo tiempo que Risk le lanzó un gesto a la elfa como diciéndole "te lo dije"–, que según cuentan las leyendas, perecieron al crear estos sellos.

—¿Qué es un liche? –quiso saber un intranquilo pirata.

—Un muerto viviente muy poderoso. Una de las aberraciones más grandes que existe, –contestó la elfa.

—Correcto, pero a diferencia de los miles que están ahí fuera, los liches no pierden su consciencia al convertirse en un no muerto. Como ha dicho Iskra, son muy poderosos, pero no son indestructibles, existe una forma de acabar con ellos, –continuó Arzhavin mientras se acercaba al altar.

—Destruyendo su corazón, –añadió la elfa.

—Sí, –confirmó el mago, mientras retiraba la pieza de armadura del pecho del cadáver, comprobando que a aquel cuerpo se le había extraído el corazón–, pero mucho me temo, que Amônzul lo ocultó muy bien y nunca ha sido encontrado. Por tanto, deduzco que esta fue la única forma que encontraron de acabar con él, impidiendo que su cuerpo se regenerase y volviera a la vida, tras haber sido vencido.

Arzhavin observó cómo los miembros habían sido amputados y colocados donde correspondían pero bastante separados unos de otros. A su vez cada miembro había sido fijado a la piedra con unos grandes clavos y encadenados a conciencia. Observó también que tanto los clavos como las cadenas estaban construidas en plata, metal que abrasa a los no muertos con su contacto.

Tras un rato manipulando el brazo izquierdo de la criatura, Arzhavin consiguió extraer un brazalete de un extraño metal oscuro. Lo mostró al resto y dijo:

—Este es el único objeto que quiero, el resto es todo vuestro.

Tras decir aquello, se lo colocó en su brazo izquierdo. Una vez el brazalete estuvo perfectamente colocado en el brazo del mago, miles de pequeñas agujas se clavaron en éste, haciendo que el medioelfo perdiera la verticalidad gritando de dolor. No se derramó ni una sola gota de sangre y las venas del brazo del mago se tornaron oscuras.

—¡Arzhavin! –gritó Raven acercándose rápidamente a su maestro para impedir que se precipitase contra el suelo.

—Estoy bien, –respondió éste incorporándose.

—¿Qué ha ocurrido? –preguntó con desconfianza la elfa.

—No estoy seguro, –mintió el mago, que sabía que la reliquia había respondido a su llamada y mediante esto, ambos habían entrado en simbiosis. Algunos artefactos de sumo poder poseen alguna especie de conciencia–. Debemos apresurarnos en salir de aquí, me siento muy fatigado y todavía tengo que restablecer el sello de esta prisión.

Esas últimas palabras del mago animaron a la elfa, que estaba empezando a pensar que había colaborado en el resurgir de un nuevo gran mal. Aunque aun así, todos sentían una gran desconfianza hacia Arzhavin.

El intranquilo grupo avanzó despacio en la dirección opuesta para poder volver a la salida. Raven, que volvía a tener los ojos violeta, ahora proyectaba un halo de luz mucho más pequeño, pero a pesar de ello, ningún muerto se les acercó.

El mago, conforme avanzaba, empezaba a oír con mayor nitidez lo que en un principio parecían susurros. Antes de alcanzar la salida era capaz de escuchar los lamentos de los muertos vivientes que lo rodeaban, cuya actitud había cambiado. Ahora no se mostraban agresivos, sino expectantes. El mago podía oír cómo aquellos cadáveres le suplicaban que liberara sus almas y les permitiesen morir en paz.

Cuando alcanzaron la estrecha galería, el grupo apresuró la marcha. Una vez llegaron a la cámara del tesoro, los piratas volvieron a encender las antorchas y todos se sintieron más seguros. Aquella posición era mucho más fácil de defender.

—Por favor, apartaos. He de hacer otra obra de arte para asegurar que todo siga bajo control.

Aquello desconcertó a Raven, «¿qué estará tramando?», se preguntó el chico, cuya confianza en su maestro ese staba mermando a raíz de los últimos acontecimientos.

Arzhavin se sentó en el suelo y se concentró, su energía era muy limitada, pero tenía que hacer un último esfuerzo. Lanzó un mensaje mental a los muertos vivientes:

—Os daré la libertad que tanto ansiáis, pero debéis hacer algo por mí primero.

Tras comunicarles la que sería su última misión en este mundo, Arzhavin volvió a concentrarse.

El grupo vio cómo las arenas volvían a tapar el hueco rúnico y cómo ésta volvía a convertirse en sólida roca, quedando como si nunca hubiesen estado allí.

Arzhavin quedó casi exhausto. De nuevo, Raven tuvo que ayudarlo a incorporarse y a andar. Iskra fue la última en abandonar la sala y, antes de hacerlo, golpeó con fuerza la pared delimitada por el marco rúnico. Era tan sólida como el resto de la sala.

El grupo dejó atrás el templo élfico, con intención de volver al campamento de la playa y, posteriormente, presentarse ante Carrigan para concluir con lo pactado.

Mostrando las cartas

La expedición regresó al navío en una barca, que tomaron en el campamento de la playa.

Los piratas que estaban en la cubierta ayudaron a subir a los recién llegados. Mientras Takashi acompañaba a Arzhavin, otros piratas preguntaban a los siete que regresaron si de verdad existía el tesoro.

Todos entraron en el camarote de la capitana, que estaba sentada en su escritorio revisando unas cartas de navegación.

Una vez allí, a Raven, que era la primera vez que entraba en los aposentos de la capitana, le llamó mucho la atención un objeto del que podía percibir un extraño comportamiento. Se trataba de un cofrecito de madera abierto que había sobre la mesa donde Carrigan estaba esperándolos.

—Buenas noches caballeros y señorita, –dijo cortésmente.

Arzhavin permitió que fuesen los tres piratas los que contaran lo ocurrido. Cómo el mago había ido abriendo el camino, qué tan grande era el tesoro y cómo murió su desafortunado compañero.

—Bien... entonces, si tú ya has tomado tu parte del botín, es nuestro turno ahora.

Arzhavin asintió con un gesto.

—Pues en ese caso... os rogaría que os despojéis de vuestras armas y hagamos esto de la forma más civilizada posible. Si colaboráis no reparará en devolveros con vida a tierra.

Los piratas presentes en el camarote desenvainaron sus espadas y Raven, Iskra y Risk hicieron lo mismo.

—Por favor, me vais a destrozar el camarote.

Arzhavin intentó realizar un sortilegio, pero le fue imposible. No entendía lo que ocurría, era incapaz de realizar un hechizo, sabía que se había tenido que extralimitar para realizar el último, pero lo más le extrañó es que se sintió incapaz de percibir el poder.

—¡Vosotros!, dejad que Takashi los reduzca, –ordenó la capitana a sus esbirros, mientras se levantaba de su sillón.

Carrigan miraba divertida al mago. Se dio cuenta de que estaba debatiéndose por realizar un conjuro y sabía perfectamente que no conseguiría hacerlo.

—¿Algún problema, querido?, –preguntó socarrona.

Takashi desenvainó las dos espadas cortas orientales, que portaba tras la parte baja de su espalda y realizó un amago de ataque sobre Iskra, que intentó bloquearlo desatendiendo el punto que realmente éste quería atacar. Después de que Takashi le propinara un barrido con la pierna, la elfa cayó, dándose un fuerte golpe en la espalda. Todo sucedió a una velocidad sorprendente.

Raven y Risk quisieron responder al ataque del oriental, pero éste les bloqueó a cada uno con una de sus armas.

Los dos compañeros siguieron atacando, pero el exótico pirata se defendía con una habilidad y maestría de movimientos nunca vista por éstos. Sus movimientos daban la impresión de formar parte de una confeccionada coreografía. Además de manejar espectacularmente las dos espadas, usaba el movimiento de su cuerpo y el de sus rivales para desequilibrarlos. La destreza de Takashi superaba por mucho a la de Raven.

Risk cometió el error de pensar que había abierto un hueco en las defensas del exótico pirata, así que lanzó un fuerte golpe que con una finta Takashi convirtió en un lanzamiento. El guerrero salió despedido contra el suelo, dándose un fuerte golpe en la cabeza.

Raven quiso aprovechar ese instante en el que el oriental estaba pendiente del ataque del guerrero para realizar el hechizo que aumenta su velocidad de movimiento, pero en vez de lanzarlo sintió cómo su poder se desprendía de él. Ese instante de confusión del chico fue aprovechado por su rival que le propinó un fuerte puñetazo en la cara que lo dejó inconsciente.

Con sus tres compañeros reducidos, Arzhavin hizo un gesto de sumisión. El mago se sentía abatido, era la primera vez en su vida que sentía el amargo sabor de la derrota.

—Atadlos y luego lleváoslos a la bodega, a todos menos al mago, quiero tener una conversación con él.

Carrigan le pidió a Takashi que fuesen preparando los botes, quería partir cuanto antes a las ruinas para poder ver ese tesoro.

La pirata y el mago se quedaron solos en el camarote.

—Hubiese sido más sencillo si hubierais colaborado. Me he preocupado bastante toda esta semana en intentar transmitirte que tengo una reputación que proteger. Ahora, si os dejara con vida, podría mostrar una misericordia entre los míos que no me beneficiará en nada.

—No creo que estuviese entre tus planes dejarme vivir.

—Ni te imaginas los planes que podría haber tenido para ti, –dijo con un tono que se tornó amargo.

—Te dejaré aquí mientras recuperamos el tesoro. Puede que éste os salve la vida, ¿quién sabe?

«Seguro que lo hará, querida», pensó éste.

—No pienses que soy una psicópata. La ruptura de nuestro trato tiene una razón. Supongo que si de todo ese tesoro, por valioso que sea, solo tomas ese objeto, es que debe de ser el más valioso y, según las normas de la piratería, me pertenece. Así que, como estoy segura que no me lo ofrecerás por las buenas, me veo en la necesidad de tenértelo que pedir por las malas. ¿No sabías que coger algo de un botín antes que tu capitán se considera robar?

—Algo he oído.

—Pues entonces sabrás que el castigo es la muerte, –dijo la pirata retirando la manga de la túnica de Arzhavin para contemplar el brazalete–. Te lo dejaré por el momento, prefiero quitártelo tranquilamente, –añadió mirando directamente a los ojos del mago con un tono de voz sensual.

—Todo está listo, –interrumpió Takashi.

—Bien, átalo a la columna.

Un rato después, Raven despertó ligeramente aturdido.

—¿Te encuentras bien?, –preguntó la elfa.

El chico asintió con la cabeza. Al despejarse un poco, pudo ver que se encontraba en la bodega del barco, atado a la base del mástil, junto con sus compañeros.

—A Arzhavin no lo han bajado, –dijo Risk.

—Creo que Carrigan tiene otros planes para él, –añadió la elfa.

—¿Piensas que Arzhavin nos ha traicionado?, –preguntó el guerrero.

—No es eso a lo que me refiero. Pero ahora que lo dices... no entiendo por qué no ha usado su magia para evitar que nos capturasen.

—Puede que estuviese tan cansado que no pudo realizar ningún hechizo... o quizás tenga un plan y ha permitido que nos capturasen para llevarlo a cabo –continuó Risk.

—De todos modos, no creo que Arzhavin nos traicione nunca, para eso tendríamos que estar en el mismo bando y él parece pertenecer a uno propio.

—Es cierto que no pudo realizar ningún hechizo, pero no por cansancio, yo tampoco pude.

—Entonces, ¿tú también eres un hechicero?, –preguntó Risk con falso asombro.

—Bueno, Arzhavin me denomina semihechicero, porque combino las armas con la magia. Y por cierto, mientes muy mal.

Raven se concentró para comprobar si era capaz de sentir su poder. Ahora sí lo percibía, sabía que podría realizar un sortilegio. Entonces, «¿qué había ocurrido antes?». Eso no lo sabía, pero estaba seguro que Carrigan estaba detrás de todo eso. No la había visto mucho durante el viaje, de hecho no había hablado en ninguna ocasión con nadie del grupo, excepto con Arzhavin.

A Raven le daba la sensación de que ellos, para la capitana, no eran más que los criados de su invitado, con los que no tenía que intercambiar ni una sola mirada. Eso le molestaba enormemente y estaba dispuesto a demostrarle que había cometido un grave error al subestimarlo.

Se concentró, para luego realizar el hechizo que aumenta todas sus capacidades sensoriales. Quería intentar averiguar cuántos piratas quedaban aún en el barco.

Raven, a lo largo de este viaje, había conocido magia mucho más poderosa que la de su maestro, pero cada día estaba más convencido de que Arzhavin tenía un talento especial, que le hacía ir siempre un paso por delante. Ahora comprendía a qué se refería el mago con que debía realizar una obra de arte, para asegurarse de que todo seguía bajo control y también comprendió que el último hechizo que le enseñó era por si se veían en una situación como esta.

El chico volvió a concentrarse para poder realizar este último hechizo. Iskra y Risk empezaron a sentir un frío helado cerca de sus manos, que estaban atadas entre sí y luego atadas con otra cuerda, junto a las de sus compañeros, a la base del mástil. Raven congeló las cuerdas que envolvían sus manos, para luego romperlas con un fuerte golpe.

Arzhavin, durante las dos últimas semanas que estuvieron en Puerto Verice, le estuvo enseñando un conjuro al que llamaba Toque Helado, con el que podría congelar cualquier cosa que sus manos tocasen.

Tras deshacerse de las cuerdas de sus manos, hizo lo propio con las de los pies y por último liberó a sus amigos. Una vez incorporados, Raven les indicó las posiciones de los piratas que había podido detectar.

—Risk tiene razón, Arzhavin tiene un plan y hace mucho que lo estamos siguiendo, –les indicó.

—Nuestras armas no están por aquí, –susurró la elfa.

—Yo aún me guardo un par de ases bajo la manga, –añadió el chico mostrando las dagas que ocultaba bajo las mangas de su camisa.

Takashi había elaborado un informe detallado de todos ellos, excepto de Raven, al que no consiguió ver en ninguna ocasión. Éste no era consciente de ello, pero le estaba proporcionando una importante ventaja frente a sus oponentes.

Raven les entregó las dagas a sus dos compañeros.

—Yo voy a congelar la cerradura de esa puerta, tú que eres más fuerte tira de ella y tú, Iskra, abalánzate hacia el pirata que hay detrás. Si lo hacemos bien coordinados, puede que el resto no se dé cuenta.

Los tres llevaron a cabo el plan a la perfección, el pirata recibió un golpe mortal en la garganta y murió tras unos segundos, ahogado con su propia sangre. Otro pirata llego solo un instante después, alertado por un ruido, pero fue abatido rápidamente por Risk, quien le lanzó la daga hacia el pecho, antes de que éste le pudiera ver.

Iskra y Risk tomaron las armas de los piratas y devolvieron las dagas a su dueño.

—He detectado a unos cinco más.

—Lo malo es que sean como el tal Takashi, –respondió el guerrero.

—No lo creo, estoy seguro que todo está ocurriendo tal y como Arzhavin ha planeado, –aseguró el chico.

—¿A qué te refieres?, –preguntó Iskra.

—Arzhavin me enseñó este hechizo poco antes de venir aquí y me consta que les ha dejado una sorpresa en la isla.

—Explícate, –le imperó Risk.

—El tesoro que visteis no era real. Arzhavin creó una ilusión, seguramente para darles a los piratas lo que querían. Igualmente hizo con la entrada a la prisión de Amônzul, no reconstruyó el sello de protección, sino que creó una nueva ilusión.

—Pero si yo misma comprobé la firmeza de la piedra...

—Arzhavin es un maestro del ilusionismo. Puede crear ilusiones que afecten a todos los sentidos. Lo que quiero decir es que creíste que golpeaste algo firme porque Arzhavin dotó a su ilusión de la capacidad de transmitir esa sensación.

—Pero entonces... ¡hemos dejado libre el mal que estaba encerrado allí!, –se alarmó la elfa.

—Bueno, solo espero que Arzhavin tenga una solución para eso también. A veces, puede parecer que sus acciones no son las más adecuadas, pero he aprendido a no cuestionarlas, ya que me ha demostrado en incontables situaciones que él va un paso por delante.

Iskra no se había quedado muy convencida y estaba dispuesta a ajustar cuentas con el mago, del que cada vez se fiaba menos.

Los tres compañeros avanzaron sigilosamente por el barco, en busca de sus pertenencias, las encontraron amontonadas donde dormía la tripulación. Acto seguido, se dirigieron a las escaleras de salida. Antes de pisar la cubierta, observaron desde éstas, pudiendo ver cómo unos cuantos piratas estaban atareados con los quehaceres del barco.

—Bien, yo voy a liberar a Arzhavin, vosotros cubridme.

Los tres irrumpieron en la cubierta sorprendiendo a los piratas que allí estaban. Raven salió corriendo a una velocidad sobrehumana y abrió de una patada la puerta del camarote de Carrigan, que era donde suponía que estaba su maestro. Mientras, Iskra y Risk se defendían de los ataques de los sorprendidos piratas.

Raven entró en el camarote y vio al mago que estaba atado en la base de una columna de madera.

—Rápido, libérame.

El chico se apresuró a congelar las cuerdas del mago, pero no pudo hacerlo. Volvía a sentir que no podía usar su poder. Sentía como si éste le abandonara. Entonces, y sin perder más tiempo, sacó una de sus dagas y cortó las cuerdas.

—No puedo realizar ningún hechizo, –dijo el mago mientras recogía sus pertenencias– y por lo que acabo de ver tú tampoco.

—No, siento como si mi poder fuese absorbido.

Raven empezó a mirar en todas direcciones concentrándose para hacer uso de su especial visión.

—Percibo algo extraño en este cofre.

Arzhavin, que era extremadamente observador, ya se había fijado en que ese objeto jugaba un papel especial.

Raven volvió a intentar hacer que sus manos se congelasen y pudo ver cómo la energía mágica de sus manos era absorbida por el cofre.

—Prueba tú.

El mago hizo lo propio, luchando contra sí mismo para conseguir que sus manos se congelasen. Raven veía cómo el cofrecito absorbía todo el poder que Arzhavin intentaba manipular. El chico cerró el cofre y, finalmente, el mago pudo envolver sus manos en escarcha.

—El cofre absorbía nuestro poder, imposibilitando que lo manejáramos, –comunicó Raven.

—Por eso Carrigan siempre lo tenía abierto cerca de ella en nuestras citas, se protegía de mí.

Arzhavin cogió una de las cuerdas que anteriormente lo apresaban y ató el pequeño cofre para que no se abriese accidentalmente y, cuando estuvo totalmente seguro de que éste no se abriría, lo guardó en su mochila.

—Un objeto de este tipo es muy peligroso para las personas como nosotros. Pero ahora no puedo pensar qué hacer con él.

Mientras tanto, Iskra y Risk se las veían a duras penas con cinco piratas al mismo tiempo, intentando proteger la entrada al camarote.

Arzhavin salió fuera colocándose en medio de sus dos compañeros. Una vez allí, lanzó una especie de campo de fuerza contra los cinco piratas, que salieron despedidos unos cuantos metros, recibiendo un fuerte golpe al caer.

El mago se sorprendió levemente, sin dejar que nadie lo notase, por la potencia de su hechizo, que además fue capaz de realizar con menos esfuerzo de lo que antes le suponía.

—¡Deteneos!, –ordenó el mago con un tono de voz imponente–. Ya no tenéis motivo alguno para enfrentaros a nosotros. Ni Carrigan ni ninguno de vuestros compañeros volverán. Están todos muertos.

—¡No le escuchéis, el perro sarnoso este está mintiendo!, –vociferó uno de los piratas instigando al resto a seguir luchando.

—Os propongo un trato.

—¿Qué trato?, –preguntó otro con tono curioso, al mismo tiempo que detenía al pirata anterior.

—Llevadnos hasta Delfost y el barco será vuestro. Si por el contrario, no aceptáis, moriréis como el resto de vuestros compañeros.

—¿Cómo sabemos que cumplirás tu palabra?

—Teniendo en cuenta que la vuestra no vale absolutamente nada, no podréis saberlo, pero pensad en que ninguno de nosotros necesita un barco.

Los piratas no se fiaban del mago, pero lo que éste decía tenía bastante sentido.

Arzhavin hubiese preferido matarlos, así no tenía que estarse preocupando todo el trayecto de no acabar con el cuello rebanado, pero no tenía otra alternativa, necesitaba que alguien dirigiese el barco.

Una importante cita

Antes de levar anclas, los piratas de la cubierta buscaron al resto de tripulantes, que estaban realizando tareas de mantenimiento en otras dependencias del barco y que habían estado ajenos a la revuelta. Un total de siete más.

Los doce piratas se reunieron para valorar la propuesta del mago. Ellos eran muchos y sus enemigos solo cuatro, pero con un mago de por medio, el número no tenía por qué ser una ventaja. Arzhavin ya se lo había demostrado tumbando cinco de un solo golpe.

Finalmente, los piratas aceptaron la propuesta y pusieron rumbo a Delfost, donde el barco les sería entregado.

Delfost era otra ciudad nórdica, pero que en nada se parecía a Puerto Verice. Aquella era mucho más oscura y el mercado con más auge era el de contrabando. Se trataba de una ciudad peligrosa, controlada por una violenta cofradía de ladrones a la que temían hasta las fuerzas del orden y cuyos dirigentes no eran más que títeres. La ciudad poseía unos de los barrios nobles más grandes, aunque éstos eran de los más corruptos que podían encontrarse en aquellos días.

El mago acordó con Iskra y Risk que recibirían el pago final una vez llegasen a aquella ciudad. Por tanto, la misión estaba muy próxima de llegar a su fin y el grupo se disolvería cuando atracasen allí.

Los piratas informaron a los cuatro compañeros que el viaje duraría casi un mes y que no sería una travesía agradable. Tendrían que emplearse a fondo, ya que entre ambos grupos formaban una tripulación corta.

Arzhavin se adueñó del camarote de la capitana, asunto que no sentó bien entre los piratas y provocó un nuevo enfrentamiento, que el mago tuvo que resolver volviendo a recurrir a una ilusión.

Los piratas desenvainaron las armas pero, justo antes de lanzarse sobre los cuatro compañeros, vieron cómo todas las velas empezaron a arder.

—¡Soltad las armas o los próximos en arder seréis vosotros!, –gritó el mago con un tono de voz aterrador.

—¡Todo el barco arderá, estamos perdidos!

—Si tiráis las armas, haré que el fuego se retire y además repararé mágicamente las velas.

Los piratas no sabían si era buena idea soltar lo único que les podría mantener con vida, pero aunque acabasen con sus enemigos, sin las velas estarían perdidos, así que finalmente las dejaron caer.

Una vez todas las armas fueron recogidas por Raven, Iskra y Risk, el mago recreó toda una escena de efectos especiales. Todos los presentes pudieron ver cómo las llamas se retiraban dejando las velas casi consumidas, para segundos más tarde empezar a regenerarse y quedar como al principio.

Al chico, todo aquello le pareció muy apropiado y divertido. Su maestro había resuelto la crisis sin apenas esfuerzo, con una mágica tomadura de pelo ya que, en ningún momento, a las velas les ocurría nada real.

Como ya ocurrió anteriormente, a Arzhavin le supuso mucho menos esfuerzo manipular la magia que antes, por lo que el mago supuso que debía ser gracias a la Garra de Amônzul.

Los días pasaban y, como ya habían avisado los piratas, el trabajo iba a ser muy duro. Arzhavin no colaboraba en las tareas, por lo que la carga sobre el resto era mayor. A pesar de ello, nadie se atrevió a expresar su desacuerdo, ya que éste se había labrado ese respeto al que tanto apelaba la capitana.

El mago se pasaba los días encerrado en el camarote leyendo libros y cuidándose de un extraño malestar. Últimamente se encontraba muy fatigado, llegando hasta tener fiebre, cosa que no era nada habitual en aquellos por cuyas venas corría sangre élfica. Arzhavin llevaba unos días que sufría una especie de enfermedad que desaparecía sin dejar rastro al cabo de unas horas, por lo que no quiso decir nada.

Unos días después Iskra fue a hablar con el mago. A ésta le remordía la conciencia, por haber colaborado en liberar el mal encerrado por sus antepasados en aquella isla. Por lo tanto, en cuanto tuvo un momento, en el que no tenía que atender a alguna tarea del barco o enfrentarse a algún pirata que quisiera propasarse, acudió al camarote del nuevo capitán.

Iskra entró sin llamar, pero con cierto temor, ya que en los últimos días Arzhavin había demostrado ser bastante peligroso y despiadado.

—¡Pasa!, como si estuvieses en tu casa, –dijo sarcásticamente el mago.

—Necesito que hablemos, –dijo la elfa nerviosa.

—Está bien, toma asiento, –añadió Arzhavin levantándose del escritorio y retirando el sillón que tenía en frente.

La elfa se quedó muy descolocada con la cortesía con la que le estaba tratando el mago.

Una vez la elfa se había acomodado, Arzhavin volvió a sentarse en su sillón. Iskra observó entonces que la mesa estaba repleta de libros sobre navegación.

—Estoy informándome a fondo. No quiero que esos miserables me engañen. Aunque ya sabía orientarme con las estrellas y he podido comprobar que el rumbo es el correcto, nunca está de más.

Tras decir aquello, el mago se quedó en silencio mirando fijamente a la elfa, estudiando cada leve movimiento de su cuerpo e intentando leer su expresión.

—Quieres saber por qué sé que Carrigan y los suyos están muertos, ¿no es así?

—Así es.

—¿Raven no te ha dicho nada?

—Raven me ha dicho que no volviste a levantar el sello y que no existía ningún tesoro, que todo habían sido ilusiones que tú preparaste.

—Efectivamente.

—Entonces, los muertos vivientes habrán abandonado su prisión quedando libres. ¡Habrá miles deambulando por toda la isla!, –dijo horrorizada–. ¡Además de haber condenado a Carrigan y los suyos a una muerte horrible!

El semblante del mago se tornó sombrío al escuchar aquellas palabras.

—No tuve más remedio. Sabía que Carrigan nos traicionaría en cuanto les dejásemos de ser útiles, –contestó con tono amargo–, así que me anticipé.

—¿Pero realmente eres consciente de lo que has dejado libre?

—¿Acaso tengo pinta de no saber lo que hago en cada momento?, –contestó con tono enfurecido–. Disculpa, no se ha liberado ningún mal, –añadió suavemente, consciente de la angustia que estaba sufriendo la elfa.

—Explícate, –le rogó.

—Antes de abandonar la prisión de Amônzul, pude oír en mi cabeza los lamentos de los muertos. Tú ya sabes que tengo cierta habilidad con ellos, –añadió con un tono más divertido para eliminar tensión–. Me pidieron que les permitiese descansar en paz. Así que, mientras vosotros creíais que estaba restableciendo el sello, lo que en realidad estaba haciendo era sellar un trato con los muertos. Les ofrecí su ansiado descanso a cambio de que acabaran con los piratas que hubiese en la isla, hasta que no quedase allí ninguno. Por tanto, la maldición que los mantenía en este mundo ha sido eliminada.

Iskra no pareció muy convencida, pero tenía que aceptar lo que el mago le estaba contando, ya que parecía coherente.

—¿Y cómo puedes estar seguro que es así?

—Porque esa ha sido mi voluntad y las almas en pena solo piden a aquellos que pueden hacer lo que solicitan. Siento no haber podido obrar mejor, pero no tuve elección, –mintió el mago.

Realmente, Arzhavin estaba bastante satisfecho de cómo había resuelto todo aquello. De hecho, Evrain, el espíritu que le ayudaba a cambio de poder sentir el mundo de los vivos a través de sus sentidos, había disfrutado enormemente con la trampa tendida por éste y así se lo hizo saber.

Iskra, a pesar de que las palabras del mago le habían aliviado bastante, no se encontraba convencida del todo.

—¿Qué haces aquí?, –preguntó Raven sobresaltando a una ensimismada elfa.

—Necesitaba un poco de aire fresco y ver las estrellas me relaja bastante.

—No deberías estar aquí sola, uno de esos piratas...

—Si uno de esos piratas intentase algo, lo más probable es que acabe muerto, –interrumpió la elfa bruscamente–. Será mejor que te vayas a dormir, niño.

Iskra pudo ver como aquellas palabras habían herido al chico.

—Lo siento, me he pasado.

—No importa, –dijo Raven, apoyándose sobre la borda junto a la elfa–, si no te molesta me gustaría quedarme, –continuó mirándole fijamente a los ojos–, pronto nos separaremos y...

Iskra posó su dedo sobre los labios de Raven para que no continuase.

—Yo también te echaré de menos, –le dijo antes de desviar la mirada hacia el firmamento.

Los dos se quedaron en silencio durante unos instantes mirando las estrellas.

—¿Alguna vez has perdido a alguien?, –preguntó la elfa.

—No, –contesto éste, al que la pregunta había cogido por sorpresa.

—Yo sí. Hubo un tiempo en el que estuve casada. Era inmensamente feliz, pero mi marido murió. El dolor que sentí fue tan grande que aún no sé cómo fui capaz de reponerme.

—Lo conseguiste porque eres muy fuerte.

Iskra obsequió con una dulce sonrisa al chico, quien la recibió con enorme satisfacción. Ciertamente, Raven no había perdido nunca a nadie al que hubiese conocido, pero le daba la sensación de que debía provocar un sentimiento muy parecido al que él sentía en aquel momento, sabedor de que el grupo se disolvería en días y no volvería a ver a la elfa.

—Volvamos dentro, tienes que descansar, –concluyó la elfa que ya había estado en trance el tiempo suficiente.

Tras tres semanas navegando, llegaron al puerto de Delfost y Arzhavin se disponía a cumplir con su parte del trato.

El mago pactó con Iskra y con Risk el pago de sus honorarios al llegar a esta ciudad, donde él tenía previsto quedarse un tiempo junto a Raven.

—A partir de aquí, no os necesitaré más, –les anunció a sus dos empleados–, Pero me harán falta unos días para reunir el dinero y los objetos que os prometí. Mi familia tiene unas propiedades por aquí y es donde pedí que se me enviara vuestro pago. Alojaos los tres en la posada de la Lechuza Blanca mientras vuelvo con lo vuestro, Raven se quedará con vosotros, para que no penséis que quiero marcharme sin pagaros.

Arzhavin acompañó a sus tres compañeros hasta la posada, donde dejó dicho que les atendieran con todos los mimos posibles. El mago mostró una carta al posadero con el sello de la casa de De'Lorent, donde el mismísimo barón así lo solicitaba.

Tras dejar a Raven, Iskra y Risk en la posada, el mago tomó un carruaje para que lo llevase hacia la otra punta de la ciudad.

El mago se dirigía hacia el barrio del Lebrés, donde tenía una propiedad, cuando volvió a sentirse fatigado. De nuevo, empezó a sudar y le subió la fiebre.

—Déjeme aquí mismo, –dijo mientras ofrecía una moneda de oro al conductor.

—Ya queda poco, puedo dejarlo donde me pidió.

—Prefiero quedarme por aquí, necesito que me dé un poco el aire.

—Como prefiera, pero tenga cuidado, este es un barrio peligroso.

Arzhavin necesitaba respirar un poco de aire fresco, así que prefirió caminar un rato. Además, ya no estaba lejos de su destino. Pero de repente, empezó a sentirse mucho más mareado que en las veces anteriores. La fiebre le estaba subiendo bastante más y la vista se le estaba nublando.

A los pocos minutos, le vino una fuerte tos, parecida a la de alguien que ha enfermado de tuberculosis. Arzhavin intentaba seguir caminando, pero ya casi no podía dar un paso más y tuvo que apoyarse contra la pared de una casa.

Durante unos segundos, la tos pareció darle una tregua, pero acto seguido volvió con mayor violencia, haciéndole vomitar sangre a borbotones tan oscura que parecía negra. Tras eso, el mago cayó inconsciente.

Elissian seguía esperando con paciencia, lo llevaba haciendo desde hacía ya mucho tiempo. Así que, por unas semanas más, no ocurriría nada.

Como cada noche, desde hacía unas semanas, acudía a la posada de la Lechuza Blanca para comprobar si había llegado quien con tantas ansias esperaba. Todas las noches se sentaba en la misma mesa apartada del comedor, mientras observaba al resto de comensales. Y como cada noche, pedía una copa del vino más caro.

Los tres compañeros se encontraban en el comedor de la lujosa posada de la Lechuza Blanca, disfrutando de una deliciosa cena.

—Llevamos esperando más de una semana y Arzhavin aún no ha dado señales de vida, –dijo la elfa.

—Se habrá retrasado el envío de vuestros honorarios, o quizás los han enviado a otro lugar, debido al retraso que hemos sufrido en Puerto Verice. No os preocupéis, Arzhavin volverá. De hecho, la razón de venir hasta esta ciudad era porque aquí debíamos reunirnos con alguien muy importante.

Aquella misma noche, Raven tuvo un sueño de lo más extraño. En él se encontraba Arzhavin, que era torturado por cientos de no muertos. El sueño fue tan realista, que el chico llegó a sentir la angustia y el dolor de su maestro. Raven se despertó de golpe tras ver el terrible rostro de Evrain, que parecía disfrutar con todo aquello.

«¿Oyes sus gritos?», se repetía una otra vez la voz del espectro en la cabeza de Raven.

Los días pasaban y pasaban. Tanto Iskra como Risk estaban bastante nerviosos, aquella situación era muy extraña.

Al principio, Raven no quiso contar nada del sueño, pero sabía que Arzhavin estaba en peligro. La ocasión anterior en la que soñó con el temible espíritu fue una premonición, así que no podía ignorar la advertencia. Así que les contó que, no sabía cómo, pero presentía que Arzhavin estaba en peligro y que tenían que buscarlo.

Los tres compañeros se pasaron tres semanas buscando al mago, sin encontrar ningún rastro de él.

Habían pasado ya unas cinco semanas, cuando el posadero les entregó una nota a Raven y Risk, indicándoles que se la había dado una mujer pelirroja. Los dos se miraron con preocupación y se alejaron para leerla en privado.

La misiva estaba firmada por Carrigan. La pirata les informaban que si querían volver a ver con vida a su amiguita rubia, debían acudir al anochecer, junto al mago, al callejón que había tras la lonja del pescado en el puerto.

—¿Qué podemos hacer, Risk?, está claro que se trata de una trampa y si acudimos a la cita sin Arzhavin puede que maten a Iskra.

—Si no acudimos a la cita la matarán igualmente, no tenemos más remedio que ir y estar preparados para lo peor.

Los dos compañeros llegaron al lugar del encuentro, bastante antes que el sol desapareciese por completo. Querían estar allí antes de lo acordado para poder estudiar el terreno y tomar toda la ventaja posible.

—Habéis llegado pronto, –dijo la pirata saliendo de la reciente oscuridad.

—Y tú tarde, –le recriminó el guerrero.

—Las damas siempre se hacen esperar.

—¿Donde está Iskra?, –preguntó Raven.

Ella está aquí mismo, –dijo tirando de la elfa para que todos pudiesen ver que seguía bien.

Carrigan sacó una daga y la puso en el cuello de la elfa, que estaba amordazada y atada de manos.

—Llevamos un tiempo observándoos y no hemos visto ni rastro del mago. ¿Dónde está?

—No sabemos nada de él desde hace semanas. Todos le estamos esperando.

—Ya te dije que ellos no sabían donde se encuentra el mago, –dijo el oriental saliendo de alguna parte a espaldas de Carrigan.

—En ese caso, no podremos ver terminada nuestra venganza aún, –susurró la pirata a los oídos de la elfa–. Habéis sido muy descuidados, dejando escapar a lo que quedaba de mis hombres con mi barco y quedándoos en el mismo lugar. Cuando esos perros volvieron para saquear mis tesoros, no se esperaban que siguiera con vida. A ellos ya les he dado su merecido, ahora os lo daré a vosotros. ¡Takashi, mátalos!

Los dos compañeros sacaron las armas, Risk dio un paso al frente para ser el primero en recibir al oriental y poderle dar tiempo a Raven para lanzar el hechizo que aumentaba su velocidad de movimiento.

Takashi se lanzó al ataque sin desenvainar sus armas. Primero repelió el ataque del guerrero con un bloqueo y luego contraatacó con un puñetazo dirigido hacia la cara. Risk tuvo que retroceder varios pasos debido al golpe, que lo dejó ligeramente aturdido. La velocidad de movimiento del ágil oriental era increíble. Luego atacó a Raven, realizando varias patadas circulares, que el chico esquivó haciendo gala de una velocidad sobrehumana.

Carrigan y Takashi pudieron comprobar que habían subestimado al chico. Cuando Raven realizó el hechizo, los dos piratas pudieron ver las estelas luminosas que todo sortilegio deja al ser lanzado.

«Al parecer, ese debió ser el error que cometí», pensó la capitana.

Sin embargo, el pirata no se asustó, ya se había enfrentado a magias más terroríficas que aquel sortilegio que, debido a la velocidad con la que había esquivado las dos patadas, podía deducir que éste había realizado un conjuro que aumentaba su capacidad de movimiento.

—Veo que piensas poner las cosas más interesantes que en nuestro primer asalto, –dijo el pirata.

Raven se lanzó rápidamente al ataque. El pirata se vio obligado a bloquear los dos filos del chico con sus dos exóticas espadas cortas. El joven hechicero siguió realizando veloces ataques contra el pirata, que mostraba una habilidad que rivalizaba con la del hechizado joven.

Los dos contendientes hicieron una maniobra para separarse el uno del otro y poder tomar un poco de aire. Raven estaba asombrado, su oponente era tan rápido como él, que estaba bajo los efectos de un sortilegio. Pensó que si salía vivo de ésta, entrenaría duro para conseguir moverse como aquel.

Raven volvió a realizar una serie de ataques contra el oriental, que tuvo que esquivar también un ataque de Risk al mismo tiempo, por lo que se vio obligado a realizar una peligrosa acrobacia. Takashi pensó que no era nada recomendable enfrentarse a los dos al mismo tiempo, tenía que separarlos.

El pirata empezó a moverse de un lado hacia otro, con el fin de encontrar un hueco por el que realizar un ataque que obligara a sus dos oponentes a separarse para, acto seguido, realizar un ataque directo sobre uno de ellos.

Tras varias maniobras, llegó la oportunidad. Takashi encontró el hueco en las defensas de sus oponentes. El pirata realizó un ataque con una de sus espadas sobre el joven mago, pero en el último momento hizo una complicada acrobacia con la que esquivó las espadas de éste, alcanzando la posición adecuada para golpearle con una patada. No fue un golpe fuerte, ni Takashi lo pretendía, su intención era desplazarlo para poder encarar de frente y sin interrupciones al veterano guerrero.

Risk, al verlo frente a él, utilizó su escudo para desequilibrar al pirata y casi consiguió tirarlo al suelo del golpe, pero éste fue lo suficientemente ágil, no solo para mantener el equilibrio, sino para realizar un barrido con el que tumbó al guerrero.

El pirata vestía con unas finas ropas, a diferencia de sus rivales, que llevaban una armadura de cuero y una cota de mallas. Sin embargo lo liviano de éstas, habían marcado la diferencia entre el golpe desequilibrante del escudo de Risk y el barrido del oriental.

Raven se apresuró a realizar un ataque, para que el pirata no pudiese rematar a su compañero. Con una destreza espectacular, Takashi guardó sus dos armas y con un brazo bloqueó el ataque del chico y con el otro asestó un golpe con sus dedos índice y corazón directamente a los nervios del antebrazo del atacante. Raven sintió un dolor agudo tan grande que era incapaz de sujetar el arma, que cayó inevitablemente al suelo.

—Me he cansado de jugar con vosotros.

Takashi realizó una acrobacia que finalizó con una patada voladora dirigida hacia la cara de Raven. El chico salió despedido varios metros hacia atrás, recibiendo un fuerte golpe contra el suelo al caer, que lo dejó desarmado y semiinconsciente.

Risk quiso aprovechar el instante en el que el pirata le estaba dando la espalda tras golpear a Raven y asestarle un golpe mortal, pero éste ya le estaba esperando en realidad.

Takashi se agachó para esquivar el ataque circular, cuyo objetivo era cortarle la cabeza, y respondió nuevamente con un barrido que volvió a dejar postrado a Risk por segunda vez. El oriental volvió a realizar un ataque con los dedos, esta vez dirigidos contra los nervios de la parte lateral del cuello del guerrero. Risk sintió un dolor tan intenso que no pudo moverse.

—Ahora vas a ver con esos bonitos ojos azules, cómo les corto el cuello a tus amigos, –le volvió a susurrar la pirata a la elfa, mientras se acercaba hacia Risk.

Pero antes de poder hacer nada, empezaron a oír cómo alguien daba palmas. Al final del callejón, a unos diez metros del aturdido Raven, se podía ver una figura masculina elegantemente vestida.

El extraño se acercó dando palmas lentamente, hasta estar a una distancia de unos tres metros de Takashi. Su elegante forma de andar y su exuberante porte, dejaban claro de que sería un poderoso noble o incluso un miembro de la realeza. Se trataba de un apuesto joven, algo mayor que Raven, con una larguísima melena de pelo negro, que le caía a todo lo largo de la espalda. Su rostro era muy fino y perfilado, dando la sensación de ser de sangre élfica. Iba vestido con una chaqueta larga de color negro, que le llegaba hasta las rodillas y unos pantalones del mismo color. Bajo la elegante chaqueta, que llevaba abierta, se podía ver una fina camisa de seda blanca.

—Una exhibición exquisita, –dijo éste con tono pausado y solemne.

El alto abolengo que parecía tener el extraño alarmó a Carrigan, que se puso a mirar en todas direcciones buscando a sus lacayos.

—No busquéis más mi señora, creo que no me equivoco al afirmar que no hay nadie por los alrededores, –añadió mirando directamente hacia los ojos de la pirata.

La astuta capitana no estaba muy convencida de que un tipo como aquel se adentrara en un oscuro callejón, aparentemente desarmado y sin escolta.

—Debería marcharse, esto no es asunto suyo, –dijo Takashi.

—Permítame que discrepe, ellos son mis invitados y sería un pésimo anfitrión si permitiese que algo les ocurriese.

Los tres compañeros estaban tan extrañados con la afirmación del recién llegado como sus rivales.

—¿Pero dónde están mis modales?, permítanme que me presente. Mi nombre es Lord Elissian De'Lorent, señor de estas tierras y otras tantas que no vienen al caso mencionar. Os estaría muy agradecido si os marcháis sin ocasionar más problemas.

Takashi se giró buscando en Carrigan una orden, que le indicara qué debía hacer.

—Me parece que no vamos a aceptar su invitación, alteza. Pero para demostrar que no somos unos desagradecidos, le vamos a ofrecer lo mismo a usted, –contestó la pirata.

—Es una pena, –añadió Elissian de forma pausada.

Carrigan no estaba muy segura de lo que iban a hacer, no le apetecía tener que matar a un noble tan importante, pero no veía otra salida.

—Deshazte de él... y rápido.

Takashi sacó sus espadas y se fue directo hacia el Lord, con la intención de acabar rápidamente con él. Elissian por el contrario no se movió absolutamente nada. El oriental realizó un rápido ataque directamente al corazón del noble, pero falló. Elissian lo esquivó con una sencillez que asombró a todos los presentes. Takashi realizó un nuevo ataque, que su rival volvió a esquivar con la misma sencillez.

Takashi se sintió terriblemente insultado y se lanzó hacia su oponente realizando una serie de ataques rápidos con sus dos espadas, que Elissian esquivaba una y otra vez, mostrando que no le suponía ningún esfuerzo. El oriental continuó atacando hacia todas las partes del cuerpo del noble, hasta que tuvo que parar a tomar un poco de aliento.

Elissian mostraba un semblante aburrido, que hacía hervir la sangre del siempre calmado oriental.

Takashi llevó a cabo un ataque combinado con sus dos armas, que fue respondido con dos golpes dirigidos a los nervios de ambas manos provocándole un dolor agudo tan intenso, que tuvo que dejar caer las dos armas al suelo.

Todos los presentes se quedaron asombrados, al ver cómo aquel joven había vencido a Takashi con sus propias técnicas.

Elissian, tras dejar al pirata tendido en el suelo rabiando de dolor, empezó a andar lenta pero decididamente hacia Carrigan.

—¡No des un paso más o le corto el cuello! –exclamó nerviosa la pirata.

Todos los presentes se quedaron boquiabiertos al ver como Elissian agarró la mano de la capitana, impidiéndole que acercara el filo de su daga a la garganta de Iskra. El Lord había cubierto una distancia de casi diez metros en una fracción de segundo. Finalmente, el noble apretó con fuerza la mano de la pirata hasta que ésta soltó la daga.

—Será mejor que os marchéis. No sería muy elegante por mi parte golpear a una dama tan bella.

Carrigan estaba aturdida con lo que acababa de ocurrir. Así que, soltó a la elfa y le dijo a su compañero que se retiraban.

Tras la huida de los piratas, Elissian desató con mucha delicadeza a la elfa y después ayudó a incorporarse a los maltrechos Raven y Risk.

—Las calles de esta ciudad se han vuelto peligrosas para vosotros, será mejor que esperéis a Arzhavin en mi villa de las afueras.

La villa

Elissian guió a sus tres invitados hasta una avenida, donde Mahara esperaba con el coche listo.

El diligente mayordomo les llevó hacia la posada, para que los tres compañeros pudiesen coger sus pertrechos y dejar una nota a Arzhavin indicándole que se habían trasladado a la Villa de la Luna Roja, la residencia de Elissian en aquella ciudad.

Durante el viaje, Elissian se interesó por el exótico chico de ojos violeta.

—¿Podría decirme por qué tiene unos ojos de color tan inusual?

—No lo sé. No conocí a mis padres, supongo que será porque ellos no serían de estas tierras.

—Viajo mucho y he estado en cientos de lugares y nunca he conocido una raza con tal característica.

El viaje hasta la villa fue largo. Cuando llegaron, ya estaba bien entrada la noche, así que Mahara acomodó a los tres compañeros en unas habitaciones de invitados, donde pudieron descansar.

A la mañana siguiente, el atento sirviente les preparó el desayuno y se lo sirvió en uno de los salones.

—Deben disculpar al señor, ha tenido que partir temprano a atender un asunto importante, –les dijo éste mientras servía el desayuno–. De todos modos yo estoy para atenderles en todo lo que necesiten.

—Perdona, –dijo Risk–. ¿Qué relación tiene Lord Elissian con Arzhavin?

—Arzhavin es discípulo del señor. Ambos debían encontrarse, una vez se hubiese recuperado la Garra de Amônzul. Lord Elissian va a ayudar a Arzhavin a poder usar el poderoso artefacto.

Aquella aclaración le sonó muy extraña a Raven, que no podía entender cómo aquel joven era maestro de Arzhavin y que éste no le hubiese mencionado nunca nada al respecto.

—Pero eso no puede ser... Lord Elissian es muy joven, –añadió Iskra muy extrañada.

—En realidad el señor es mucho mayor de lo que parece. De hecho, su juventud es una muestra de su poder, –dijo el mayordomo jugueteando con la verdad.

—No puedo creer que Lord Elissian sea un hechicero, que combate cuerpo a cuerpo mejor que nadie que haya conocido nunca, –continuó la elfa.

—El señor es un gran luchador, eso es cierto, pero parte de su habilidad también es consecuencia de su poder, –añadió nuevamente.

—Puede ser, no olvidéis cómo desarmó a Carrigan, –remarcó el guerrero.

Más tarde, Mahara les condujo fuera, a los jardines. El mayordomo les contó que una de sus aficiones preferidas era la jardinería. Así que, les invitó a una visita guiada por los inmensos jardines de la mansión.

—Ahora, si queréis, os puedo enseñar una de las salas de trofeos de la casa De'Lorent, –dijo el mayordomo cuando llegó al final de la ruta botánica.

—No se moleste, –contestó Iskra un poco apurada–, seguro que tiene muchas tareas que atender, no queremos seguirle molestando.

—No se preocupe, no es ninguna molestia. El señor me encomendó que les atendiese en todo momento. Además, tengo la sospecha de que quedarán muy sorprendidos cuando vean las maravillas que posee Lord Elissian en esta propiedad.

El mayordomo condujo a los invitados hasta una sala con un enorme portón de madera. La sala de trofeos era un gran salón, con un montón de vitrinas, animales disecados, armas y armaduras, todas elegantemente dispuestas y muy bien organizadas.

Bajo cada objeto expuesto, había una placa con el nombre de un miembro de la casa De'Lorent y un pequeño texto descriptivo. Los invitados avanzaban siguiendo al mayordomo, que les iba contando cosas curiosas sobre los objetos por los que iban pasando.

Raven percibía mucha magia en aquel salón, pero sobre todos los objetos encantados, destacaba uno, una armadura completa que había expuesta en un maniquí, al final del salón.

—Veo que le ha llamado la atención aquella armadura, permítame que se la muestre, –dijo Mahara señalándola.

—Gracias, –contestó apurado Raven.

—No me extraña que le guste esta armadura, es la pieza más importante de esta colección. Se trata de una auténtica cota de escamas de dragón. Lord Ulrith De'Lorent encargó que se le confeccionara una armadura con la piel del dragón que él mismo había matado, un poderoso dragón negro. La fortuna de Lord Ulrith se vio muy incrementada tras matar a este. Por lo que no escatimó en gastos a la hora de crear la armadura. En ellas trabajaron los mejores armeros, peleteros y alquimistas elfos de la época.

Raven estaba fascinado, imaginando qué clase de poderes podría tener aquella armadura que emitía un aura tan poderosa.

Las horas pasaron, hasta que cayó la noche. El mayordomo, tras dejar a los invitados en sus aposentos, se dirigió a la habitación personal de Elissian. Cerró la puerta y se acercó al cabecero de la cama, para pulsar uno de los ladrillos de piedra de la pared, haciendo que se abriera un pasadizo. Mahara bajó por unas estrechas escaleras de caracol totalmente a oscuras. Una vez llegó a la pequeña estancia que había al final, encendió un candelabro. Sacó una llave y abrió una puerta metálica que había frente a él.

El mayordomo entró en una estancia, que parecía ser un mausoleo. Pasó de largo hasta llegar a una nueva puerta, por la que accedió a una gran habitación. Se trataba de una biblioteca, en ella se encontraba Elissian, sentado tras una mesa con un buen montón de libros, en los que parecía estar buscando algo.

—No encuentro nada al respecto, es inquietante...

—No parece que el chico sepa nada.

—Esta noche le haré una visita, percibo algo extraño en él. Arzhavin tenía razón cuando decía que era un chico extraordinario.

Una extraña niebla empezó a colarse por debajo de la puerta de la habitación, donde dormía Raven. Paulatinamente, la niebla fue alzándose, cobrando forma humanoide hasta que, finalmente, Elissian recuperó su forma original.

El noble se acercó a al chico sin hacer ningún ruido. Una vez junto a éste, Elissian extendió el dedo índice de su mano derecha, haciendo que su uña creciese adoptando una forma puntiaguda. Acto seguido, hizo un rápido movimiento junto al cuello del chico, provocándole un finísimo corte, del que salió una gota de sangre.

Elissian tomó la gota con la misma uña que la había provocado y se la llevó hacia la nariz para poder olerla. Nunca antes había olido una sangre como aquella. Cuando la probó, pudo comprobar que no se equivocaba, aquel chico era realmente fascinante.

—¿Qué eres?, –preguntó con un susurro.

Por la mañana, Mahara los esperaba para servirles el desayuno y excusar la ausencia de su señor y la de él mismo, que debía organizar las tareas a las que se tenía que dedicar el resto del servicio.

Pasaron unos días y todo seguía sin cambios, Arzhavin seguía sin aparecer y Lord Elissian seguía de viaje. La situación de espera estaba empezando a poner muy nerviosos a los compañeros, que se veían atrapados en aquella villa, sin saber muy bien por qué.

Elissian, aparte de visitar cada noche al chico, volvía al pueblo en busca de noticias sobre el mago, del que no se sabía absolutamente nada. También había estado visitando a la elfa, cuya belleza encajaba perfectamente para hacerla suya.

Llevaban ya en la villa esperando al mago casi dos semanas, cuando Elissian le pidió a su criado que sirviera una cena especial. Los tres invitados, al poco de empezar a tomar la sopa, cayeron en un profundo sueño.

—Todo está dispuesto, tal y como ordenó el señor, –comunicó Mahara al entrar en el mausoleo donde estaba descansando su señor.

Elissian y su sirviente se dirigieron hasta el salón de estar, para acceder a un nuevo pasadizo. Éste llevaba directamente hasta una especie de sala de rituales con un altar en el centro, donde estaba postrada la elfa, sin más ropa que un fino camisón blanco. Raven y Risk se encontraban al fondo, atados colgando del techo bocabajo.

—Es hora de que despierten, –dijo Elissian.

Mahara se acercó a los dos atados con un pequeño recipiente, que portaba un pañuelo empapado en un líquido. El mayordomo pasó el pañuelo por la nariz de cada uno, provocando que éstos se despertaran suavemente.

Cuando los dos compañeros despertaron, se sintieron muy confusos, al encontrarse atados en aquella estancia circular con rastros de sangre reseca por todas partes.

—¿Qué significa todo esto? –preguntó Risk enfadado–. No te atrevas a hacerle nada a Iskra.

—¿Me lo vais a impedir vos?, –añadió irónicamente el noble.

En ese momento, Raven se dio cuenta de que no era capaz de percibir ningún aura mágica en torno al Lord, aunque sabía que era un hechicero.

Mahara, por último, acercó el pañuelo a la nariz de la elfa, que al despertar se incorporó de repente.

—Tranquila, no tenéis nada que temer, –dijo el noble con un tono suave y pausado, mirando a los ojos de esta fijamente.

Tras aquello, la elfa volvió a tenderse.

—No tenéis nada que temer, voy a concederos una vida de placer eterno.

Iskra no apartaba la vista de los ojos del noble.

Elissian hizo un gesto, invitando a la elfa a que se incorporara un poco, a lo que ésta respondió recostándose lateralmente, con el torso levantado, apoyándose sobre su brazo derecho.

El noble acercó su mano hacia la elfa y le acarició la cara con suavidad, luego acercó su cara hasta la de ella y ésta empezó a besarle suavemente.

Raven se quedó paralizado, no era capaz de entender lo que estaba viendo.

Elissian le devolvía los besos con la misma delicadeza y poco a poco fue acercando su boca hacia el cuello de la elfa, que emitió un sensual gemido cuando éste hincó sus largos colmillos y empezó a beber de su sangre.

Raven y Risk no podían dar crédito a lo que veían sus ojos, aquel joven hechicero era en realidad un vampiro. De repente, Raven recordó la conversación del primer día en la mansión, en la que Mahara les contó que su señor era mucho más viejo de lo que aparentaba y que su habilidad de combate era consecuencia del mismo poder que le mantenía joven. Ahora todo empezaba a cobrar sentido para el chico.

El vampiro bebió de la elfa hasta casi dejarla seca. Esta quedó tan débil que apenas podía mantenerse erguida.

Elissian se percató de que los ojos de Raven se habían tornado rojos, tanto como la sangre que le había manchado la boca. El chico miraba al vampiro con furia, solo pensaba en soltarse para poder atravesarle el corazón.

—Sé cómo te sientes, pero ya es tarde, ella va a ser mía, –dijo mientras se hacía un corte en las venas de su brazo izquierdo.

El vampiro acercó el brazo a la elfa para que ésta pudiese beber de su sangre y así concluir el ritual.

—¡No bebas!, –gritó una voz con tal autoridad que hasta el propio Elissian se sorprendió.

Aquella voz no era la de Raven ni la de Risk, sino la de Arzhavin.

El mago se acercó hacia el vampiro, portando en su mano derecha su mandoble mágica y en su mano izquierda el medallón que emitía la luz que los mantuvo a salvo en la prisión de Amônzul.

Elissian reculó hasta ponerse junto a su sirviente.

—Sabes que eso no te protegerá de mí.

—Lo sé.

Arzhavin transmitía una seguridad y una determinación que desconcertaban al vampiro.

—Supongo que sabrás cuál es la única manera mediante la que podréis salir vivos de aquí.

—Supones bien... pero se me ha ocurrido otra, un poco más divertida y arriesgada, –añadió éste mostrando una sonrisa.

—Interesante. En tal caso va siendo hora de que os mostréis. ¿O acaso esperabas engañarme con esta ilusión?, –dijo éste que había detectado que aquel amenazante mago no era el auténtico Arzhavin, sino una ilusión que lo emulaba.

—La verdad es que no esperaba engañarte con esta ilusión. Con ella solo quería mantenerte ocupado y hacerte mirar hacia otro lado el tiempo suficiente para que no te percataras de mi auténtico plan.

El vampiro, al oír aquello, se dio cuenta de todo el engaño. El objetivo de aquella ilusión era distraerle mientras el auténtico mago liberaba a sus compañeros.

Arzhavin había creado una ilusión que simulaba no solo su figura, sino que recreaba toda la escena de la sala del ritual, para poder salir de allí ocultos en la propia ilusión. Arzhavin sabía que si no distraía al vampiro, este lo hubiese descubierto tras la ilusión y habría fracasado, por tanto decidió hacerlo mirar hacia otro lado.

Los pasos que dio el noble apartándose de la luz de la reliquia le dieron la oportunidad definitiva, ya que si se hubiese tenido que acercar a éste lo hubiese descubierto irremediablemente.

Elissian se sintió insultado, pero por otra parte aplaudía la resolución de su aprendiz.

—Asombroso, –dijo Elissian mostrándose calmado–, no se cómo habrás logrado llegar hasta aquí, pero tengo más curiosidad por saber cómo conseguirás dejar la villa con vida.

—Tú personalmente nos lo vas a permitir, –respondió la ilusión.

—¡Vaya!, eso si que no lo esperaba, ¿y se puede saber por qué iba a hacer eso?

—Pues porque eres un cazador y no hay nada en este mundo que te guste más que perseguir a tu presa, –dijo Arzhavin esforzándose en usar su tono de voz más embaucador.

—Se me olvidaba que sois Arzhavin... mi amado aprendiz. Que así sea, os daré un día de ventaja. Mañana por la noche saldré en vuestra búsqueda, pero hoy podrás marcharte. Ningún guardia de la villa saldrá tras vosotros.

—Feliz cacería, –añadió la ilusión justo antes de desvanecerse, dejando ver que en la sala del ritual solo se encontraban Elissian y su sirviente, Mahara.

—Supongo que ahora comprenderás por qué le amo tanto, –le dijo el vampiro a su sirviente.

Una huida desesperada

Al salir de la villa, el mago condujo a sus compañeros hasta unos caballos que tenía ocultos en el bosque. Arzhavin pidió a Raven que soltara el caballo de Iskra, a la que el guerrero llevaba sobre sus hombros y le ordenó a éste que montase a la elfa con él, ya que ésta estaba semiinconsciente por la pérdida de sangre.

Raven no lo mencionó, pero notó muy cambiado a su maestro, cuya magia había evolucionado hasta el punto de que no fue capaz de descubrir el engaño de éste.

De camino a Delfost, el mago les explicó que llegó hacía ya unos días. Había estado organizándolo todo, pero en el último momento surgió un imprevisto.

—¿Qué imprevisto?, –preguntó el guerrero.

—Carrigan sigue viva.

—Sí, lo sabemos.

—Elissian puede seguir nuestro rastro por tierra, pero no por mar.

—Pero Carrigan puede ser una rival peligrosísima en alta mar, –añadió el guerrero.

—Ese es el problema. Desde vuestro encuentro con ella, no ha dejado de buscaros y tiene todos los accesos muy bien vigilados. Por eso supo de mi llegada y, como lo hice en barco, sabe perfectamente que me iré por mar. No obstante, sigue teniendo vigilados los demás accesos a la ciudad. En cuanto entremos en ésta, se enterará, pero estoy seguro de que no intentará nada, sino que se preparará para zarpar después que lo hagamos nosotros.

—Sabe de su ventaja en alta mar y no se arriesgará a otro enfrentamiento cara a cara, –concluyó el guerrero.

—Así es, pero no tenemos otra elección. Contra Carrigan podemos tener una oportunidad, contra Elissian no. Él es un vampiro muy antiguo, de hecho el más antiguo que queda. Tiene más de dos mil años y posee unos poderes increíbles. Contra él no tenemos ni la más mínima oportunidad y, si no escapamos por mar, mañana por la noche estaremos muertos.

Llegaron a las puertas de la ciudad a falta de un par de horas antes del amanecer y cabalgaron hasta el puerto. El mago les condujo hasta el barco que había conseguido, apresurándose para partir antes de que amaneciese.

Debido a la amenaza que representaba Carrigan, Arzhavin tuvo que deshacerse de casi toda la tripulación original del barco, a quienes pagó una importante suma, a cambio de que permanecieran en tierra hasta que el barco volviese. Tan solo se quedó con los diez marineros más veteranos, al resto de la tripulación la sustituyó por expertos espadachines vassaris. De esa manera, cuando el barco de Carrigan les alcanzara, podrían forzar un abordaje y sorprenderla con una destreza cuerpo a cuerpo muy superior a la de los piratas.

—Será mejor que os vayáis a dormir, es necesario que estéis listos para una batalla, –dijo el mago, mientras llevaban a Iskra a la enfermería del barco–. Necesito que me dejéis a solas con ella.

—¿Tienes algún plan?, –preguntó el guerrero.

—Sí, pero aún tengo que madurarlo un poco. Así que cuando termine de atender a Iskra voy a pedir que no se me moleste. He de encontrar la forma de salir vivo de ésta.

Arzhavin dio media vuelta y entró en la enfermería, dejando a Iskra sobre una pequeña cama. Esta estaba semiinconsciente en un estado bastante grave.

Aunque el mago les había pedido que se marchasen a dormir Raven y Risk se quedaron fuera, esperando a que Arzhavin volviese a salir con noticias del estado de la elfa.

—Quiero que me escuches atentamente, –dijo el mago con tono serio para captar la atención de la elfa–. Has perdido mucha sangre y si no hago algo morirás.

—¿Qué vas a hacer?, –preguntó ésta con mucho trabajo.

—Voy a hacerte una transfusión de mi sangre, puede que la toleres o puede que no. Esperemos que, debido a que por mis venas corre sangre élfica, así sea, –concluyó el mago tomando los utensilios necesarios de los estantes de la enfermería.

—Eso es peligroso, ¿tienes conocimientos de medicina?

—Tengo grandes conocimientos de anatomía y sé un poco de cuidados médicos... pero debo confesar que todos mis pacientes estaban muertos.

A pesar de la aparente inexperiencia del medioelfo, la intervención se llevó a cabo sin ningún error ni problema y, tras un rato de estar recibiendo la sangre del mago, Iskra empezó a recuperarse un poco.

—¿Por qué has hecho todo esto?, la gente como tú no se presta a esta clase actos.

—Me parece que no entiendo muy bien tu comentario. No obstante no deberías apresurarte a hacer juicios tan a la ligera, mis intenciones suelen ser mucho más complejas que simplemente buenas o malas. Ahora descansa, necesitarás un tiempo para recuperarte y yo, por mi parte, también necesito un descanso, te he tenido que dar mucha sangre.

—No me gusta la magia negra y no confío en los que la practican. El poder corrompe, pero debo reconocer que te has portado como un héroe al rescatarnos y que si logramos salir con vida de todo este asunto, será gracias a ti, –dijo la elfa antes de que Arzhavin se marchase.

Unas horas después de abandonar el puerto, el vigía divisó que a lo lejos les seguía un barco, pero este no se acercó en todo el día. Llegó la noche y el barco aún les seguía desde la lejanía. De todos modos, sabían que Carrigan les concedería un día, quizá dos, para alejarse bien de Delfost y así poder atacar con las garantías suficientes de que nadie pudiese entrometerse.

Raven y Risk se apoyaron en la borda de popa, desde la que podían ver al barco de Carrigan acercarse a ellos.

—¿Crees que Iskra se pondrá bien antes de la batalla?, –preguntó Raven.

—Perdió mucha sangre, pero no creo que Iskra se esconda en un rincón. De todos modos, ¿por qué no vas a su camarote?, seguro que agradece no pasar esta noche sola.

—No sé si debo, Iskra es muy reservada.

—Ve, hazme caso. Siéndote sincero... tenemos muy pocas posibilidades de salir con vida de ésta. Carrigan es una pirata muy temida y estoy seguro de que su reputación se la ha ganado por méritos propios.

Risk convenció al chico para que pasara sus posibles últimas horas en compañía de la elfa. Raven entró sin hacer ruido en el camarote de Iskra y se sentó en una silla a contemplarla mientras dormía.

—¿Quién te ha dado permiso para entrar aquí?, –preguntó disgustada, pero sin alzar mucho la voz.

—Lo siento, solo quería asegurarme de que te encontrabas bien.

—Pues ya que has comprobado que estoy mejor te puedes marchar.

—Sí, no te preocupes, –contestó Raven yendo hacia la puerta.

—Espera... siento haberte hablado de esta manera. No te vayas, –añadió quedándose sentada en la cama–. Ven, siéntate aquí, –continuó invitando a Raven a que se sentase junto a ella.

—Risk dice que es muy probable que no sobrevivamos al ataque de Carrigan.

—Y quizás Risk tenga razón, Carrigan es una experta en este terreno pero yo creo que deberíamos tener más confianza. Estoy segura de que Arzhavin encontrará la forma de salir de ésta.

—Yo también lo creo pero, de todos modos, me gustaba la idea de pasar la noche junto a ti.

—Raven... sé desde hace mucho tiempo cuáles son tus sentimientos, pero debes entender que yo soy una elfa y tú un humano. Tengo más de cuatrocientos años y tú tan solo diecisiete, es una locura. Nuestros mundos no deberían cruzarse jamás.

—Yo no tengo miedo.

—No hablo de miedo, debes comprenderme, tú te irás algún día y si sigo viva para entonces, me quedaré sola. Ya tuve un amante y lo lloré durante mucho tiempo, no quiero volver a pasar por eso.

—A mi me parece que cerrarse al amor por esa razón es un error. Más triste es no sentir nada por nadie y que nadie sienta nada por ti. Eso es la verdadera soledad. Además, aunque sea joven e inexperto, no soy tonto y sé lo que tú sientes.

—¡Ah sí!, ¿y qué siento?, –preguntó sorprendida con una leve sonrisa.

Raven no contestó, solo se acercó a Iskra y le dio un beso en los labios. Luego se apartó un poco para mirarla atentamente a los ojos. Acto seguido volvió a besarla, esta vez, de forma más apasionada.

—Si quieres, puedo marcharme, pero no deberías cerrar tu corazón, –dijo Raven levantándose.

—No te marches, quédate a mi lado, –dijo la elfa agarrando a Raven del brazo.

A la mañana siguiente, el vigía dio la voz de alarma. El barco de Carrigan había izado la bandera pirata y ahora navegaba más rápido, con el objetivo de alcanzarlos.

Todos subieron a cubierta para escuchar las órdenes del capitán.

—No tenemos la destreza navegando que tiene Carrigan, pero sí que tenemos grandes guerreros entre nosotros. La única oportunidad que tenemos para sobrevivir es forzar a Carrigan a un abordaje. Por tanto, no debemos permitir, bajo ningún concepto, que se coloque en posición de disparo con los cañones. Cuando su barco esté lo suficientemente cerca del nuestro, en vez de entrar en un intercambio de fuego, debemos provocar un abordaje y es muy importante que sean ellos los que nos aborden a nosotros y no al revés, –órdenó Arzhavin.

—¿Por qué no al revés?, –preguntó uno de los marineros veteranos.

—Porque os lo ordena vuestro capitán. Ahora todos a vuestros puestos, yo he de prepararme para el combate.

Tras su discurso, el mago se encerró en su camarote y se sentó en el suelo, en su pose de concentración. Arzhavin invocó a Evrain para pedirle que le cediera parte de su poder para poder llevar a cabo su plan.

—Tu plan es muy arriesgado, ¿estás seguro de que será así?, –preguntó el espíritu.

—Completamente. Todo ocurrirá exactamente como te he dicho.

—Veo más práctico que te centres en combatir con tu poder.

—Créeme... eso haré.

El espíritu apoyó una de sus manos sobre el hombro del hechicero, que empezó a concentrar todo su poder.

Una hora después el barco de Carrigan les había alcanzado. Los piratas daban gritos de excitación. Todos estaban en sus puestos, listos para aniquilar a sus víctimas. Carrigan había dado órdenes de no hundir el barco, ya que quería recuperar una cosa que le fue robada.

Ambos barcos hacían maniobras, uno para ponerse a la distancia adecuada para disparar los cañones y el otro para no permitírselo y obligar a que se realizase un abordaje.

—Están tratando de ponerse a distancia de abordaje. No me gusta nada.

—¿Por qué no, capitana?, –preguntó Takashi.

—Arzhavin es muy astuto, que no quiera que usemos los cañones, lo entiendo, pero forzar a un enfrentamiento directo... me hace pensar que se está reservando un as bajo la manga.

El timonel del barco de Arzhavin estaba demostrando que era un gran marino también. Ya que, hasta el momento, el Arpía Sangrienta no había conseguido ponerse en posición de disparo.

Los cañones de Carrigan se dispararon varias veces, pero sin éxito alguno.

—Deberíamos abordarlos, –dijo Takashi–, esta persecución se está prolongando demasiado.

—No me gusta nada la idea de entrar en el juego de Arzhavin.

—Pero la tripulación se está impacientando, puede ser peligroso...

—Está bien, si quiere combatir cuerpo a cuerpo, así lo haremos. Les vamos a demostrar por qué somos los piratas más temidos.

El barco de Carrigan se acercó al otro a gran velocidad y el de Arzhavin hizo lo mismo para no permitirles usar los cañones.

Las maniobras habían llegado a su fin, el mago se había salido con la suya. Carrigan se vio obligada a abordar el otro barco si quería cobrarse su ansiada venganza.

—¡Al abordaje!, –gritó Carrigan y decenas de piratas se lanzaron con cuerdas hasta el otro barco, donde la tripulación de Arzhavin ya los esperaba con las armas listas.

Raven había estado un buen rato observando cómo su maestro acumulaba una gran cantidad de energía y la moldeaba haciendo que no entendiese muy bien las intenciones del mago.

Finalmente, Arzhavin salió de su camarote con su espada en la mano y empezó a dar órdenes a los que estaban junto a él. Raven aún podía ver un gran cúmulo de magia en el camarote, pero no mencionó nada ni a Iskra ni a Risk. «Sabe bien lo que hace», pensó.

Arzhavin no permitía que ningún pirata se le acercase, cuando uno lo intentaba, realizaba un hechizo sobre él que provocaba que uno de sus huesos se rompiese por completo, dejándolo a merced de cualquier compañero para que pudiese rematarlo.

Los vassaris combatían con una destreza que distaba mucho de la de los piratas, haciendo que éstos fuesen presas fáciles para los adiestrados guerreros.

Carrigan observaba cómo su tripulación estaba siendo aniquilada.

—¡Maldito Arzhavin!, –gritó enormemente enfadada.

—Vamos Takashi, –vamos a enseñarles a estos patanes cómo se matan ratas.

Carrigan y el oriental tomaron unas cuerdas y se lanzaron al abordaje. Ambos desenvainaron sus espadas.

—¡Nuestro objetivo es Arzhavin! ¡No, Arzhavin es mío!, –le dijo la pirata al oriental con un tono parecido al de un psicópata.

Dos vassaris les cortaron el paso, pero ambos fueron asesinados sumamente rápido. Los cuatro compañeros pudieron apreciar, por primera vez, cómo combatía la pirata y se quedaron asombrados. Ambos piratas se iban abriendo paso rápidamente. La capitana se enfrentó en una ocasión hasta con tres vassaris, a los que mató mostrando a todos que su manejo de la espada estaba incluso por encima del impresionante Takashi.

Carrigan y Takashi estaban cada vez más cerca de su objetivo y lo alcanzarían en pocos minutos.

—Debemos ir a ayudar a Arzhavin, Carrigan y Takashi van a por él, –dijo la elfa.

—Déjalo, –ordenó Raven sorprendiendo a sus compañeros– Si Arzhavin hubiese querido que le ayudáramos se hubiese abierto paso hasta nosotros, sin embargo se ha subido al timón, acorralándose a propósito. Estoy seguro de que lo que pretende es que, precisamente, Carrigan vaya a por él.

Cuando Carrigan y Takashi llegaron, el mago combatía a dos piratas que subían por las escaleras, ayudado por tres vassaris.

—Pareces cansado hechicero, –dijo la pirata–. ¡Defended esta posición!, –les gritó a los piratas que la seguían–, que nadie suba aquí arriba.

Carrigan, a pesar de haber estado combatiendo contra los vassaris, había estado muy pendiente de su objetivo, estudiando sus movimientos. Sabía que un hechicero no dispone de una capacidad infinita de energía para lanzar conjuros. Así que había estado haciendo tiempo para que Arzhavin se cansase y no tuviese más remedio que combatir con su mandoble.

Arzhavin sudaba claramente y en su cara se reflejaba un gran cansancio. Había realizado muchos hechizos para que sus guardaespaldas pudiesen acabar fácilmente con los piratas que les atacaban. Los tres vassaris, conscientes de que el mago estaba muy cansado, adoptaron una posición defensiva en torno a éste.

—Takashi, protege las escaleras tú también, que nadie suba. No quiero perderme el momento glorioso en el que se derrame la sangre del hechicero.

El oriental se quedó para proteger las escaleras de acceso a la zona del timón, para que nadie interrumpiese a su capitana, que se lanzó al ataque contra los tres vassaris.

Carrigan hacía gala de un control del florete espectacular. Arzhavin veía preciosa a aquella atractiva pirata, moviéndose con elegancia y asestando precisos ataques a sus oponentes, que en apenas unos minutos acabaron cayendo muertos a los pies del mago.

Arzhavin no tenía fuerzas para lanzar más conjuros, de haberlas tenido le habría partido las piernas a la pirata, o quizás aún le quedaban pero no quería hacerle daño.

—¿Y ahora qué?, –preguntó el mago interponiendo su gran espada entre él y la pirata.

—Tengo que matarte... tú me has obligado.

—Te recuerdo que fuiste tú la que me traicionaste.

—Tu también lo hiciste.

—Quizás ese es nuestro problema... nos parecemos demasiado, –concluyó Arzhavin asestando un torpe mandoblazo que la pirata esquivó sin mucho esfuerzo.

Carrigan, tras esquivar el ataque del mago realizó un contraataque. Arzhavin no era como los vassaris a los que la pirata se había enfrentado y la espada de Carrigan se hundió en el pecho, atravesando el corazón de este.

Arzhavin extendió su mano para intentar acariciar la tez bronceada de Carrigan pero no tuvo tiempo. El cuerpo del mago cayó sobre la cubierta pesadamente.

De repente, todo se envolvió en silencio para Carrigan. Tenía los ojos clavados en el cadáver del mago, tendido en el suelo, con su espada atravesándole el corazón. La pirata veía cómo se iba formando un enorme charco de sangre en torno a Arzhavin.

El tiempo se paralizó para ella, que miraba sobrecogida el cadáver del mago. No había nada de glorioso en aquello, todo lo contrario, sentía cómo si aquella espada hubiese atravesado su propio corazón.

No era capaz de apartar la mirada de aquel cuerpo, a pesar de que había matado a cientos, de entre los cuales, algunos habían sido sus propios amantes. Pero lo que ahora experimentaba era un sentimiento totalmente nuevo para ella.

La pirata extrajo su espada a la vez que una lágrima le caía por la mejilla. La que el mago intentó acariciar antes de morir.

Carrigan estaba al borde del derrumbe, pero su enorme fortaleza y coraje la mantenían en pie. Se arrancó un bonito colgante que llevaba, con una piedra de amatista tallada y la depositó sobre el cadáver, al que tras eso, besó.

—Nos veremos en el infierno.

—De los ojos de la pirata salían unas lágrimas amargas que evidenciaban lo que sentía. Carrigan había matado a su amado. No se había dado cuenta hasta ese instante, pero así era. Había matado a su alma gemela.

La capitana bajó las escaleras donde Takashi luchaba para que nadie la interrumpiese.

—Nos retiramos, Arzhavin ha muerto.

Por la expresión de la pirata, Takashi sabía que así había ocurrido. El oriental gritó la retirada y los piratas volvieron a su barco, alejándose hasta desaparecer.

Muchos tripulantes del barco gritaban de júbilo, ya que pensaban que los piratas se habían retirado al ver que estaban siendo aplastados.

—¡Hemos vencido a Carrigan! ¡Hemos vencido al Arpía Sangrienta!

Iskra y Risk subieron a toda prisa hasta llegar al cadáver del mago. Cuando Raven llegó, sus dos compañeros estaban agachados sobre el cuerpo de Arzhavin. Ni el guerrero ni la elfa, que había cogido el colgante de Carrigan, podían comprender la tranquilidad del chico.

—¿Qué te ocurre Raven, no sientes nada por tu maestro?, –preguntó la elfa.

—Pues la verdad es que no, –contestó sorprendiendo enormemente a Iskra y Risk–. Arzhavin solía llamar a esto una obra de arte, yo diría que es una obra maestra.

—Me gusta ese nombre, –dijo Arzhavin que subía por las escaleras.

Todos los presentes se quedaron atónitos al ver al mago frente a la escalera, pero cuando miraron hacia el cadáver, allí no había absolutamente nada, ni cuerpo, ni espada tirada en el suelo, ni charco de sangre.

Arzhavin había vuelto a crear una nueva ilusión, a la que había dotado de todos los sentidos, engañando por completo a todo el que estuvo en su presencia.

—Creo que eso lo han dejado para mí, –añadió un exultante mago alargando la mano para coger el colgante.

La disolución

Arzhavin le comunicó al timonel que ya podía cambiar el rumbo hacia la ciudad de Iverhist. Cuando el mago cerró el trato con la tripulación del barco, pactaron que éste tomaría tierra en aquella ciudad, pero mientras era perseguido por el Arpía Sangrienta, iba rumbo a Puerto Verice. Las intenciones de Arzhavin eran despistar a la capitana, para que no pudiese saber dónde iba realmente.

—Siento cómo ha terminado todo esto, pero de momento no deberías volver a Puerto Verice. Si Carrigan te viese por allí estarás perdido, –le dijo Arzhavin a Risk, mientras cenaban.

El mago había ordenado que preparasen una lujosa cena en su camarote, el del capitán. A la mesa estaban los cuatro compañeros, que a pesar de las desconfianzas, empezaban a sentirse un verdadero equipo.

—Pero debo volver, no quiero seguir vagando sin rumbo. Además, creo que he tenido un exceso de aventuras en estos últimos meses. Así que necesito sentir que estoy en casa.

—Sigo pensando que te arriesgas demasiado, ¿podrías venir con nosotros a Seresade? Incluso tú, Iskra, deberías venir con nosotros y aceptar la invitación de Raven.

—¿A qué invitación te refieres?

El mago no le contestó, al menos no con palabras, ya que la cómplice mirada lo decía todo.

Los cuatro pasaron una agradable velada, embriagados por el dulce sabor de la victoria. De hecho hasta el frío Arzhavin se permitió un descanso y se mostró cercano e incluso amable, cosa que tuvo muy descolocados tanto al guerrero como a la elfa.

A la noche siguiente, Raven salió a la cubierta superior para encontrarse con Iskra, que estaba apoyada en la barandilla mirando las estrellas.

El chico se quedó a su lado durante un rato, sin decir nada, simplemente disfrutando de su compañía.

—Me gustaría que vinieses conmigo a Seresade, –dijo al fin.

—¿Y qué piensas que sería de nosotros?

—No lo sé, pero me gustaría descubrirlo.

—No estoy segura de que sea una buena idea.

—Entonces si no vienes a Seresade, me quedaré contigo e iré donde tu vayas.

—No, tú tienes que ir a Seresade, es necesario que cuides de Arzhavin.

—Arzhavin no necesita que nadie le proteja, –protestó un poco sorprendido por el comentario de la elfa.

—Pero el mundo sí que necesita que alguien le proteja de Arzhavin. Es cierto que estos últimos días ha sido nuestro salvador, pero es una persona oscura y muy peligrosa. Es necesario que alguien lo mantenga a raya y creo que tú eres el único que puede.

Raven sabía que su maestro era una persona extremadamente compleja, en la que costaba mucho confiar, pero hasta el momento no había hecho nada para considerarle un peligro. Al menos que el chico supiese.

Pasaron otro rato en silencio. Raven no sabía cómo continuar aquella conversación. Así que, como no tenía palabras, decidió continuar el diálogo de otra forma.

Raven puso su mano sobre la de la elfa y esta no la retiró, sino todo lo contrario. Iskra mantenía una dura batalla interior. Era cierto que sentía algo grande hacia el chico, pero tenía la sensación de que estaba mal.

Tras comprobar que la elfa aceptaba que le cogiese la mano, la besó.

Los días pasaban sin ningún tipo de contratiempo. En esta ocasión, los marineros no obligaron a ninguno de los cuatro compañeros a realizar ninguna tarea, aunque éstos ayudaban todo lo que podían, disfrutando de la experiencia. Sobre todo Arzhavin, que desempeñaba el papel de capitán del barco.

Durante el viaje, aunque el estudio de la Garra de Amônzul lo tenía muy ocupado, Arzhavin tuvo tiempo, en más de una ocasión, de pensar en Carrigan. De hecho, en una de ellas, Raven se interesó por el asunto y le preguntó por él.

—¿Cómo sabías que Carrigan iba a reaccionar como lo hizo?

El mago se quedó unos segundo pensativo, mirando al chico.

—Lo sabía porque la capitana y yo somos almas gemelas.

A Raven le sorprendió mucho aquella respuesta. Sabía, como ya le dijo su amada elfa, que su maestro era una persona oscura, además de egoísta, por lo que no podía imaginar que fuese capaz de sentir algo por otra persona.

—¿Quieres decir que sabías que reaccionaría de esa manera, porque tú hubieses reaccionado así?

Arzhavin miro detenidamente a su discípulo pensado en ello, pero no le contestó.

Sabía que Carrigan era egoísta, caprichosa y que por sus venas corría veneno, pero cuanto más lo pensaba, más atraído por ella se sentía. Aunque era incapaz de imaginarse un futuro junto a la pirata, ya que él también era egoísta, caprichoso y por sus venas también corría veneno.

Arzhavin tenía un objetivo y este era solo el principio, por lo que no había cabida para una relación.

Otro asunto por el que Raven se interesó fue la frágil salud de su maestro, a quien había sorprendido, en más de una ocasión, tosiendo violentamente y vomitando sangre. Pero como ocurrió con el asunto de la pirata, Arzhavin no contestó.

Tras llegar a tierra, el mago le entregó a Risk una espada, que había pertenecido a un glorioso rey humano de las tierras de Alistor y a Iskra un precioso arco élfico de una extraña madera blanca, que perteneció a Unuwe, una princesa élfica.

—Estos son los objetos que os prometí. Son de un incalculable valor. Así que espero que seáis conscientes de lo que os estoy entregando.

Acto seguido, les entregó una enorme bolsa de dinero a cada uno.

—Esto es por las molestias causadas por el contratiempo de Delfost. Espero que lo invirtáis en alejaros de nuestros enemigos. Elissian no debería ser un problema, él me perseguirá a mí, ya que lo que realmente quiere es esto, –dijo señalando la Garra de Amônzul–, pero os conviene quitaros un tiempo de en medio. Elissian tiene muchos seguidores y todos ellos son muy peligrosos.

Raven se despidió de Risk y luego de Iskra.

—No me olvides, –le dijo el chico.

—Tú tampoco, si algún día logras llegar a Alarien, la ciudad élfica de donde vengo, no dudes en buscarme, aunque no es probable que vuelva.

«Primero la garra y ahora el arco. Poco a poco, cada pieza se va colocando en su sito», pensó Arzhavin, dejando que se dibujase en su rostro una leve sonrisa malévola.

FIN

RAVEN

LOS OJOS DEL CAZADOR

Manuel Lara Caro

El encapuchado

Como cada noche, un grupo de soldados entraban en la taberna para beber y pasar un buen rato. El tabernero les reservaba una mesa apartada donde bebían sin ser molestados.

Desde el fondo de la taberna, un tipo encapuchado vestido totalmente de negro, observaba a aquellos soldados, mientras se tomaba una copa de vino lentamente. Observaba el comportamiento de éstos, pero sobre todo, observaba a su capitán, del que no perdía detalle.

El extraño llevaba unos días haciendo lo mismo y aunque no lo parecía, el capitán ya se había percatado de la extraña conducta de aquel individuo.

Aquella noche, cuando el extraño caminaba por las desiertas calles de la ciudad, rumbo a la posada donde se alojaba, percibió que algo no iba bien. Poseía un anillo que incrementaba su temperatura cuando había cierto peligro cerca. Prosiguió su camino, pero en vez de continuar por la despejada avenida, empezó a callejear, atravesando por oscuros callejones.

Un individuo le seguía desde las sombras, desplazándose sin hacer el más mínimo ruido. Éste continuó acechando al extraño hasta que, de repente al girar una esquina, se topó de frente con él. «Al parecer no he sido lo suficientemente sigiloso», pensó.

El extraño de la taberna estaba plantado de pie, al final de un oscuro callejón esperando a su acechador.

Los dos se encontraron frente a frente. El acechador pudo ver de cerca que el encapuchado vestía completamente de negro. Llevaba lo que parecía ser una armadura completa de un extraño cuero, de una manufactura de muy alta calidad, con unas botas de cuero a juego y una capa cerrada, que no permitía que se viesen con claridad las dos espadas que portaba en el cinto, pero lo que sí se podía ver era una gran mandoble a su espalda.

A pesar de que la capucha proyectaba una sombra sobre su cara, haciendo que ésta no se pudiese ver, sabía que seguía a la persona correcta.

—Al fin doy contigo, –dijo el acechador–, deberías decirme donde se oculta el mago y haré que tu muerte sea rápida, –añadió mostrando unos afilados colmillos.

El otro apartó la capucha, dejando ver unos exóticos ojos violeta. Lo que terminó por corroborar al acechador, que efectivamente, no se había equivocado de objetivo.

El acechador miró fijamente aquellos ojos violetas y de repente se dio cuenta que no paraba de venírsele a la mente un recuerdo tras otro.

Unos segundos más tarde cayó en la cuenta de que su objetivo había estado hur-gando en su mente.

—¡Has estado leyéndome la mente, lo vas a pagar muy caro! ¡No sabes a lo que te enfrentas!, –dijo coléricamente el acechador.

—A un vampiro, recientemente abrazado, con exceso de confianza, –contestó tran-quilamente.

—¿Confianza?, voy a arrancarte el corazón, –añadió el vampiro, que se sentía insultado–, Puedo moverme tan rápido que antes incluso de que puedas pensar en desenvainar tus espadas, estarás tendido en el suelo desangrándote.

—He mirado en tu interior y no me vales de nada, –dijo el joven de los ojos violeta.

El vampiro se sintió nuevamente insultado, se propuso lanzarse al ataque para matar al joven, cuando sintió que alguien lo agarraba por detrás.

—Me subestimas, –dijo el vampiro, que realizó un movimiento tan rápido que apenas pudo verse, para zafarse de su captor.

Cuando éste intentó golpear a quien le había estado agarrando por la espalada, fue nuevamente agarrado por detrás por alguien más. Pero lo peor fue cuando el vampiro pudo comprobar que quien lo agarraba, en primera instancia, era idéntico al joven de ojos violetas. De hecho, quien ahora lo apresaba, también lo era.

En una situación normal, el vampiro podría haberse librado de la presa de su nuevo captor sin ningún esfuerzo, pero ésta no era una situación normal. Quien lo agarraba ahora poseía una fuerza mucho mayor, que la sobrehumana de éste. Con lo que estaba completamente reducido.

—Exceso de confianza, –dijo lentamente el joven de ojos violetas, que había frente al vampiro, a la vez que le atravesaba, con una daga, su corazón.